인디언 숲으로 가다

인디언 숲으로 가다

오이예사 지음 | 장성희 옮김

지식의 풍경

북아메리카 인디언은 문명인은 아니었지만 수준 높은 이교도였습니다. 인디언은 뛰어난 정신과 육체를 가졌습니다. 그러나 이제, 자연에서 자유롭게 살아가는 인디언을 더 이상 찾을 수 없습니다. 오늘날, 그림 같은 보호 구역에서 살고 있는 인디언의 후예들은 연민어린 과거의 복사판일 뿐입니다.

다음 이야기는 열다섯 살까지 겪은 경험과 기억을 불완전하나마 적어 본 것입니다. 조각난 기억을 더듬어 가슴 설레는 야생의 삶을 하나하나 끌어 모은 것은 내 아들 때문입니다. 그는 늦게 태어난 탓에 혼자 힘으로는 한 편의 드라마 같은 조상들의 야생의 삶을 제대로 이해할 수 없을 테니까요.

이 작은 책을 사랑하는 아들, 오이예사 2세에게 바칩니다.

차
례

내 이름은 '불쌍한 막내'

세상에서 가장 자유로운 삶을 꿈꾸는 소년치고 한 번이라도 인디언이 되고 싶다는 생각을 품어 보지 않은 이가 있을까요? 내 어린 시절이 바로 그랬습니다. 친구들과 함께 날마다 진짜 사냥을 나갔고 모든 것이 그야말로 실전이었습니다. 가끔은 아무도 방해할 수 없는 깊은 숲 속에서 주술 의식을 갖기도 했습니다. 그럴 때면 '용감한 황소(브레이브 불)', '우뚝 선 고라니(스탠딩 엘크)', '높이 나는 매(하이 호크)', '주술을 쓰는 곰 (메디신 베어)' 같이 나이 많은 어른들의 분장을 흉내 내곤 했는데, 아버지나 할아버지가 하는 것과 거의 똑같으리만치 정교하고 세밀하게 색칠하고 분장했습니다. 늘 옆에서 지켜보았으니 당연한 일이지요.

우리는 흉내 내기의 일인자였을 뿐만 아니라 자연의 다정한 제자입니다. 여러분이 책을 읽고 공부하는 것처럼 우리 인디언 소년들도 동물의 습성을 관찰하고 공부했지요. 부족의 어른들이 하는 모양새를 그대로 따라하면서 놀았고 그렇게 어른들의 삶을 흉내 내면서 배웠습니다.

야생에서 자라난 아이들보다 오감이 잘 발달한 사람은 없습니다. 우리는 보고 듣는 것뿐만 아니라 냄새도 기가 막히게 잘 맡았습니다. 맛을 보고 감촉을 느끼는 능력도 뛰어났습니다. 기억력은 또 어떤가요. 야생의 생활이야말로 기억력을 가장 잘 발달시켜 줍니다. 나는 아직도 어떤 점에서는 그 시절의 훈련 덕택에 많은 은혜를 입고 있습니다.

그렇다고 물론 처음 세상의 빛을 보던 순간까지 기억하는 건 아닙니다. 그러나 나의 형제들은 그때의 유쾌한 기억을 자주 떠올리곤 했습니다. 형제들은 내가 태어나자마자 전부 물 속에 뛰어들었다고 합니다. 남자 아이가 태어나면 형제들이 물 속에 뛰어들거나, 겨울이라면 벌거벗고 눈 속을 뒹구는 것이 수 족(수 족은 아메리카 인디언 가운데 가장 큰 부족으로 현재의 미네소타, 사우스 다코타, 노스 다코타 지역에서 주로 살았다. 백인과 가장 심하게 대립했던 부족이다.)의 전통이기 때문입니다. 만약 너무 어려서 혼자 물 속에 뛰어들거나 눈 위를 굴러다닐 수 없으면 대신 주변에서 형제들에게 물을 끼었었습니다. 여자 형제라도 예외는 아니어서 물 속에 푹 잠겼다 나와야만 했지요. 이 모든 일에는 새로운 용사가 찾아 왔으니 다른 아이들이 용감한 모습으로 맞이해야 한다는 뜻이 담겨 있었습니다.

다섯 형제의 막내였던 나는 불행히도 태어나자마자 엄마를 여의었습니다. 그래서 마땅한 이름을 얻기 전까지는 '하카다'로 불렸습니다. '불쌍한 막내'라는 뜻입니다. 부족의 다른 아이들은 나를 거의 장난감처럼 여겼습니다.

어머니는 '호수 마을 사람들' 수 족〔므데와칸튼 부족〕과 '숲의 사람들' 수 족〔와페튼 부족〕 전체에서 가장 훌륭하고 당당한 여성으로 이름나 있었습니다. 나를 낳은 직후 어머니의 병세가 위험한 지경에 이르자 간호하던 주술사 가운데 한 분이 말했습니다.

"새로운 주술사가 태어났는데도 그 어미는 죽어야만 하는구나. 그렇다면 아기 이름은 '신비한 주술사'로 짓도록 하지."

그러나 주변에서 재빨리 아기 작은 아버지가 이미 그 이름을 쓰고 있다고 말렸습니다. 그래서 한동안 나는 그저 '불쌍한 막내'로만 불렸지요.

수 족의 "살아 있는 여신"으로 불렸던 아름다운 나의 어머니 ─ 풍성한 검은 머리카락과 깊고 검은 눈동자만 빼면 백인 혈통〔지은이의 외할아버지는 백인이었다. 당시 유명한 화가이자 군인인 세스 이스트먼Seth Eastman과 '호수 마을 사람들' 수 족 여성 사이에서 지은이의 어머니가 태어났다.〕의 모든 특징을 그대로 가졌다고들 했습니다 ─ 는 죽기 직전 나를 가슴에 꼭 안고 시어머니에게 짧게 속삭였습니다.

"이 아기를 어머니께 맡기겠어요. 친어머니는 믿을 수가 없

11

어요. 그분은 아기를 제대로 돌보지 않아 아기가 틀림없이 죽
고 말거에요."

어머니에게 이 말을 들었던 분, 그러니까 우리 할머니는 키
가 다른 사람보다 작고 나이도 많았지만── 꽉 찬 예순 살이
셨습니다── 매우 활동적이고 현명하면서도 어진 분이셨습
니다. 외할머니에 대한 어머니의 판단은 매우 정확했습니다.
왜냐하면 어머니가 돌아가신 지 얼마 지나지 않아 외할머니
가 나타나 이렇게 밝히셨기 때문입니다. "우리 '불쌍한 막내'
는 엄마 없이 살기에는 너무 어리다. 내가 아기가 죽을 때까지
지켜보다가 어미 무덤에 같이 묻겠다." 물론 할머니는 그 같
은 외할머니의 몹쓸 생각을 호되게 나무라며 아기는 절대 포
기할 수 없다고 밝히셨지요.

인디언은 등에 메는 이동식 요람에 아기를 싣고 다닙니다.
그래서 인디언 아기는 보통 가로 45센티미터, 세로 75센티미
터 크기의 떡갈나무 판으로 만든 이동식 요람에서 하루 종일
녹초가 될 정도로 이리저리 흔들렸습니다. 평평한 나무판의
한쪽 면에 화려하게 수가 놓여진 가방을 놋쇠 못으로 단단하
게 고정시키고, 가방 위쪽으로는 튼튼한 나무판을 지붕처럼
박아둔 것입니다. 지붕 구실을 하는 나무판 끝에는 예쁘게 새
겨진 사슴 뼈나 뿔 조각이 주렁주렁 매달려 있어 아기들이 손
으로 잡으려 할 때마다 달그락 달그락 흔들렸습니다. 재미있
는 놀잇감인 셈이죠. 아기는 가방 안에 얌전히 담겨 있었고,
땅바닥에 넘어지더라도 머리 위의 나무판 때문에 머리나 얼

굴이 다칠 염려가 없었습니다.

나는 이 '서 있는' 요람 안에서 인생의 처음 몇 달을 먹고 자고 놀면서 보냈습니다. 할머니가 나무를 베는 동안 요람에 담긴 채로 천막 기둥에 기대어 세워지거나, 나뭇가지에 매달리거나, 또는 할머니 등에 업혀 돌아다니거나 했습니다. 조랑말 양 편에 다른 요람에 담긴 어린애와 함께 균형 잡힌 양팔저울처럼 달려 있기도 했습니다. 어쨌든 나는 언제나 그 떡갈나무 요람에 담겨 있었습니다.

육십 년 간 고생스럽게 살아오신 우리 할머니는 부족의 다른 젊은 여자들이 감탄해 마지않는 분이셨지요. 할머니는 당신이 처음 낳은 자식 — 우리 아버지 — 에게 했던 것과 똑같은 정성으로 나를 길렀습니다. 아무리 사소한 것이라도 사랑스런 손주에게는 세심함과 정성을 기울였습니다. 내 작은 옷과 조그만 모카신[아메리카 인디언이 신던 사슴 가죽 신발]도 당신의 뛰어난 안목으로 손수 지어 입히셨습니다. 모두들 우리 어머니가 살아 계셨더라도 그만큼 사랑받기는 힘들었을 것이라고 했지요.

할머니(할머니의 성함은 '운치다'입니다)께서는 노래를 참 잘 하셨습니다. 때때로 '불쌍한 막내'가 너무 일찍 잠에서 깨어나면 자장가를 불러 주셨습니다.

잘 자라, 잘 자라, 우리 아가
치파와 족[오지브웨이 족]은

멀리 있네, 멀리 있네.
잘 자라, 잘 자라, 우리 아가
날 밝으면 놈들과 싸울 준비를 해야지!
아침이 오기까지는
누구도 감히 덤비지 못하리.
밤 동안 편히 자라, 우리 아가.
그리고 용감하게 깨어나라
용감하게 깨어나라!

　다코타 부족〔수 족은 지역에 따라 동부 수 족, 중부 수 족, 서부 수 족으로 나뉜다. '수'는 오지브웨이 족이 부쳐준 이름인데 방울뱀이라는 뜻이다. 수 족은 스스로를 친구라는 뜻의 다코타 족으로도 부르며 모두 같은 언어를 사용하고 있다. 동부 수 족이 바로 산티 수 족이고, 와페튼 부족, 므데와칸튼 부족이 산티 수 족에 속한다.〕 여자들은 숲에서 땔감을 구하는 일뿐만 아니라 실상 캠프의 고된 일을 모두 도맡았습니다. 남자들은 낮에 사냥을 나가야 했기 때문입니다. 할머니는 일하러 가실 때면 자주 나를 데리고 다녔습니다. 나무를 하는 동안에는 야생 포도 덩굴이나 나무줄기에 요람을 걸어 놓았기 때문에 나는 바람이 조금만 불어도 앞뒤로 흔들렸습니다.
　내가 말귀를 알아들을 수 있을 만큼 컸을 때의 할머니 말씀으로는, 내게는 분명 붉은다람쥐나 새들과 알지 못할 언어로 대화를 나누는 능력이 있었다고 합니다. 한번은 할머니가 잠

든 '불쌍한 막내'를 요람 채로 1.5~1.8미터 가량 높이의 나
뭇가지에 매달아 두고 저만치 떨어진 곳에서 카누를 만들 자
작나무 껍질을 모으고 있었습니다. 그런데 다람쥐 한 마리가
요람의 나무 지붕 위로 기어올라가 그 자리에서 호두를 갉아
먹기 시작한 것입니다. 녀석이 호두 껍질 부스러기를 계속 떨
어뜨리는 바람에 나는 잠에서 깼습니다. 그리고는 다람쥐에
게 당장 요람에서 내려가라는 듯 단단히 소리쳤고, 녀석은 재
빨리 다른 나뭇가지로 옮겨갔습니다. 그러나 옮겨간 이 다람
쥐 놈이 계속 소리치며 분풀이를 해대자, 내가 녀석에게 거기
서도 당장 사라지라고 크게 소리를 질러댔다는 군요. 그 소리
를 듣고 운치다 할머니께서 나를 구하러 달려왔다고 합니다.
물론 예의 없는 침입자도 강제로 쫓아 버렸구요. 나뭇가지에
걸린 내 요람 지붕 위에는 새들도 곧잘 내려앉곤 했습니다.

  갓난아기에게 먹일 음식도 양어머니에게는 까다로운 문제
였습니다. 할머니는 익힌 야생 쌀을 잘 갈아서 사슴 고기 육즙
과 섞었습니다. 또 말린 사슴 고기를 밀가루처럼 곱게 빻아서
영양분이 듬뿍 담긴 육즙이 우러날 때까지 물 속에 담가 두었
다가, 노르스름하게 그을린 옥수수를 갈아 만든 가루와 섞었
습니다. 야생 쌀, 옥수수 가루, 사슴 고기 육즙으로 만든 수프
가 내 주식이었습니다. 그러나 내가 곧 이가 나기 시작하
자 — 백인 아이들보다 훨씬 빨리 — 훌륭한 우리의 보육사
는 더 다양한 음식을 만들어 주셨고 나는 모든 음식을 스스로
씹어 먹게 됐습니다.

16

할머니 말씀으로는 나는 요람을 벗어난 후에는 거의 요람 근처에 가지 않았다고 합니다. 그 다음으로 할머니는 자연의 동물과 식물들에게 내 관심을 돌리기 시작했습니다. 새 소리가 들려오면 어떤 새인지 이런 식으로 알려 주셨습니다.

"'불쌍한 막내'야, 쉐초카(개똥지빠귀)가 제 짝을 부르는 소리를 들어봐라. 맛있는 것을 찾았다고 알리는 중이란다." 또는 "우페한스카(지빠귀) 소리란다. 녀석이 제 아내를 위해 노래하고 있구나. 정말 잘 울어 대지?" 저녁이 되면 티피〔아메리카 인디언의 원추형 천막. 주로 버팔로 가죽으로 만든다.〕 근처에서 쏙독새가 열정을 담아 노래를 시작했는데 그럴 때면 할머니는 "쉬, 오지브웨이 족〔오대호 주변에 살던 인디언. 18세기 백인 무역상에게 총을 사들인 오지브웨이 족이 수 족을 공격하기 시작해 서로 앙숙이 된다. 오지브웨이 족의 공격을 피해 수 족이 서쪽 평원 지역으로 이동하면서, 농사를 주로 짓던 수 족의 생활 방식이 점차 사냥 중심의 생활 방식으로 바뀌어 갔다.〕이 보낸 염탐꾼인지도 모른다" 하고 말씀하셨습니다. 내가 한밤중에 깨어났을 때도 할머니는 이렇게 말씀하셨지요. "울면 안 된다. 히나카가(올-빼미)가 나무 꼭대기에서 너를 내려다보고 있단다."

할머니 말이라면 무조건 믿어 버리는 내가 머리 끝까지 이불을 푹 뒤집어쓰면 할머니는 올빼미에 대한 끔찍한 이야기를 해 주셨습니다. 티피 밖에 서서 엄마를 찾으며 큰 소리로 울고 있던 어린 소년을 어둠 속에서 지켜보던 올빼미가 덮쳐서 숲 속으로 사라졌다는 전설입니다. 올빼미 울음소리는 전쟁에서 인디언 정찰병들이 곧잘 흉내 내는 소리였습니다. 그 소리 뒤에는 끔찍한 학살이 이어졌습니다. 그래서 인디언 아이들은 어려서부터 그 소리를 구별하도록 배웁니다.

인디언 아이들은 밤에는 울지 않도록 교육받습니다. 언제나 위험에 노출된 인디언의 생활을 생각하면 그건 매우 필요한 교육이었습니다. 어렸을 때 할머니는 언제나 새 소리로 나를 잠재우고 또 깨우셨습니다. 내가 새 소리에 잠들고 깨어나는 습관이 들도록 일부러 그렇게 하신 것입니다. 인디언은 항상 일찍 일어나야 합니다. 그래야 최고의 사냥감을 찾을 수 있습니다. 그리고 전투가 벌어지면 다른 부족들은 보통 아침 일찍 공격을 합니다. 심지어 부족 전체가 느긋하게 이동을 할 때에도, 바람이 서늘하고 적들에게 들킬 위험이 적은 이른 아침부터 움직였습니다.

어려서부터 나는 조용하고 과묵한 몸가짐을 가지도록 조금씩 훈련받았습니다. 침묵은 인디언이 갖춰야 할 가장 중요한 덕목 중에 하나입니다. 과묵함이야말로 사냥꾼에게, 용사에게 반드시 필요한 성품이며 인내와 자기 절제의 바탕으로 여겨졌습니다. 부족 전체가 떠들썩하고 유쾌하게 잔치를 벌이는 때도 있지만 원칙은 언제나 '진지하고 단정할 것'입니다.

어쨌든 어린 시절은 흥미로 가득 차 있었고 내게는 이제 막 삶이 시작되려는 순간이었습니다. 귓가에서는 모험심이 유혹의 소리를 속삭였고 전사들이 차고 있는 독수리 깃털이 온통 내 눈을 사로잡았습니다. 두 살쯤이던 어느 날, 나는 혼자 놀다가 문득 작은 아버지의 워 보닛〔아메리카 인디언 특유의, 독수리 깃털을 촘촘히 꽂아 만든 전투 모자〕을 끌어 내렸습니다. 그리고 독수리 깃털을 모조리 뜯어내 나와 내 강아지를 장식했습니다. 전사의 삶이 내게 준 인상은 몹시도 강렬했지요. 내 몸과 마음은 바로 그것을 원하고 있었습니다.

때가 되면 눈보라는 그친다

모험으로 가득 찬 어린 시절, 가장 오래된 기억 가운데 하나는 조랑말에 매달려 가던 일입니다. 나는 대체로 순한 편이었습니다. 조랑말의 안장을 사이에 두고 한쪽 편 요람에는 여자 사촌이, 반대 편 요람에는 내가 들어가 매달려 있었습니다. 요람끼리 양팔 저울처럼 균형을 이뤄야만 안장이 말 등에서 미끄러지지 않으니까요. 조랑말 양쪽에 매달려 숨바꼭질 놀이를 하는 것 같아서 처음에는 재미있었습니다. 그러나 불쌍하게도 조랑말이 거대한 눈 더미에 갇혀 쓰러지는 바람에 재미는 다 끝나 버렸습니다. 그 다음은 생각하고 싶지 않네요.

인디언 어머니들은 겨울에 여행을 떠날 때면 으레 요람에 아이들을 쌌습니다. 오래된 방법이기도 하지만 굉장히 편리합니다. 아무리 날씨가 추워도 털가죽 가방 안은 매우 따뜻하고 편안합니다. 적어도 내 기억으로는 그랬습니다. 인디언의 그 위험천만한 운송 방법에 나는 매우 익숙했다고 생각합니다. 어린 시절에는 누구 못지 않게 개 썰매를 즐겼습니다. 개 썰매는 천막 기둥을 단단히 묶을 때 쓰는 생가죽 끈을 동물들의 양옆에 마구처럼 고정시켜서 끌고 가게 만든 것인데, 큰 개나 조랑말을 주로 이용했습니다. 그리고 그 썰매로 짐뿐만 아니라 어린아이도 운반했습니다.

개 썰매로 어린아이를 운반하는 건 여름에만 가능했습니다. 때때로 개란 놈들은 믿을 수가 없어서, 어린아이에게는 매우 위험하기도 합니다. 예를 들어 무거운 짐을 끌고 더위와 싸우며 오랫동안 썰매를 끌던 개들은 물만 보면 자기 임무는 모조리 잊어 먹고 주인이 소리를 지르건 말건 아랑곳하지 않고 그대로 차가운 시냇물 속으로 뛰어들었거든요. 짐이건 어린아이건 몽땅 끌고 말입니다. 그래서 나도 몇 번인가 원치않는 목욕을 해야만 했습니다.

미네소타에서 '수 족 대학살' 〔1862년 우드레이크 전투에서 미네소타 주 정부가 파견한 시블리 장군의 군대에게 수 족이 크게 패했다. 수 족 인디언 1800명이 잡혀 300명이 사형 선고를 받고 이 가운데 38명이 처형되었다.〕이 있던 때에 나는 막 네 살이 되었습니다. 난리를 피해 우리는 영국령 콜럼비아로 피난을 갔는데 그 여행은 아직까지도 우리 가족 모두의 기억에 생생하게 남아 있습니다. 우리는 백인 농부에게서 빼앗은 황소들이 끄는 왜건 한 대를 타고 갔습니다.

그 똑똑해 보이는 동물이 끄는 화려하게 장식된 왜건을 타고 간다는 사실을 알았을 때의 그 기쁨이라니! 네 발 달린 이 새로운 탈 것이 내게는 마치 살아 있는 동물처럼 느껴졌습니다. 윤활유가 떨어져 바퀴가 마치 돼지처럼 끼익끼익 소리를 내면서 굴러갈 때면 그런 생각은 더 커졌습니다.

곧이어 남자 아이들은 황소가 천천히 걸어가고 있을 때 높은 왜건에서 뛰어내리는 놀이에 재미를 붙였습니다. 큰 형들은 금새 전문가가 다 됐습니다. 마침내 나까지 용기를 내어 형들의 놀이에 끼어들었습니다. 얼핏 보기에는 형들이 마차 바퀴를 밟고 땅 위로 뛰어내리는 것 같았습니다. 그래서 나도 모카신을 신은 발을 조심스럽게 바퀴 위에 내려놓았습니다. 세상에나! 무슨 일이 벌어졌는지 알아차리기도 전에 이미 나는 마차에서 떨어져 바퀴 밑에 있었고, 바로 우리 뒤를 따라오던 이웃이 없었더라면 아마도 뒤따라오던 마차에 치였을 것입니다.

이것이 문명화된 운송 수단에 대한 첫 경험이었습니다. 나는 백인들에 대한 온갖 욕설을 퍼부으며 큰 소리로 울었습니다. 그리고 역시 나한테는 개 썰매가 알맞다고 결론을 내렸습니다. 이렇게 형편없는 왜건을 만든 백인들에게서 도망치고 있다는 사실이 나는 몹시 즐거웠습니다. 그 후 다시는 왜건에 올라타지 않았습니다. 그리고 마침내 식구들이 미주리 강가에 그 왜건을 버렸을 때는 뛸 듯이 기뻐했습니다.

미네소타 대학살 이후 여름, 시블리 장군의 군대가 미주리 강을 건너 우리 부족을 추격해 왔습니다. 지금도 미주리 강은 물살이 변덕스럽기로 유명한데, 아무리 좋은 현대식 보트라도 그 변덕스러운 물살 앞에서는 안전하지 못합니다. 그런데 우리는 통처럼 둥근 버팔로 가죽 보트를 타고 그 강을 건너야만 했습니다.

총으로 무장한 엄청난 수의 와세추(백인)들이 우리를 뒤쫓아 오고 있었습니다. 부족 남자들이 백인과 싸우며 시간을 버는 동안, 여자와 노인들은 버드나무 가지로 버팀목을 댄 임시 보트를 만들었습니다. 어떤 보트는 두세 명의 여자나 남자들이 헤엄을 치면서 끌고 갔고 또 어떤 보트는 조랑말이 끌었습니다. 힘없고 약한 어린아이와 갖가지 가재 도구가 실린 보트를 넘어지지 않게 똑바로 받치는 일은 여간 어려운 일이 아니었습니다.

피난 가는 동안 우리 어린아이들은 말 안장에 매달려 있거나 나이 든 어른들에게 안겨 다녔습니다. 추격해 오는 군인들을 따돌리기 위해 밤을 이용해 이동을 했는데 그럴 때면 부족한 잠과 음식이 늘 우리를 괴롭혔습니다. 밥은 언제나 먹는 둥 마는 둥 급하게 먹었고 때로는 말 안장에 매달린 채로 먹기도 했습니다. 먹을 물을 찾지 못할 때도 있었습니다. 사람들은 소의 위장이나 동물의 심장을 말려서 만든 주머니에 물을 담아 다녔습니다.

피난을 가는 중에는 어쩔 수 없이 사이가 나쁜 부족의 영토를 침범해야 했고 거의 매일이다시피 밤낮으로 그들에게 공격을 받았습니다. 살아남기 위해서는 잠시라도 경계를 늦출 수 없었습니다.

그러던 어느 날 우리는 영국령 국경선 근처에서 적과 마주쳤습니다. 평원에서 모닥불을 지피고 있을 때였습니다. 우리는 완전히 포위당했습니다. 그러나 재빨리 다른 곳에 적을 따돌릴 모닥불을 지핀 덕분에 살아났습니다.

그해 겨울 겪었던 가장 아슬아슬한 일 가운데 하나는 떠돌아다니던 중에 폭설을 만난 것입니다. 가족들마다 여기저기 눈이 덜 무너질 것 같은 장소를 골라 파고 들어갔습니다. 꼬박 하루 낮과 밤 동안 우리는 눈 더미 속에 숨어 있었습니다. 작은 아버지는 폭설이 언제 끝나는지 알 수 있도록 옆에다 긴 막대기를 찔러 바깥으로 나오도록 세워 놓았습니다. 버팔로 로브[아메리카 인디언들이 버팔로의 통가죽으로 만든 무릎 덮개. 담요처럼 바닥에 깔거나 코트처럼 입기도 하는 등 쓰임새가 많았다.]도 많고 눈에 묻혀 있어서 따뜻하기는 했지만 내리누르는 무게가 굉장히 무거웠습니다. 그러나 시간이 지날수록 우리가 앉아 있는 공간을 비운 채로 눈 더미는 단단하게 굳었고 곧 아주 편안해졌습니다.

다음날 폭설이 그친 후 바깥 소리를 들어 보니 머리 위로 버팔로 떼 한 무리가 돌아다니고 있었습니다. 눈 속을 파헤치고 나온 용사들이 총으로 버팔로 몇 마리를 잡았고 불을 피워 맛있는 저녁을 먹었습니다.

그 당시 나는 엄마도 없고 도망 다니는 신세였지만 불행하다고 생각하지는 않았습니다. 여기저기 도망 다니는 피난 생활 덕분에 우리는 즐거운 일도, 또 그만큼 괴롭고 불행한 일도 많이 겪었습니다. 배부르게 먹을 때도 있었고 잘 먹지 못할 때도 있었습니다. 간신히 죽을 고비를 넘긴 적도 몇 번 있었습니다. 야생의 생활에서는 이른 봄이야말로 가장 괴로운 시절입니다. 일 년 중 이른 봄에 먹을 것이 가장 적기 때문이지요.

인디언은 인내심이 강하고 매우 배타적인 종족입니다. 자기 부족에 대한 인디언의 사랑은 내가 알고 있는 문명 세계 그 어떤 종족의 사랑보다도 강합니다. 백인들 중에는 굶어 죽지 않으려고 동료를 죽여 그 고기를 먹는 길을 택하는 이들도 있습니다. 그러나 인디언은 그렇지 않습니다. 절대로!

기근이 시작되면 어른들은 종종 끼니를 걸렀습니다. 배고픔을 참기 힘든 아이와 노인들을 위해 좀 더 오래 식량을 남겨 두려는 것이지요. 그리고 인디언 부족은 다른 어떤 민족보다도 음식 없이 오랫동안 지낼 수 있습니다.

그 고통스러운 봄 가운데 한 번은 나도 기억합니다. 며칠 동안 먹을 것이라곤 아무것도 없었습니다. 작은 새 여섯 마리가 여섯 가족의 아침 식사 전부였습니다. 저녁거리는 아무것도 없었습니다. 내 몫은 작은 새의 날개 한 쪽뿐이었지만 그것도 내게는 엄청난 구원이었습니다. 그러나 곧이어 우리는 버팔로가 많은 곳으로 이동했고 배고픔과 굶주림도 금방 잊혀졌습니다.

이것이 바로 야생에서 살아가는 인디언의 생활입니다. 사냥 감이 잡히고 태양만 빛나면 지나간 겨울의 고통스러운 경험 같은 건 쉬 잊습니다. 미래를 위한 어떠한 저축도 하지 않습니다. 인디언은 어머니 자연의 자식입니다. 어머니 자연은 때때로 아이들에게 가혹한 채찍질을 하기도 하지만 아이들은 금방 잊어버리고 신경쓰지 않습니다. 조금만 더 계산적이라면 그런 고통은 아마도 많이 예방할 수 있었을지 모르지만 말입니다.

여름이 되면 어머니 자연은 만발하게 피어나 야생의 인간에게 풍요를 안겨 줍니다. 그럴 때면 인디언보다 더 행복한 인간은 아마 세상에 없을 겁니다. 먹을 것이 사방에 널려 있고 아무 곳에서나 잘 수 있습니다. 신경쓸 일이 아무것도 없습니다. 여름이면 모두가 한결같이 부자가 됐다가 겨울과 이른 봄이 되면 또다시 모두 가난해졌습니다. 그러나 병에 걸리는 인디언은 거의 없었습니다. 지금처럼 허약하지도 않고 대부분은 매우 건강했습니다. 인디언 소년들은 세상의 모든 소년들이 꿈꾸는, 할 수만 있다면 주저하지 않고 선택할 그런 생활을 즐겼습니다.

종종 다른 부족이 우리 부족을 공격하기도 했습니다. 그래서 우리는 언제나 경계를 늦출 수 없었습니다. 어느 날 밤에는 다른 부족이 우리 캠프를 공격하는 바람에 놀란 말들이 모두 도망쳐 버린 일이 떠오릅니다. 겨우 몇 마리만 찾았습니다. 그 불행한 사건 뒤로 우리는 대부분 개 썰매에 의지해 이동해야만 했지요.

대학살 이후 두 번째로 맞이한 겨울, 위니팩에서 아버지와 두 형, 그리고 다른 사람들이 혼혈 인디언에게 잡혀 미합중국의 포로가 됐습니다. 당시 나는 작은 아버지와 함께 다른 곳에 살고 있었기 때문에 잡히지 않았습니다. 그 후로 십 년 동안 아버지와 두 형을 만나지 못했습니다. 우리는 백인이 그분들을 죽였을 거라고 믿었습니다. 작은 아버지는 내가 전투에 나갈 수 있을 만큼 자라면 곧바로 원수를 갚으러 가야 한다고 가르쳤습니다.

아버지의 동생, 수 년 동안 나의 조언자이자 스승님이셨던 작은 아버지에 대해 한 마디 해야겠습니다. 작은 아버지는 키가 190센티미터인데다 꼿꼿하게 뻗은 몸과 넓은 가슴을 가진 사나이였습니다. 영국령 아메리카 지역의 수 족 사이에서 가장 뛰어난 사냥꾼이자 용맹한 용사로 이름나 있었습니다. 미국으로 돌아오시라고 아무리 설득해도 지금까지도 여전히 그곳에서 살고 계십니다.

작은 아버지는 전형적인 인디언이었습니다. 잘생긴 편은 아니지만 진실하고 용감한 분입니다. 아주 단순한 몇 가지 원칙을 거의 평생 동안 어기지 않고 살았습니다. 그 원칙들 가운데 몇 가지는 내 어린 시절 받은 교육에 대해 이야기할 때 다룰 예정입니다.

우리가 겪은 그 험난한 피난 생활과 야생의 위험 속에서 어린아이들이 자란다는 건 얼마나 놀라운 일인가요. 여름이건 겨울이건, 아무 곳에나 쳐놓은 빈약한 티피 하나로 우리는 추위와 폭풍우에 맞섰습니다. 눈에 파묻혀 땔감을 구하기 힘든 때도 많았습니다. 눈보라가 심하게 치던 어느 겨울에는 사흘 내내 불 한 점 피우지 않고도 버텼습니다. 그러나 부족 사람들은 특별히 걱정하지는 않았습니다. 때가 되면 눈보라가 그친다는 것을 잘 알고 있었기에 이 정도쯤이야 하고 당연하게 여긴 것입니다.

그때 나는 어느 누구보다도 추위와 배고픔을 잘 참았습니다. 그러나 지금 만약, 한 끼라도 굶거나 어쩌다 발이 젖기라도 한다면 잘 참아 내지 못할 것이 분명합니다. 아니, 마치 그런 식으로는 한 번도 살아 보지 않은 사람처럼 행동하겠지요.

먹을 것이 많을 때에도 인디언은 기간을 정해 두고 단식을 하는 것이 좋다고 생각했습니다. 건강을 위해, 그리고 언제 닥칠지 모르는 위기 상황에서도 견딜 수 있는 튼튼한 체력을 기르기 위해 쉬지 않고 힘든 훈련을 계속했습니다. 내 기억에 작은 아버지는 엄청나게 무거운 사슴을 혼자 어깨에 걸쳐 메고 집으로 돌아오곤 했는데, 때로는 그 거리가 꽤 멀었는데도 전혀 힘든 내색을 하지 않으셨습니다.

우리는 보통, 하루가 시작할 때와 끝날 때 이렇게 두 끼니만 먹었습니다. 그러나 항상 그런 것은 아닙니다. 왜냐하면 손님이 찾아오면 담배나 음식을 대접하는 것이 인디언 사회의 예의였기 때문입니다. 하루 두 끼 식사 원칙은 여자나 어린이보다는 남자, 그것도 젊은 남자들에게 더 엄격하게 적용됐습니다. 민첩한 육체와 인내심을 지닌 진정한 남자는 음식을 절제

하고 규칙적인 훈련을 받는 과정에서 만들어진다고 생각했던
것입니다. 물론 오늘날 보호 구역에 살고 있는 인디언은 아무
도 그렇게 하지 않지만 말입니다.

할머니, 진정한 인디언

엄마 없는 어린아이였던 내게, 할머니는 언제나 가장 현명한 안내자요 최고의 보호자였습니다. 어려서부터 나는 우리 할머니가 같은 나이 또래의 여느 어른들보다도 뛰어나다는 것을 알고 있었습니다. 순전히 내 혼자 힘으로 깨달았다기보다는 다른 여자 분들이 할머니를 존경하는 것을 보고 알게 되었습니다. 할머니는 천성적으로 현명하고 재주가 뛰어났을 뿐 아니라 기억력도 정말 놀라울 정도로 좋았습니다. 어떤 산파도 할머니의 뛰어난 기술과 판단력을 따라잡을 수 없었을 것입니다. 실제로 할머니는 한 번 본 것은 마치 공책 위에 기록한 것처럼 고스란히 머리 속에 기억하고 있었습니다.

언젠가 할머니가 약초 뿌리를 찾기 위해 나를 데리고 숲 속에 갔을 때가 또렷하게 떠오릅니다. 나는 "왜 어떤 건 약초로 쓰고 어떤 건 약초로 못 쓰는 거죠?" 하고 물었습니다.

"왜냐하면," 하며 할머니는 특유의 빠른 말투로 대답하셨지요. "'위대한 정령'〔인디언들은 세상을 온통 신비로운 것으로 여겼다. 해, 땅, 하늘, 산, 동물, 그 밖의 모든 것에 정령이 깃들어 있고, 이 모든 정령을 지배하는 것이 '위대한 정령', 즉 와칸 탕카이다. 말 뜻 그대로는 '위대한 신비'라고 한다.〕께선 우리가 뭐든지 너무 쉽게 찾도록 허락하지 않으시거든. 그렇게 되면 너것으로 신비로운 나없이 주술사가 되겠다고 난리겠지. 오이예사야, 이걸 알아두려무나. 세상에는 수많은 비밀이 있지. '위대한 정령'께선 당신이 선택한 훌륭한 인간에게만 그 비밀을 가르쳐 주신단다. '위대한 정령'을 찾기 위해 홀로 애쓰는 사람들한테만 신호를 주시지."

그와 비슷한 방식으로 할머니는 기도와 고독이 어떤 효과가 있는지, '위대한 정령'께서 얼마나 놀라운 분이신지 내 영혼에 깊이 심어 주셨습니다. 나는 어린애다운 질문을 계속했습니다.

"그런데 지금 할머니가 파내고 있는 나무뿌리말인데요, 아까 숲 속에서도 똑같은 걸 봤는데 그때는 왜 캐지 않았어요?"

"그건 말이다. 너도 어두운 숲 속에서 자란 딸기보다는 햇빛 바른 양지에서 자란 딸기를 더 좋아하지? 양지바른 곳에서 자란 놈이 더 달콤하고 맛이 있거든. 이런 약초는 너무 축축하지도 건조하지도 않고, 햇빛이 적당히 드는 곳에서 자라야 약

31

효가 뛰어난 법이야.

언젠가 오이예사가 약초의 비밀을 알아도 될 만큼 더 크면 말이다, 그때는 할미가 네게 전부 다 알려 주마. 그렇지만 네가 커서 나쁜 사람이 되면 이 보물들을 너한테 알려 주지 않고 다른 형제들에게 줄 거야. 왜냐하면 주술사는 현명하고 착한 사람이어야 하니까. 나는 우리 오이예사가 자라서 훌륭한 주술사가 됐으면 좋겠다. 위대한 용사가 되는 것도 정말 좋지만 훌륭한 주술사가 되는 건 그보다 더 고귀한 일이지."

할머니는 매우 사려깊게, 마음을 담아서 말씀하셨습니다. 그래서인지 나는 오늘날까지도 그 말씀을 마음에 새기며 기억합니다.

부족 여자들은 주요 식량인 야생 쌀과 나무뿌리, 딸기, 나무 열매 등을 모으는 일을 했습니다. 이것은 여자들만의 일이었습니다. 운치다 할머니는 그런 일에도 완벽한 솜씨를 자랑했습니다. 할머니는 어디에 가면 먹을 것을 찾을 수 있는지, 그리고 지금은 어느 계절, 어느 절기인지를 본능적으로 알고 있었습니다. 인디언 여자들은 이런 일을 하면서 그들 나름대로 자연을 관찰하고 탐구하는 기회를 갖게 되는데, 운치다 할머니는 대부분의 남자들보다 더 정확했습니다. 할머니가 낳아 기른 자식들의 능력은 전적으로 할아버지에게 물려받은 것이 아니라, 사실 더 강한 특성은 할머니에게 물려받은 것이 분명합니다.

할머니는 부족 여자들의 리더였습니다. 여자들은 의학적인 도움뿐만 아니라 모든 문제에 관한 조언을 구하러 할머니를 찾았습니다.

할머니는 부족의 어떤 남자들과 비교해도 뒤떨어지지 않을 만큼 용맹했습니다. 빈틈없고 현명하며 용맹하기까지 한 할머니의 기질은 여러 차례에 걸쳐 그분 자신과 부족 사람들을 위험에서 구해 냈습니다.

한번은 우리가 다른 부족이 차지하고 있는 지역을 지나 이동하고 있을 때였습니다. 마침 부족 남자들 대부분이 사냥을 나가고 없을 때 갑자기 한 무리의 사나운 인디언들이 나타났습니다. 남아 있던 남자들 몇 명은 깜짝 놀라 어떻게 해야 할지 몰랐습니다. 이때 할머니가 앞으로 나서더니 혼자 적들에게 다가갔습니다. 할머니가 앞장선 뒤 한참 지나서야 남자 몇몇이 뒤를 따랐습니다. 할머니는 이방인들에게 다가가 손을 내밀었고 이방인들은 그분의 반가운 인사를 받아들였습니다. 그 용감한 행동으로 우리는 털끝 하나 다치지 않고 평화를 지킬 수 있었습니다.

아버지께서 말씀해 주신 할머니에 대한 또 다른 일화가 있습니다. 할아버지는 이름난 사냥꾼이셨는데 사냥감을 찾다가 무리에서 떨어져 헤매기가 일쑤였답니다. 할아버지는 세 아들과 할머니에게만 그런 얘기를 털어놓았습니다. 그러던 어느 저녁, 사냥에서 돌아오신 할아버지는 할머니가 티피 주변에 방어용 울타리를 만든 것을 보고는 깜짝 놀랐습니다.

할머니는 할아버지의 것도 아니요, 신발 모양으로 봐서는 수 족의 것도 아닌 낯선 발자국을 발견했고 뭔가 위험을 느꼈던 것입니다. 인디언이라면 보통 발자국을 구별하는 능력이 있지만 어떤 사람들은 더 특출나답니다.

이 용감한 여성은 낯선 발자국의 주인, 즉 다섯 명의 오지브웨이 족 전사들을 모두 쫓아 버렸던 것입니다. 놈들은 아주 조심스럽게 티피에 접근했지만 할머니가 키우던 개가 눈치를 챘습니다. 할머니는 미리 쳐 놓은 방어용 울타리 뒤에서 총을 마구 쐈습니다. 깜짝 놀란 오지브웨이 족 전사들은 후퇴하는 편이 좋겠다고 생각했겠지요.

한번은 버팔로 가죽으로 만든 우리 티피가 무너진 적이 있었습니다. 부족의 용사들이 몰려와 무너뜨린 것입니다. 그때 나는 겨우 여섯 살이었는데, 작은 아버지가 혼자서 버팔로 떼를 사냥했기 때문에 부족 전체가 벌을 내린 것입니다. 사실 작은 아버지는 버팔로 떼를 사냥할 마음은 손톱만큼도 없었습니다. 그런데 숲 가장자리에서 사슴에게 총을 쏘다가 불행하게도 그만 버팔로 떼를 놀라게 만들었습니다. 실수건 우연이건 어쨌든 그런 잘못에 대해서는 가혹한 벌을 내리는 것이 부족의 관습입니다.

'부족 경찰대'가 몰려왔을 때 나는 티피 안에서 놀고 있었고 운치다 할머니를 뺀 나머지 가족은 모두 나가고 없었습니다. 나는 그들이 다가오는 걸 몰랐습니다. 그러다 삼사십 여 명의 인디언들이 목청껏 내지르는 함성을 들었을 때는 아, 드디어 내 작은 세상이 끝장나는구나 하고 생각했습니다. 곧이

어 숱한 칼과 토마호크〔아메리카 인디언들이 무기나 연장으로 쓰는 큰 도끼〕가 우리 티피를 뚫고 들어왔습니다. 별로 튼튼하지도 않은 티피였는데! 핑핑 날아오는 총알은 티피 기둥과 머리 위의 지지대를 관통했습니다.

내가 그때 어떻게 했는지 거의 모릅니다. 짐작컨대 아마 그런 상황에 처한 아이들이라면 흔히 했을 법한 행동을 하지 않았을까 싶습니다. 운치다 할머니가 '경찰대' 대장과 심하게 말다툼을 하는 걸 보고서야 나는 무슨 일이 일어났는지 깨달았습니다. 할머니는 작은 아버지가 저지른 잘못에 대한 조사도 정확하지 않은데 용사들이 이깟 허름한 티피 하나 쓰러뜨린다고 무슨 명예를 얻겠느냐고 소리치셨지요. 사태가 진정되었습니다. 그러나 맙소사! 우리 집은 이미 형태를 몰라볼 만큼 망가졌고 기둥은 조각조각 쪼개진 뒤였지요.

중년의 나이에 접어든 인디언 여자들은 보통 살이 찌고 몸이 둔해집니다. 그러나 할머니는 여기서도 예외였습니다. 내가 태어났을 때 꼭 찬 예순 살이었습니다. 내가 일곱 살이었을 때는 나를 등에 업고 물살 빠른 너른 강을 헤엄쳐 건너셨습니다. 임시로 엉성하게 만든 버팔로 가죽 보트에 나를 태웠다가 괜한 사고라도 당할까 염려한 것입니다. 그 힘과 인내심은 참으로 놀랄 만했습니다. 심지어 할머니는 여든두 살이셨을 때에도 사십 킬로미터를 피곤한 기색 한 번 없이 하루 종일 걷기도 하셨습니다.

할머니의 순수하고 고결한 감수성은 지금 생각해 봐도 놀라울 따름입니다. 할아버지가 돌아가셨을 때 할머니는 젊고, 여전히 활동적이며 현명하고 부지런한 여성이셨습니다. 그분은 '숲의 사람들' 수 족의 고귀한 추장의 따님이셨지요. 그 정도 나이에, 그 정도 지위의 여자라면 재혼도 할 수 있습니다. 게다가 추장의 지위에 있던 끈질긴 구혼자가 더러 있었는데도 할머니는 할아버지에 대한 추억을 고이 간직하며 혼자 살기로 하셨던 것입니다.

내가 아주 어렸을 때 작은 아버지가 오지브웨이 족의 젊은 여자 두 명을 우리 집에 데리고 온 일이 있습니다. 전투에서 포로로 잡힌 사람들이었는데 그 전투에서 수 족은 한 명도 죽지 않았습니다. 그래서 수 족 여자들은 포로를 불쌍하게 여기며 잘 대해 줬습니다. 물론 포로들은 패배감에 깊이 젖어 있었지만 점차 행복해 했습니다. 그리고 우리 가족이 베푼 친절에 감사했습니다.

포로 여자들은 우리 할머니 집에서 이 년 동안 살았는데 두 부족 사이의 대화합으로 자기 마을로 돌아갈 수 있게 됐습니다. 마침내 풀려나게 되었을 때 그들 중 한 명이 한 말을 지금 기억해 보면 참 남다른 데가 있습니다. 할머니와 이별하는 순간, 자매의 언니 쪽이 할머니를 꺼안고 이렇게 말했습니다.

"할머니야말로 용감한 여성이고 진정한 어머니입니다. 아드님이 우리 부족을 정복하고 나와 내 동생을 포로로 잡아올 정도로 용맹한 이유를 이제야 깨달았어요. 나는 처음에는 그분을 미워했지만 지금은 존경하고 있습니다. 내 아버지나 형

37

제, 남편이라도 그분과 똑같이 했겠지요. 아니 그분은 그보다 더 많은 것을 해 주었지요. 자기 친구들의 토마호크에서 우리를 구해 주었고, 집으로 데려와 고귀하고 용맹한 한 여성을 알게 해 주었습니다.

할머니께서 우리에게 베푼 그 많은 친절을 결코 잊지 못할 겁니다. 그렇지만 우리는 가야만 해요. 나는 우리 부족에 속한 사람이니 우리 부족에게 돌아가야만 합니다. 나도 진정한 여성이 되기 위해 노력하겠어요. 그리고 내 아들들에게 할머니 아드님처럼 훌륭한 용사가 되라고 가르칠 거예요."

동생 쪽은 부족의 한 젊은이와 결혼해 평생 수 족 마을에 남기로 했습니다. 그녀는 "수 족과 오지브웨이 족을 형제로 만들겠노라"고 했지요.

포로로 잡혀 온 여자와 결혼하는 일은 많습니다. 유명한 수 족 추장의 어머니 와바쇼 역시 오지브웨이 족 여성이었습니다. 백인 포로 여자도 있었는데, 이름난 용사와 결혼해 다섯 명의 아이를 낳고 행복한 가정을 꾸렸습니다. 인디언 관습을 아주 잘 알고 있었기 때문에, 어린 나는 그분이 백인일 거라고는 한 번도 생각하지 않았습니다. 백인은 햇볕에 피부가 너무 잘 탔고, 그래서 언제나 갖가지 색칠로 덮혀 있어서 아주 유심히 관찰해야만 진짜 인디언과 구별할 수 있었습니다.

단풍나무 수액으로 설탕을

삼월이 되어 처음 눈이 녹으면, 곧바로 인디언 여자들은 연례 행사인 설탕 만들기에 마음이 쏠립니다. 나이 든 여자, 젊은 여자, 그리고 아이들이 주로 그 일을 했는데, 이때쯤이면 우리는 집에 남아서 설탕을 만들고 남자 어른들은 봄철 털가죽 사냥을 나갔습니다.

설탕 캠프에서 제일 중요한 건 단풍나무 수액을 끓일 큰 놋쇠 냄비입니다. 다른 도구는 모두 만들 수 있지만 냄비만은 사거나 빌려야 했습니다. 다음엔 단풍나무를 베어 내 속을 파내고 카누처럼 만들었습니다. 단풍나무 카누는 수액을 한꺼번에 담아 둘 때 씁니다. 나무에서 방울방울 떨어지는 달콤한 수액을 받을 때 쓰는 자작나무 대접과 작은 참피나무 물통도 만들었지요.

모든 준비가 끝나면 우리는 미네소타 강변에 늘어선 아담한 단풍나무 숲 한 가운데 있는 '설탕집'으로 향했습니다. 설탕집에는 미처 녹지 않은 눈과 지난 가을에 떨어진 낙엽이 쌓여 있었습니다. 우리는 먼저 집안을 깨끗이 치웠습니다. 그리고 바깥에는 며칠간 머물 수 있는 티피도 쳤습니다. 숲 속은 아직도 눈이 많이 쌓여 있는 데다 땅도 딱딱하기 때문에 걸어다니기는 편했습니다. 수액이 본격적으로 나오려면 아직 며칠 더 기다려야 했지만 모든 준비를 끝내 두는 게 좋지요.

이때만 되면 할머니는 정말이지 '비버'처럼 부지런히 일했습니다. (인디언 식으로는, '사향쥐처럼 부지런히 일했습니다' 하고 말하는 편이 더 옳겠군요. 왜냐하면 사향쥐, 이 부지런한 작은 동물은 겨울나기 식량으로 210리터에서 280리터 정도 되는 나무뿌리를 모아 두기 때문입니다. 물론 인디언들에게 고스란히 다 빼앗길 때가 많았지만 말입니다.) 만약 설탕 만들기가 잘 될 가망만 있다면 할머니는 수액을 담을 카누를 적어도 두 대, 아니 세 대까지도 만드셨을 겁니다. 수액 모으는 데 쓰는 카누는 나중에 사냥꾼들이 사용합니다.

대학살이 있기 전, 미네소타에서 마지막으로 설탕을 만들던 때의 일입니다. 할머니는 도끼로 카누를 만들고 있었고 젊은 숙모는 옆에 서서 구경하고 있었습니다. 남자 아이들은 설탕집 안에 모여서 수액을 마시러 오는 토끼나 얼룩다람쥐를 쏘아 맞출 화살을 분주하게 만들고 있었습니다. 이즈음이면 새들도 되돌아오기 시작했고, 어쩌다 삼월의 차가운 강풍에 밀려 문 앞까지 날아오곤 했습니다. 나는 너무 어려서 화살 만드는 것을 구경만 하였지만 그 일에 온통 마음을 빼았겼습니다. 형들은 모닥불 속에서 타고 있는 긴 장작 막대기 끝에다 화살촉을 꽂아 그 끝을 날카롭게 다듬거나, 불타고 있는 장작 토막을 칼로 잘라 냈습니다. 나는 이런 형들의 모습을 즐겁게 바라보았지요. 꺼지지 않고 타다 남은 잔불에 칼을 대면 절대 안 된다는 것을 알고 있었지만 형들은 화살 만들기에 너무 열중한 나머지 아무도 신경쓰지 않았습니다.

그때 갑자기 밖에서 커다란 비명 소리가 들렸습니다. 우리는 무슨 일이 벌어졌나 싶어 모두 뛰쳐나갔습니다. 끔찍한 광경이었습니다. 가슴 위에 가지런히 손을 모으고 옆에 서서 구경하던 숙모가 할머니 손에서 미끄러져 날아간 도끼에 맞아 손가락 세 개가 거의 끊어질 지경에 놓인 것입니다. 우리가 밖으로 나와 보니 할머니께서 큰 소리로 우리를 꾸짖으시며 회초리를 들고 쫓아오시더군요. 도끼를 날린 건 할머니입니다. 그런데 야단은 왜 우리가 맞아야 할까요. 여러분은 아마 전혀 이해가 안 될 것입니다. 그러나 인디언의 미신에 따르면, 사람이 과거에 뭔가 잘못을 저지르면 반드시 그 후에 가족 중 한 명에게 천벌이 내려 신체 일부가 잘린다고 했습니다. 사고가 나기 직전에, 할머니께선 우리가 타다 남은 잔불에 칼을 갖다 대는 걸 보고는 크게 야단을 치신 적이 있습니다. 그러니 미신대로라면 우리들이 저지른 바로 그 잘못 때문에 숙모님이 손가락이 잘리는 벌을 받은 것입니다.

　할머니는 카누만 만드는 게 아니라 불을 지필 땔감도 모으러 다녔습니다. 나무에서 수액이 흘러내리기 시작하면 땔감 모으러 다닐 시간이 없기 때문입니다. 곧 날씨가 따뜻해지고 눈이 녹기 시작했습니다. 사월의 소나기가 눈 녹은 물을 미네소타 강으로 흘려보냈습니다. 여자들은 손에 도끼를 들고 이리저리 돌아다니며 나무를 살펴봅니다. 새로 돋은 나뭇가지를 잘라 수액이 잘 흐르는지를 살펴보는 것입니다. 인간처럼 나무도 저마다 특성이 있어서 어떤 나무는 자기 생명 같은 수액을 기꺼이 내줄 준비가 되어 있는 반면, 또 어떤 나무는 수액을 내주길 싫어하지요. 곧 자작나무로 만든 대접을 하나씩 나무 아래 놓았습니다. 그리고 도끼로 잘라 낸 자리에 단단한 막대기를 깊숙이 꽂습니다. 그러면 막대기 끝에서 한 방울씩 한 방울씩, 그러다 점점 더 많은 수액이 작은 대접 위로 떨어져 내렸습니다.

　설탕은 보통 단풍나무 수액으로 만들지만 인디언은 다른 나무에서도 수액을 뽑아냅니다. 자작나무와 물푸레나무 수액을 사용하면 약간 쓴맛이 나는 흑설탕을 만들 수 있는데 약용으로 많이 쓰였습니다. 진짜 맛있는 백설탕은 네군도단풍나무 수액으로 만든 것인데 한 가지 흠이 있다면 수액이 많지 않다는 것입니다.

　수액이 어느 정도 모이면 설탕집 안에서는 불이 피어오르고, 불꽃 위에 놋쇠 냄비를 줄지어 올려놓습니다. 여자들이 양철 물통이나 자작나무 물통에 모아 온 수액을 카누에 부어 놓으면 다시 그 수액을 놋쇠 냄비에 퍼 담아 끓이는 것입니다. 보글보글 수액이 끓어오르는 즐거운 소리가 들려올 때면 얼마나 가슴이 두근거렸는지! 우리는 저마다 하나씩 자기 냄비를 정했습니다. 냄비 불길을 지키는 것도, 수액이 끓어 넘치지 않게 하는 것도 다 냄비를 맡은 아이들의 임무였지요. 마침내 수액이 끈적거리는 시럽이 되면, 나무 주걱에 시럽을 묻혀 눈 위에 떨어뜨려 테스트를 합니다. 테스트를 너무 자주 해서 보통은 하루나 이틀 만에 끓여 놓은 수액을 모두 먹어버리기 일쑤였습니다. 그렇게 단맛에 모두가 질리고 난 뒤에야 저장용 설탕이 차곡차곡 쌓이기 시작합니다. 할머니는 자작나무 틀에 시럽을 부어 여러 가지 모양의 설탕 덩어리를 만드셨습니다. 때로는 속이 텅 빈 등나무나 갈대 줄기, 오리나 거위의 부리를 이용했습니다. 설탕 덩어리를 가루로 낸 다음 생가죽 자루에 담아 포장하기도 합니다. 그날 이후 한 달이 넘도록 꼼꼼하신 할머니는 우리에게 설탕을 주지 않으셨습니다. 아주 특별한 경우를 빼고는 말입니다. 이렇게 만들어진 설탕은 거의 일 년 동안 먹습니다. 작은 덩어리는 보관해 두었다가 가끔 어린아이들에게만 나눠 주셨습니다. 설탕은 야생 쌀이나 옥수수 가루, 다른 곡식 가루와 함께 축제 때나 맛볼 수 있는 귀한 음식이었습니다. 그 당시만 해도 우리는 커피나 차 같은 건 전혀 몰랐으니까요.

모든 일에는 언제나 시련과 근심이 따르기 마련입니다. 설탕 캠프 동안 할머니는 시럽을 담아 놓은 자작나무 접시에 구멍이 나거나 접시가 홀라당 뒤집혀 버려 골치를 썩고 계셨습니다. 범인은 토끼 아니면 다람쥐였는데 이때는 우리 남자 아이들이 단단히 한몫을 합니다. 놈들에게 나무 공이나 화살을 쏘아 대기 때문입니다. 우리는 작은 도둑들이 완전히 철수할 때까지 캠프 주변을 온종일 사냥하고 다녔습니다. 나이 든 형들이 가끔 토끼를 잡아 오면 즐거운 잔치가 벌어졌습니다.

설탕 만들기는 사월까지 계속됐고 되돌아온 철새들은 캠프 주변에서 즐거운 노래를 불러 댔습니다. 나는 겨우 네다섯 살에 불과했지만 형들을 따라 곧잘 숲 속에 갔습니다. 한번은 형들이 너무 멀리까지 가는 바람에 위험을 무릅쓰고 나 혼자 돌아온 적이 있습니다. 우리 캠프가 보이는 곳까지 왔을 때 나는 얼룩다람쥐 한 마리가 통나무 위에 앉아서 제 짝을 소리내어 부르고 있는 것을 발견했습니다. 내 작은 화살과 나무 공으로 녀석을 맞출 수만 있다면! 나는 작고 깜찍한 그놈을 뚫어져라 쳐다보며 몰래 몰래 조심스럽게 다가갔습니다. 그러나 화살을 막 쏘려고 하는 순간 발 밑에서 쉬익 거리는 소리가 들렸습니다. 무시무시한 뱀 한 마리가 당장이라도 덤벼들 것처럼 또아리를 틀고 있었습니다. 나는 큰 소리를 치며 뒤로 물러났습니다. 내가 용감한 인디언 용사라는 사실도 새까맣게 잊은 채 말입니다! 그 광경을 지켜보는 사람은 없었지만 금새 내 자신이 몹시 부끄러워졌습니다. 그러나 부끄러운 게 문제겠습니까? 다음 순간, 나는 기우뚱하게 쓰러진 나뭇가지 위로 쏜살

같이 후퇴했습니다.

"뱀이 나무에도 기어오를 수 있는 건 아니겠지?"

미네소타에 마지막으로 남아 있던 설탕 숲에서의 일이 기억나는군요. 어느 날 오두막 밖에 서 있는데 허리가 구부러지고 머리카락은 거의 하얗게 변한 할아버지 한 분이 다가오는 모습이 보였습니다. 등에는 인디언들이 담배 필 때 쓰는 붉은 버드나무 다발을 잔뜩 짊어지고 계셨지요. 문 앞에 짐을 벗어던지고 나서 할아버지가 인사를 했습니다.

"정말로 설탕 만들기엔 그만인 날씨지?"

나의 외증조 할아버지, '구름 사나이(크라우드 맨)' 셨습니다. 지금은 미니에폴리스 시의 변두리가 되어 버린 '캐호운 앤 해리엇' 호숫가 근처가 그분의 고향입니다. 수 족 추장으로는 처음으로 청교도 선교사들을 반갑게 맞아들였던 분으로 개척 시대의 유명 인사셨지요. 할아버지는 근처 강가에서 평화롭게 설탕을 만들고 있던 부족 사람 몇 명이 떠돌이 오지브웨이 족에게 살해됐다고 알려 주셨습니다. 모두 그 얘기에 불안해 했습니다. 우리 역시 오지브웨이 족이 벌이는 전쟁 잔치의 제물이 될 수도 있기 때문입니다. 무거운 짐을 지고 마을로 다시 돌아가는 날까지 불안은 계속됐습니다.

네 이름은 '승리자'

한여름이 됐습니다. 그해에는 유난히 우리 산티 수 족은 벌이는 일마다 성공을 거뒀습니다. 봄철의 털가죽 사냥에서도 가죽을 많이 얻었고, 혹독한 겨울 추위로 단풍나무 수액이 넘쳐나 설탕도 많이 얻었습니다. 여자들이 보살피는 토마토와 옥수수 밭에도 다 자란 열매들이 넘쳤습니다. 수 족의 일족인 우리 와페튼('숲의 사람들') 부족은 오랜 전통인 여름 축제가 벌써 다가왔다는 사실에 다들 놀랐지요.

이번 여름 축제의 주인은 '숲의 사람들' 일족의 추장인 '푸른 대지'였습니다. 초대장은 담배 다발이었는데, '빛나는 천막', '강에서 돌아온 사람들', 그 밖에도 성향이 비슷한 여러 일족들이 초대에 응했습니다.

축제 때는 매우 다양한 경기가 펼쳐집니다. 많은 경기와 공연이 열린다는 점에서 보면 큰 도시에서 해마다 여는 연중 축제와 같지요. 행사 중에는 예를 들어 '처녀들의 축제' 같은 것도 있습니다. 그 축제를 주최하는 사람이 '흰 토끼' 처녀라면, 그녀는 다른 일족들에게 축제를 홍보하고 다닐 소리꾼을 한 명 고용합니다. 소리꾼은 노래하는 듯한 창법으로 "'흰 토끼' 양이 오늘 정오에 카포시아 부족의 원형 영지로 여자 친구들을 초대합니다" 하고 외치고 다니지요.

축제 기간에 자기 아들 귀를 뚫어 주려고 하는 '졸린 눈' 씨 같은 사람도 있겠지요. '졸린 눈' 씨는 수달 가죽이며 곰 가죽, 비버 가죽과 조랑말 같은 것들을 내놓아야 합니다. 그렇게 하지 않으면 아들은 집안에서 높은 지위를 가진 성원으로 인정받지 못합니다.

그러나 가장 중요한 행사는 역시 라크로스〔스틱으로 공을 주거니 받거니 하는 하키와 비슷한 구기 경기〕 경기였습니다. 왜냐하면 전통적으로 라크로스는 어느 부족에 발 빠른 용사들이 더 많은지를 가리는 경기였기 때문입니다.

미네소타 강변에 있는 '숲의 사람들' 마을은 새로 도착한 손님들과 다가올 행사 준비로 들썩거렸습니다. 이 축제에 대비해 사람들은 이미 지난 가을 동안 사냥한 고기를 꼼꼼하게 다듬어 보관해 두었습니다. 겨울 내내 보관해 두었던 야생 쌀과 가장 좋은 부위만을 골라서 말린 사슴 고기도 나옵니다. 뿐만 아니라 묻어 두었던 신선한 순무와 잘 익은 산딸기, 그 밖에도 맛있는 음식이 넘쳐납니다.

각 부족들은 숲 속 가장자리를 따라 자기들끼리 무리를 지어 둥글게, 더러는 반원 모양으로 티피를 쳤습니다. 망카토, 곧 '푸른 대지'의 티피는 특히 눈에 잘 띄는 곳에 세워집니다. 입구가 태양이 떠오르는 동쪽을 바라보게 세우는데, 입구 위쪽에는 태양을 정면으로 마주보고 있는 빨갛고 노란 담뱃대 그림을 그렸습니다. 환영의 표시이자 축복의 상징이지요.

라크로스 경기에 사용하는 공을 만들 '주술사'를 정하는 모임이 열렸습니다. 그리고 잠시 후 축제 홍보관이 창크페유하 노인이 영광스러운 일을 맡게 됐다고 알렸습니다. 선택받지 못한 다른 주술사들은 모두 실망했지요. 창크페유하 노인은 육체적으로 매우 강인한 분인데다 뛰어난 외모와 영적인 능력으로 부족의 신뢰를 얻고 있었습니다.

저녁 무렵 그분이 네 살쯤 된 어린 소년의 손을 이끌고 '숲의 사람들' 천막촌에 나타났습니다. 옆에 바짝 붙어선 어린 동료는 그분의 움직임을 빠짐없이 지켜보고 있었습니다. 소년의 주의 깊은 눈은 어느 것 하나 놓치지 않고 점점 더 초롱초롱해지고 커지는 것 같았습니다. 반짝거리는 풍성한 검은 머리카락은 땋아서 마치 천사의 테처럼 머리 주변을 감싸고 있었습니다. 양쪽 귀에 꽂힌 백조 깃털은 윤기 나는 얼굴과 선명한 대조를 이루고 있었습니다. 얼굴과 몸에는 그 나이 또래들이 으레 하는 채색이 되어 있었고 손에는 작은 활과 화살을 들고 있었습니다.

주술사는 엄숙한 자세로 멈춰 서서 간단히 연설했습니다.

"저 날렵한 고라니도 따라잡을 수 있다고 자랑하는 '숲의 사람들'이여, 오지브웨이 족보다도 더 빨리 달릴 수 있는 당신들에게 이 붉은 공을 바치겠소. 지상에서 가장 가벼운 발을 가졌다고 믿는 '빛나는 천막'들이여, 물 한 모금 없이도 하루 종일 달릴 수 있는 당신들에게는 이 검은 공을 바치겠소. 여러분과 '숲의 사람들', 둘 중 어느 쪽이라도 먼저 눈을 떨구거나 머리를 숙이면 경기는 끝나는 것으로 하겠소. 그리고 이 자리에서 여러분에게 알려드릴 것이 있소. 만약 '숲의 사람들'이 이긴다면 내 곁의 이 어린 용사는 평생 동안 '오이예사(승리자)'라는 이름으로 살아갈 것이오. 그러나 만약 '빛나는 천막'이 이긴다면 그들이 지목하는 소년에게 그 이름이 돌아갈 것이오."

최종 결승전을 치르게 될 곳은 강과 호수 사이의 좁고 긴 땅이었습니다. 길이는 천이백 미터 정도에 폭은 사백 미터 정도 됐습니다. 관중들은 경기장보다 조금 높은 앞뒤, 양옆에 이미 줄지어 서 있었습니다. 질서를 지키기 위해 임명된 군인들이 이날의 흥을 한결 더 돋웠습니다. 그들은 인디언 관습에 따라 몸뿐만 아니라 자기 말과 스틱에도 기호에 따라 아름다운 색칠을 했지요. 매우 철저하게 규칙을 지켰기 때문에 어느 누구도 감히 경기장 안에서는 마음대로 반칙을 저지를 수 없었습니다.

며칠 동안 벌어지는 그 밖의 다른 행사와 축제들도 사람들의 관심을 끌었습니다. 조랑말 위에 올라탄 행사 홍보관은 마지막 결승 경기에 참가하기를 원하는 사람은 경기장에 자주 가 봐야 한다고, 누군가에게 나쁜 감정을 품고 있는 사람이라도 경기가 끝날 때까지는 제발 잊어 달라고 돌아다니면서 떠들었습니다.

마침내 경기를 시작할 시간. 양쪽 팀에서 제일 힘이 센 선수들이 경기장 중앙에, 발이 빠른 선수들은 경기장 뒤쪽에 자리를 잡았습니다. 몸 위에는 무지개며 붉게 노을이 타는 하늘 등을 그려넣고 치렁치렁 장식이 달린 화려한 옷을 입은 수많은 사람들이 한데 모여 있는 광경은 정말 장관이었습니다. 어떤 사람은 구리빛 몸 위를 가로지르는 은하수를 그려넣기도 했고, 또 어떤 사람은 번개 불빛을 그려 넣기도 했습니다. 다른 사람들도 대부분 근육질 가슴 위에 날렵한 새나 동물의 모양을 그려 넣었습니다.

모르긴 몰라도 요즘 미용실에서 만들어 주는 헤어 스타일은 라크로스 경기에 출전하는 수 족 선수들의 머리 모양과 상당히 비슷한 구석이 있습니다. 어떤 이는 머리띠를 하고 또 어떤 이는 머리를 질끈 묶고 있었습니다. 머리카락 위에 색깔 고운 가루를 약간씩 뿌리는 사람도 있습니다. 이마 뒤로 넘긴 머리는 뒤쪽에서 그리스 식 매듭을 이용해 단단하게 묶어 줍니다. 그리고 이렇게 묶은 머리는 잘 빗은 다음 형형색색 가죽 끈으로 장식을 합니다.

경기장 중앙에는 보기에도 엄청난 거구의 사나이 네 명이

자리를 잡았습니다. 다섯 번째 선수가 그들에게 다가가다가 잠시 멈춰 섰습니다. 그리고 머리를 뒤로 젖힌 채 마치 한 마리 닭처럼 높은 하늘을 바라보면서 부드러운 음조로 소리를 질렀습니다. 순간 함성과 응원 소리가 울려 퍼지고 양쪽 선수 두 명 사이로 작고 검은 공이 던져졌습니다. 두 선수는 서로 공을 잡기 위해 애씁니다. 그러나 서로 방해하는 통에 공은 주인을 찾지 못하고 양편의 수비수들이 우르르 몰려와 공을 덮쳤습니다. 수많은 라크로스 스틱이 서로 공을 차지하려고 얽히고 설키는 가운데 먼지 구름이 뭉게뭉게 일어났습니다. 그 속에서 온몸에 색칠을 한 선수들은 한 덩어리처럼 꿈틀거렸습니다. 갑자기 누군가의 스틱이 카포시아, 곧 '빛나는 천막' 부족 쪽인 서쪽을 향해 공을 힘차게 쳐 올렸습니다. 응원단에서 함성이 울려 퍼지고, 그 큰 소리는 미네소타 반대편의 하얀 절벽 뒤까지 메아리쳤습니다.

공이 날아오르자 우리 편인 와페튼, 즉 '숲의 사람들' 부족의 선수 두 명이 공을 받아 가로챌 태세를 갖췄습니다. 카포시아 쪽 선수도 재빨리 공을 받으려 하지만 이쪽에서 섬광처럼 빠르게 공을 쳐 올리는 바람에 그만 놓치고 맙니다. 공은 경기장 위에 떨어졌습니다. 그러나 누가 달려들 사이도 없이 우리 와페튼 팀이 마치 고양이처럼 재빨리 달려들어 공을 낚아채더니 카포시아 팀 선수들 사이를 뱀처럼 빠져나갔습니다. 엄청난 함성이 경기장 전체에 울려 퍼졌습니다.

공을 움직이는 용사는 상당한 위험을 감수해야만 합니다.

조금이라도 더 나아가기 위해서는 카포시아 팀의 수많은 선수들을 날쌔게 피해 가야만 하기 때문입니다. 와페튼 팀의 선수는 민첩하고 재빨랐습니다. 자기를 잡으려고 달려드는 상대편 선수들을 표범처럼 탄력있게, 사슴처럼 날렵하게 비껴 갔습니다. 상대편 선수들은 모조리 그의 발뒤꿈치 주변에서만 맴돌았고, 그러는 동안 우리 편 선수들은 온 힘을 다해 그 선수가 지나가도록 길을 터주고 있었습니다. 그러나 그 선수가 '오십 보' 만을 획득하는 바람에 길을 터 주려는 시도는 안타깝게 무산되고 말았습니다.

경기는 계속됐습니다. 한쪽 편이 이기는 것 같다가도 다시 뒤처지면서 좀처럼 승부가 나지 않았습니다. 양쪽 모두 막상막하여서 어느 쪽이 승리할지 누구도 장담할 수 없었습니다. 경기 홍보관이 '공을 바꿔야 한다' 고 알렸습니다.

몇 분 간 휴식한 후 경기는 다시 시작됐습니다. 이번에는 붉은 공이 똑같은 방식으로 양쪽 두 선수 사이를 가로질러 공중으로 던져졌습니다. 공이 바닥에 닿자마자 한 선수가 공을 잡아서 북쪽으로 멀리 날려 보냈습니다. 또다시 행운이 찾아오는 듯했습니다. 왜냐하면 우리 편 선수가 공보다 앞질러 가 있었기 때문입니다. 경기장은 온통 흥분과 열기의 도가니였습니다. 그러나 북쪽을 향해 날아간 붉은 공은 잠시 주춤하다가 다시 치열한 쟁탈전에 휘말렸습니다. 이제는 모두가 응원의 함성을 내지르고 있었습니다. 대학간 풋볼 경기가 벌어지는 경기장이나 잔인한 격투장에서나 들려올 만큼 어마어마한 함성이었습니다.

붉은 공은 백 명도 넘는 사람들에 둘러싸여 흔적조차 보이지 않았습니다. 갑자기 한 선수가 소리를 질렀지요. 곧이어 다른 선수들도 소리치기 시작했습니다.

"앤틀로프 선수를 찾아! 앤틀로프 선수를 쫓아!"

그러나 때는 이미 늦었습니다. 작은 공은 이미 우리 편 선수인 앤틀로프의 손아귀에 들어온 후였습니다. 날렵한 이 와페튼 선수는 라크로스 스틱을 치켜 올리더니 북쪽 골대를 향해 공을 몰아가기 시작했습니다.

그 엄청난 스피드라니! 그는 상대편 수비수들을 거의 모두 제꼈습니다. 남은 것은 단지 두 명뿐이었습니다. 누구도 감히 덤벼들지 못할 엄청난 스피드로 이 선수가 수비수들에게 다가가는 것을 지켜보고 있자니 모두들 가슴이 쿵쾅거리며 뛰는 것 같았습니다. 이제 남은 것은 카포시아 팀이 패배하느냐, 아니면 연장전으로 돌입하느냐 뿐이었습니다. 두 명의 수비수는 먹이를 향해 막 뛰어오르려는 두 마리 표범처럼 결연한 표정으로 적을 기다리고 있었습니다. 그러나 앤틀로프는 스피드를 늦추려고도, 비껴가려고도 하지 않았습니다. 쾅! 엄청난 충돌이었습니다. 잠시 후 두 명의 카포시아 팀 선수가 땅 위에 쓰러졌고 날렵한 앤틀로프의 머리엔 승리의 월계관이 씌워졌습니다.

승리자의 캠프에서 벌어진 기쁨의 소동과 혼란을 어찌 말로 표현할 수 있을까요. 북소리가 들리고 난 후 홍보관들은 서둘

러 줄을 지어 다니며 '숲의 사람들' 캠프에서 마지막 잔치가
벌어진다는 소식을 알렸습니다.

　그날은 그야말로 완벽한 하루였습니다. 모든 행사가 순조롭
게 진행됐습니다. 그리고 사실 나이 드신 어르신들이 매우 행
복해 하셨습니다. 왜냐하면 이런 경우, 어르신들께 여러모로
좋은 점이 많았기 때문입니다. 잔치에 초대받은 어른들은 둥
글게 둘러앉았고 나이 드신 어르신들은 윗자리에 모여 계셨
습니다. 먼저 '푸른 대지' 어르신이 자리에서 일어나 손님들
께 짧은 감사의 인사로 예의를 표했습니다. 그리고 승리의 기
념으로 약속대로 한 소년이 이름을 얻게 됐습니다. "호오―!"
커다란 함성이 미네소타 강둑 위의 숲 가장자리에서부터 울
려 퍼졌습니다. 소년의 이름을 승인하는 의미의 함성이었습
니다.

　놀라서 반쯤 넋이 나간 어린 소년이 마치 형 선고라도 받는
것 같은 표정으로 원 가운데로 불려 나왔습니다. 위엄에 눌려
주눅 든 소년을 격려하는 응원 소리가 계속해서 흘러나왔습
니다. 주술사 창크페유하 어른이 이름을 수여하는 의식을 시
작했습니다.

　"앞으로 너는 '오이예사(승리자)'로 불리게 될 것이다. 용감
하고 인내심 많은 용사가 되거라! 네겐 언제나 승리만이 있을
게다. 네 이름은 '승리자'다!"

자연에서 배우다

세상 사람들은 흔히들 아메리카 원주민이 아이들을 제대로 교육이나 시켰을까 의심합니다. 그러나 전혀 그렇지 않습니다. 인디언 아이들은 부족의 모든 관습을 매우 엄격하게 교육받았습니다. 그 모든 관습이 한 치의 어긋남 없이 그대로 지켜졌고 한 세대에서 다음 세대로 전수되지요.

예비 아빠와 예비 엄마들은 곧 태어날 아기에게 조상들로부터 내려오는 가장 좋은 성품만을 물려주기 위해 함께 온 힘을 기울입니다. 임신한 인디언 여성은 종종 가족이나 부족 사람들 중에서 가장 뛰어난 한 사람을 골라서 태어날 아기의 모범으로 삼았습니다. 그리고 매일 같이 그 영웅에 대해 생각했습니다. 예비 엄마는 그분의 행적과 용맹스러운 공적을 통해 전통을 이해하고, 혼자 있을 때마다 머리 속에 떠올렸습니다. 뱃속의 아기에게 더 또렷하게 기억시키기 위해 다른 사람과 함께 있는 것도 피했습니다. 엄마는 가능한 혼자서 고독하게 돌아다녔습니다. 아무 생각 없이 돌아다니는 것이 아니라 웅장하고 아름다운 풍경을 눈에 담으면서 말입니다.

인디언은 어떤 동물은 태어날 아기에게 특별한 재주를 선물로 주는가 하면 또 어떤 동물은 아주 고약한 인상을 남겨서 아기를 괴물처럼 만들 수도 있다고 믿었습니다. 언청이는 흔히 토끼 때문이라고 여겼습니다. 아기 엄마에게 반해 버린 토끼가 자기 입모양을 고스란히 아기에게 물려줬다는 것입니다. 임신한 여자가 절대 먹으면 안 되는 고기도 있습니다. 아기의 성격이나 기질에 영향을 준다고 믿었기 때문입니다.

전사가 될 아기가 태어날 즈음에는 사냥과 전쟁에서 세운 조상들의 위대한 업적을 기리는 자장가를 불러 줍니다. 아기가 태어나기 전까지 엄마의 마음 속을 가득 채우고 있던 이런저런 생각이 그렇게 흘러나오는 것입니다. 그렇다고 태어나지도 않은 아기가 명예심과 야망을 자극하는 그런 노래에 반응을 보이는 건 아니지만 말입니다. 아기는 부족의 미래를 짊어질 용사로 불립니다. 그가 얼마나 용감하고 뛰어난 재주를 가졌느냐에 따라 그의 인생도 달라질 테지요. 태어날 아기가 여자라면 그 또한 고귀한 부족의 미래를 책임질 어머니로 불리웁니다.

인디언의 사냥 노래 속에는 보통 동물과는 다른 훌륭한 동물이 등장할 때가 많습니다. 인디언 소년을 제 발로 찾아와 부족의 식량으로 먹어 달라고 자신의 몸을 아낌없이 내주는 식입니다. 노래 속의 이 동물들은 보통은 소년의 친구, 사촌, 할아버지, 할머니, 또는 부족 사람들이 변한 것으로 표현됩니다. 자장가로 많이 불리는 사랑 노래 속에도 그런 상상력은 가득합니다. 사랑을 애걸하는 구혼자 역시 동물로 묘사되는데 특히 아름다운 여자는 밍크나 암사슴으로 등장합니다.

　인디언 소년에게는 아주 어려서부터 조상들의 전설을 보존하고 후손들에게 전수하는 임무가 주어집니다. 매일 저녁마다 부모님 또는 할아버지, 할머니가 부족의 전설이나 과거에 실제로 일어났던 일들에 대해 이야기해 주셨습니다. 소년은 입을 반쯤 벌리고 눈을 반짝이며 이야기를 듣습니다. 다음날 저녁이면 자기가 들은 이야기를 사람들 앞에서 그대로 반복해야 합니다. 그다지 똑똑하지 못하면 기억하는 데만도 꽤 오랜 시간을 고생하겠지만, 대체로 인디언 소년들은 잘 들었을 뿐 아니라 기억력도 좋았습니다. 그래서 이야기를 듣고 그대로 따라하는 능력이 상당히 뛰어났습니다. 집안 식구들은 관객이 되어 소년의 이야기에 맞장구를 치기도 하고, 빠뜨린 부분은 없는지 지적하기도 하고 칭찬을 하기도 합니다.

　이런 식의 배움은 소년의 야망을 자극합니다. 자신의 미래에 대한 상상이 좀더 분명해지고 반드시 그렇게 되고 말겠노라고 다짐도 하는 것입니다. 배워야 할 필요가 있는 것은 무엇이건 간에 다 배워야 합니다. 진정 위대한 사람이 되려면 어떤 위험과 고난을 겪더라도 필요한 모든 자질을 반드시 습득해야 합니다. 그것이 바로 상상력 풍부하고 용감한 어린 인디언이 느끼는 것입니다. 이미 어렸을 때부터 그들은 고독을 두려워하거나 싫어하지 않고 고독에 익숙해지도록 자신을 훈련시켜야 한다는 것을 알고 있습니다.

흔히, 인디언이 지닌 특별한 기술은 모두 타고난 것이라고 여길지 모릅니다. 그러나 그것은 착각입니다. 인디언의 인내심과 자기 절제는 모두 훈련된 것이며 뛰어난 목공예술 또한 홀로 끊임없이 연습한 결과입니다. 인디언은 육체적인 단련이나 소식, 단식을 결코 꺼리지 않습니다. 나 역시 고기 스프나 따뜻한 음료수를 마시지 못하도록 규제받던 때가 있었습니다. 스프는 나이 든 사람들이 먹었습니다. 일반적인 규칙상 인디언 젊은이는 아주 따뜻한 음식을 먹어서도, 물을 너무 많이 마셔서도 안 됩니다.

내가 열다섯 살이 될 때까지 교육을 맡아 오신 작은 아버지는 엄격하고 훌륭한 스승이셨습니다. 아침에 내가 티피를 나설 때면 그분은 "'불쌍한 막내'야, 모든 사물을 꼼꼼히 살펴보거라" 하고 일러주셨습니다. 그리고 저녁이 되어 내가 돌아오면 한 시간씩 내게 질문을 하셨습니다.

"그 나무는 어느 쪽 껍질이 더 밝은 색이더냐? 어느 쪽 가지들이 가장 균형있게 자라 있더냐?"

그리고 그날 내가 처음 본 새들에게 이름을 붙이도록 시키셨습니다. 나는 새의 부리나 색깔, 또는 노랫소리, 생김새, 둥

지의 위치 등에 따라 이름을 붙였습니다. 새들이 지닌 특징은
모두 다 내게는 깊은 인상을 주었습니다. 우스꽝스러운 실수
도 꽤 저질렀습니다. 그러면 작은 아버지는 정확한 새 이름을
알려주셨고 어쩌다 가끔 내가 정확하게 맞추면 따뜻한 말로
칭찬해 주셨습니다.

내가 나이가 좀 더 들어서 그러니까 여덟 살이나 아홉 살쯤
됐을 때, 작은 아버지의 이런 가르침은 점점 깊이를 더해 갔습
니다. 이를 테면, "저쪽 호수에 물고기가 있다는 것을 너는 어
떻게 알 수 있느냐?" 하며 물으십니다.

"그건 말이죠, 한낮이면 녀석들이 파리를 잡으려고 물 위로
뛰어오르거든요."

자신있게, 하지만 얄팍한 답을 말하는 조카에게 작은 아버
지는 미소를 지으며 말씀하십니다.

"호수를 들여다보면 얕은 물 쪽에 작은 조약돌 무더기가 있
지. 그건 어떻게 생각하느냐? 모래 바닥에 새겨진 작은 곡선
이나 낮은 모래둑은 뭣 때문에 생겨났을까? 물고기를 잡아먹
는 새들을 본 적은 없느냐? 호수에 물이 드는 곳과 나는 곳이
이 문제와 무슨 관련이 있지 않을까?"

내게 던진 그 많은 질문들에 대해 내가 정답을 내리라고 기
대하지는 않으셨습니다. 그러나 언제나 관찰력이 뛰어나고
자연에 대해 박식한 훌륭한 학생으로 나를 키우고 싶어하셨
습니다.

그래서 이렇게 말씀하셨지요.

'불쌍한 막내' 야, 쉰크토케차(늑대)를 잘 보고 배워야만 한다. 그놈은 놀라서 목숨을 걸고 도망칠 때라도 마지막 은신처에 들기 전에 반드시 멈춰 서서 주변을 한 번 더 살펴본단다. 그러니 너도 반드시 모든 사물을 볼 때 한 번 더 살펴보도록 하거라.

네가 지켜보고 있는 걸 눈치채지 못하고 있는 동물을 살펴보는 게 좋아. 나는 녀석들이 서로 구애하거나 싸우는 광경을 주의 깊게 살펴본단다. 그래서 많은 비밀을 배웠지. 예전에 회색곰 한 쌍과 버팔로 세 마리가 싸우는 끔찍한 광경을 몰래 숨어서 지켜본 적이 있지. 회색곰이 어리석었어. 왜냐하면 그때는 산딸기가 피는 달이었거든. 버팔로들이 수컷끼리 벌이는 '피의 제전' 에 대비해서 뿔을 날카롭게 갈아 두었을 때지.

네게 충고하건대, 회색곰의 동굴에 다가갈 때는 절대 정면으로 다가가면 안 된다. 숨어서 몰래 다가간 다음 구멍 앞에 돌멩이나 담요를 던져 보거라. 놈은 보통은 덤벼들지 않아. 먼저 굴 밖으로 머리를 내놓은 다음 무슨 소리인지 들어보다가 태연스럽게 나오거든. 그리고 공격을 하기 전에는 먼저 굴 앞 언덕배기에 엉덩이를 깔고 앉는 거야. 그렇게 무방비로 노출되어 있을 때, 심장을 겨냥해야 해. 동물들이 그렇듯이 너도 언제나 침착하고 냉정해야 한다.

작은 아버지는 또 이렇게도 말씀하셨습니다.

사냥을 할 때는 네가 쫓고 있는 동물의 습성을 잘 생각해야 한다. 기억해라. 큰 사슴 무스는 늪이나 낮은 지대, 아니면 호수나 연못이 있는 높은 산 사이에서 한 번에 삼십 일에서 육십 일까지 머무른단다. 대개 큰 사냥감은 계속해서 이동을 하지. 그렇지만 암사슴은 봄철에는 이동하지 않아. 그래서 새끼 사슴을 데리고 있는 어미를 찾는 건 식은 죽 먹기란다. 둘 중 하나라도 있는 것 같은 흔적을 발견하면 곧바로 적당한 장소에 몸을 숨긴 다음 암사슴 부르는 소리를 내는 거야.

그 소리를 처음 들은 놈이 네 옆에 나타날 게다. 그렇지만 조심하지 않으면 안 돼. 커다란 삵쾡이가 너를 새끼 사슴으로 오인할지도 모르니까. 삵쾡이는 암사슴이 내는 특이한 소리를 잘 알고 있거든.

곰이나 삵쾡이가 너를 공격하려고 하는 것 같으면 말이다, 이걸 놈들한테 알려 줘야만 해. 네가 녀석을 계속 지켜보고 있었고 녀석의 마음 속을 이미 다 눈치채고 있다는 걸 말이다. 만약 정정당당하게 싸울 준비가 미처 안 됐으면 끝이 뾰족한 창을 들고 놈을 향해 돌격해야 한다. 그게 유일한 방법이야. 이미 상처를 입었거나 구석에 몰린 게 아니면 어떤 맹수도 절대 창에 맞서지는 않는다. 곰 같은 사나운 동물은 자기보다 더 큰 동물이 가진 평범한 무기, 뿔 같은 거 말이다, 그런 걸 무서워하거든. 게다가 그 무기가 길고 날카롭다면 감히 위험을 무릅쓰고 덤벼들지는 못하지.

한 가지 예외는 있다. 회색늑대는 진짜 배가 고프면 무조건 공격을 한다. 그렇지만 무리가 많을 때 얘기지. 그런 걸 보면 백인들과 아주 비슷해. 늑대들은 버팔로 떼를 공격해서 어린 버팔로 새끼를 사냥하기도 하고 영양 떼한테 덤벼들기도 한다. 왜냐하면 영양 같은 건 아무런 힘이 없거든. 그렇지만 사람을 공격하는 건 아주 조심스러워 하지.

　작은 아버지의 가르침은 대부분 이런 식이셨지요. 그분은 당시 부족의 위대한 사냥꾼들 중에서도 가장 널리 이름이 알려진 분이었습니다.
　인디언 소년이라면 누구나 고통을 불평하지 않고 견뎌내야 했습니다. 잔인한 전투에서 젊은 인디언은 강인한 용사이면서 동시에 어떤 종류의 궁핍도 견딜 수 있어야 합니다. 이틀이나 사흘 내내 음식이나 물 없이 지내더라도 조금이라도 약한 모습을 보여서는 안 되고 하루 밤낮을 꼬박 쉬지 않고 달릴 수도 있어야 합니다. 또 밤이건 낮이건 길 없는 황야를 헤매이지 않고 가로지를 수도 있어야 합니다. 용사가 되고자 갈망하는 이라면 그중 어느 것 하나도 소홀히 해서는 안 됩니다.
　어느 날인가는 작은 아버지가 아침 일찍 나를 깨워서 하루 종일 당신과 함께 단식을 하자고 하셨습니다. 나는 작은 아버지의 제안을 받아들였습니다. 그날은 내가 단식 중임을 마을 소년들 모두가 알 수 있도록, 숯으로 얼굴을 검게 칠했습니다. 자비로운 태양이 서쪽 언덕 너머로 사라질 때까지 나는 하루 종일 악마의 유혹에 끊임없이 시달렸고 내 인생마저 비참하게 느껴졌습니다.

언제였는지는 잘 기억할 수 없지만 어느 날 아침, 나는 끔찍한 비명 소리에 잠을 깨고 말았습니다. 엄격한 스승님께서 곤히 잠자고 있는 내 머리맡에서 대뜸 전투 함성을 질러 댔던 것입니다. 작은 아버지는 내가 완벽한 마음의 태세를 갖추고, 언제라도 무기를 잡고 날카로운 응답의 함성을 내지를 준비가 되어 있기를 기대했던 것입니다. 몇 번이나 그랬습니다. 만약 내가 잠이 덜 깨거나 화들짝 놀라서 뭘 해야 할지 어리둥절하고 있으면 놀리면서 이렇게 말씀하셨습니다. "'불쌍한 막내'야, 네 머리 가죽이 불쌍하구나. 겁쟁이의 머리 가죽은 절대 비싸게는 안 팔린단다." 놀라게 하는 방법 또한 실로 다양했습니다. 이른 아침 티피 밖에서 갑자기 총을 쏘거나 온몸이 오싹해지는 함성을 지르거나 하는 식으로 말입니다. 그러나 얼마 지나지 않아 나는 익숙해졌습니다.

출정길에 오른 인디언이 실제 전투가 시작되기 전에 신참내기 전사를 철저하게 시험해 보는 것은 오랜 관습입니다. 그래서 적들의 캠프 근처에 가까이 갔을 때, 신참내기에게 마실 물을 구해 오라고 시키곤 했습니다. 그러면 뽑힌 전사는 어떤 수를 써서라도 자신의 용맹을 입증해 보여야 했지요. 이와 똑같은 의도에 따라, 작은 아버지는 해가 저물어 낯선 곳에 티피를 친 다음에는 꼭 나한테 물을 떠오라고 시켰습니다. 주변에는 사나운 맹수들이 우글거리고 바로 근처에는 숨어 있는 적들이 보낸 염탐꾼이 있을지도 몰랐습니다.

그러나 나는 결코 거절하지 않았습니다. 비겁하게 보이는 것이 싫었기 때문입니다. 나는 마치 고양이처럼 조심스럽게 조용히 숲을 통과해 물통 가득 물을 길어서 돌아왔습니다. 마른 나뭇가지 부서지는 소리, 멀리서 들리는 올빼미 소리에도 심장을 두근거리며 안달하면서 마침내 티피에 도착하면 작은 아버지는 아마도 이렇게 말씀하시겠지요.

"오, 불쌍한 막내! 너야말로 진정한 용사로구나."

그러나 물이 많이 쏟아져 물통이 거의 비어 있으면 주저하지 않고 명령하셨습니다. 다시 갔다 오너라.

아, 그때의 절망감이라니! 그러나 나는 정말 용감한 사람이 되고 싶었습니다. 그건 마치 백인 소년들이 위대한 변호사나 미합중국의 대통령이 되기를 원하는 것만큼이나 절실한 소원이었습니다. 그리하여 말없이 물통을 집어 들고 다시 티피를 나섭니다. 어둠 속에 남겨 두고 온 내 발자국을 다시 뒤쫓아가는 것입니다.

우리의 관습과 도덕이 무시되는 일은 없었습니다. 언제나 어른을 공경하도록 배웠는데 어른들의 토론에 끼어들어서도, 허락받지 않고 그분들 앞에서 말을 해서도 안 된다고 배웠습니다. 인디언의 예절은 매우 엄격해서 직접적인 호칭을 피하는 것도 지켜야 할 예의 중 하나였습니다. 존경심을 표현하고 싶은 이들이라면 보통은 그 사람의 이름 대신 친족 관계를 표현하는 용어나 존경을 표하는 직함을 불렀습니다. 또 가난한 사람에게는 관대함을, '위대한 정령' 께는 경외감을 갖도록 배웠습니다. '위대한 정령'을 따르는 신앙심은 모든 인디언 교육의 기초가 됐습니다.

할머니가 나를 꾸짖으면서 하셨던 가르침은 아직까지도 기억이 납니다. "강인한 심장, 강인한 인내심을 가져야 한다." 할머니는 곧잘 그렇게 말씀하셨습니다. 그리고 불 같은 성질 때문에 언제나 지적받았던 젊은 추장에 대해 말씀해 주셨습니다. 자기 분을 참지 못한 젊은 추장은 어느 날 부족의 여자를 죽이려 들었습니다. 그래서 부족 사람들은 그를 죽였고 불명예의 표시로 땅에 묻지 않은 채 시신을 내버려 두었습니다. 그의 시신에는 그저 푸른 풀들이 덮였을 뿐입니다. 내가 불같이 화를 내기라도 하면 할머니는 말씀하셨습니다.

"불쌍한 막내야, 참아라. 그렇지 않으면 그 젊은 추장처럼 될 거야. 너도 푸른 담요 밑에 묻히고 싶으냐."

예전에는 젊은 사람이 인정받는 용사가 되거나 뛰어난 업적을 세우기 전에는 절대 담배를 피울 수 없었습니다. 스물두 살이나 스물세 살이 되기 전에 결혼을 하려 들거나, 용감한 남자로 인정받으려 드는 사람은 영락없이 세간의 비웃음을 받거나 버릇없는 놈 취급을 받았습니다. 그는 먼저 훌륭한 사냥꾼이 되어야만 합니다. 집에 사냥감을 많이 가져오지 못하는 남자는 절대 좋은 남편이 될 수 없으니까요.

이 같은 가르침 모두가, 야생에서의 생활을 위해 우리가 받는 훈련의 연속선 위에 있었습니다.

놀이와 경주로 하루가 저물고

인디언 소년은 황야의 왕자입니다. 소년기에는 자기가 꼭 해야 될 일이랄 것도 거의 없습니다. 전투와 사냥에서 필요한 몇 가지 기술을 익히는 것이 전부입니다. 그것만 빼면 온종일 마음대로 놀아도 아무도 뭐라 하지 않습니다.

우리는 또래 친구가 요구하는 건 무엇이건 간에 재빨리 실행에 옮겼습니다. 그래서 놀이나 경주를 하는 경기장도 늘 깨끗하게 치워져 있었습니다. 또래들끼리는 언제나 서로 치열한 경주를 벌였는데, 사냥이나 전투에서 아버지들이 느끼는 것과 비슷한 감정을 느꼈습니다. 그래서인지 모두들 다른 친구를 앞지르기 위해 애썼지요.

황야에서 살아가는 인디언의 삶이란 불안하고 끔찍한 일로

가득 차 있는 것이 사실입니다. 그러나 그런 환경에서도 우리
는 전력을 다해 필사적으로 경주를 하고 즐겁게 놀았습니다.
아침에 티피를 나서면 점심에는 머리 가죽이 벗겨져 막대기
위에 내걸릴지도 모릅니다. 그토록 불안한 생활이었습니다.
그래도 우리는, 언덕 너머에서 회색늑대 떼가 피에 굶주려 노
려보고 있는 줄도 모르고 깡충깡충 뛰어다니는 새끼 사슴처
럼 마냥 행복했습니다.

　우리가 즐기는 놀이와 경주는 주로 부족의 생활과 관습 속
에서 만들어진 것입니다. 사실 인디언 소년들은 놀이 속에서
어른이 되었을 때 꼭 필요한 것만을 연습합니다. 놀이라고 해
봤자 활과 화살 다루는 기술 익히기, 달리기와 말 달리기 경
주, 레슬링, 수영, 그리고 아버지들의 습관이나 관습을 흉내
내는 식입니다. 진흙 덩어리와 버드나무 막대기로 모의 전투
를 벌이기도 하고 라크로스 경기를 하거나 벌 떼들과 전쟁을
벌이기도 합니다. 활쏘기도 하고 동물의 갈빗대와 버팔로 가
죽을 이용해 썰매도 타지요.

　인기가 많았던 활쏘기 놀이를 예로 들어볼까요. 우리는 모
이기만 하면 늘상 편을 갈랐습니다. 그런 다음 아무 곳으로나
화살 하나를 쏘았습니다. 화살이 땅에 떨어지기 전까지 참가
자들이 선두에서부터 일제 사격을 시작합니다. 맨 처음 쏘아
올린 화살의 방향과 속도를 재빨리 알아낸 다음, 똑같은 속도
와 똑같은 높이로 자기 화살을 쏘는 것입니다. 그래서 첫 번째
로 쏜 화살에 가장 가깝게 떨어지면 이기는 것입니다.

고정된 목표물을 향해 화살을 쏘는 것은 인디언에게는 그리 흔한 일이 아닙니다. 왜냐하면 대부분의 목표물은 항상 움직이고 있고 사냥꾼 자신도 보통 전속력으로 달리는 말 위에 타고 있기 때문입니다. 그러니까 고정된 목표물을 쏘는 훈련은 실제 생활에서는 써먹을 수 없었습니다. 그래서 인디언 소년은 움직이는 사냥감이 눈에 보이는 즉시 쏠 수 있는 즉석 사격술을 익혀야 하지요. 움직이는 화살을 쫓는 이 놀이는 그래서 매우 유용합니다.

경주는 날마다 벌어졌습니다. 한낮이 되면 소년들은 들판에 모여 말에게 물을 먹인 다음 한 시간이나 두 시간 동안 풀을 뜯겼습니다. 그동안 자기들은 벌거벗은 채 한낮의 경주를 즐깁니다. 자기와 비슷한 또래, 비슷한 수준의 한 녀석에게 다가가 말을 건네 봅니다.

"나랑 오십 보 걷기 내기를 하는 게 어때?"

내기를 걸었다 막상 지게 되면 소년은 이렇게 말합니다.

"내가 진 건 말이지, 아까 물을 너무 많이 먹었기 때문이야."

소년들에겐 너나없이 달리기 경주 파트너가 있었습니다. 그리고 어린아이들은 자기가 좋아하는 편을 신나게 응원했습니다.

달리기 경주가 끝나면 이번에는 말타기 경주가 이어집니다. 빠른 말들을 골라내고 기수가 될 소년도 뽑았습니다. 만약 기수로 뽑힌 소년이 싫다고 하면 모두의 놀림거리가 됩니다. 마지막 경주는 수영이었습니다. 마치 수상 스키를 타듯이 말꼬리를 잡고 물 속을 가르며 미끄러지는 것입니다. 말들이 마침 내 풀밭 위로 올라오면 우리의 관심은 또 다른 놀이로 쏠렸습 니다.

라크로스는 꽤 오래된 놀이로 시세튼 수 족과 산티 수 족만 이 즐겼습니다. 백인 소년들이 얼음 위에서 하는 하키 경기와 비슷한데, 서부 수 족[테튼 수 족]은 넓은 대평원에서 시니[하 키와 비슷한 구기 경기]를 즐겼습니다.

'진흙과 버드나무' 전투는 훨씬 더 지독하고 위험한 놀이였 습니다. 잘 휘어지는 유연한 버드나무 막대기 끝에 부드러운 진흙 덩어리를 얹은 다음, 마치 막대기를 휘둘러 사과를 딸 때 처럼 엄청난 힘으로 막대기를 휘둘러 진흙 덩어리를 날렸습 니다. 각 팀에 오십 명에서 백 명 정도의 선수들이 참가할 때 면 전투는 굉장히 폭력적으로 됩니다. 그러나 인디언은 용기 를 자극하는 것은 무엇이건 좋고 건전한 것으로 여겼습니다.

레슬링은 우리 모두 굉장히 열중했던 놀이입니다. 이상하게 보일지 모르지만 한편에 열 명 또는 그 이상 되는 많은 소년들 이 한꺼번에 경기를 했습니다. 각자가 저마다 자신의 적수를 정하고 덤벼드는 실제 전투였습니다. 규칙은 바닥에 주저앉 으면 더 이상 공격을 받지 않는 것입니다. 그러나 경기장 안에 서 있는 동안에는 계속 공격을 받습니다. 누구든 손으로 쳐서 는 안 되고 대신 발과 다리로 넘어지게 하거나 무릎으로 받아 버렸습니다. 레슬링은 미식 축구와 거의 비슷할 정도로 기진 맥진해지는 놀이로, 진짜 젊은 사람들만이 이 놀이를 즐겼습니다.

가장 흥미진진한 놀이 중 하나는 야생 벌이 사는 벌집을 공격하는 것입니다. 우리는 오지브웨이 족이나 앙숙인 다른 부족을 공격하러 간다고 상상했습니다. 모두가 분장을 하고 조심스럽게 벌집에 다가간 다음 갑작스런 함성을 지르며 전력을 다해 벌집을 부수기 시작합니다. 그러나 벌들은 언제나 빈틈이 없고 결코 허둥대는 일이 없었던 것 같습니다. 왜냐하면 놈들은 언제나 우리 대범한 공격자들의 머리 가죽 수만큼이나 많은 숫자의 자기편을 순식간에 불러모았기 때문입니다. 맹렬한 공격이 끝나면 벌집을 치켜들고, 진짜 전투에서 이기기라도 한 것처럼 전리품을 기리는 '머리 가죽 춤' 을 추면서 뒤를 따랐습니다.

내가 처음 벌집 전투에 참가했을 때, 그곳에는 나와 마찬가지로 풋내기인 두 명의 어린 꼬마들이 있었습니다. 한 명은 그런 종류의 모험에 뛰어들기에는 특히 너무 어렸습니다. 내 친구 '어린 부상자' ── 그의 이름을 기억하지 못하기 때문에 이렇게 부르겠습니다 ── 는, 벌집이 다 뭉개지고 성난 벌들이 맹렬한 반격을 퍼붓고, 공격을 마친 우리 편이 재빨리 사방팔방으로 흩어져 숨어 버릴 때까지 벌집 근처에도 가지 못했습니다. '어린 부상자' 라고 전투에서 치욕스러운 모습을 보여주고 싶었겠어요. 벌떡 일어난 꼬마는 용감하게 벌집으로 달려가 고함을 질렀습니다.

"나, 용감한 '어린 부상자' 가 오늘 제일 사나운 적을 죽인

다!"

그러나 마지막 말이 미처 끝나기도 전에 심장을 찔린 것처럼 고통스러운 비명을 질러 댔습니다. 나이 많은 한 친구가 소리쳤습니다.

"물 속으로 뛰어들어! 달려! 물 속으로 뛰어!"

마침 근처에는 호수가 있었고 꼬마는 그 말에 따랐습니다.

우리가 다시 모여 승리의 춤을 추고 있을 때 '어린 부상자'만은 같이 춤을 출 수 없었습니다. 좀 전의 전투에서 우리의 적 '야생 벌 부족'에게 살해당한 셈이니 말입니다. 불쌍한 어린 친구! 쓰러진 통나무에 앉아 신나게 춤추는 친구들을 바라보는 그의 퉁퉁 부어오른 얼굴은 슬픔과 부끄러움으로 가득 차 있었습니다. 비록 부족을 위해 숭고하게 죽었지만 적의 공격에 그토록 큰 목소리로 비명을 질렀다는 부끄러운 사실을 잊을 수가 없는 것입니다. 그 기억은 오랫동안 어린 친구를 괴롭혔을 것입니다.

격렬한 전투 놀이 중간 중간 가벼운 놀이도 즐겼습니다. 그 중에는 막대기 던지기와 눈화살 던지기도 있었습니다. 겨울이면 썰매를 많이 탔습니다. 요즘 같은 그런 썰매는 없었지만 대신 버팔로 갈빗대를 예닐곱 개 모아서 함께 묶어 고정시키면 그걸로 충분했습니다. 어떤 때는 참피나무 껍질을 가로 15센티미터, 세로 120센티미터 크기로 잘라서 썰매처럼 이용하기도 했는데 이걸 타려면 상당한 기술이 필요했습니다. 나무 껍질의 안쪽 매끄러운 면이 바닥으로 가도록 놓은 다음, 한쪽

끝을 발로 밟고 반대편 끝은 손으로 잡고 긴 언덕을 놀라운 속
도로 미끄러져 내려왔습니다.

팽이 돌리기는 모두가 정말 열중하는 겨울철 놀이 가운데
하나였습니다. 우리는 나무나 동물의 뼈와 뿔로 하트 모양의
팽이를 만들었습니다. 그리고 긴 사슴 가죽 끈으로 팽이를 내
리쳤습니다. 가죽 끈 손잡이는 발바닥 길이 정도의 막대로 만
들었는데 때때로 그 끝을 칼로 다듬어 숟가락 모양처럼 만들
기도 했습니다.

팽이를 가지고 경주도 했는데 한 번에 적게는 두 명, 많게는
오십 명까지 함께 경주를 했습니다. 먼저 각자가 자기 팽이가
윙윙거리며 돌 때까지 가죽 끈으로 때립니다. 그리고 나서 한
명이 팽이를 치며 앞장서고 나머지가 뒤따라가면서 장애물
경주를 합니다. 그동안 팽이는 줄곧 멈추지 않고 돌아야 합니
다. 눈 더미를 만나면 숟가락 모양의 가죽 끈 손잡이로 팽이를
떠올렸습니다. 그러다 너른 얼음판이나 부드러운 눈으로 뒤
덮인 평지를 만나면 그대로 다시 팽이를 공기 중에 던져 올렸
습니다. 가장 오랫동안 쓰러지지 않고 돌아가는 팽이 주인이
승자가 됩니다.

가끔은 주술 의식 때 추는 의식 춤을 따라하기도 합니다. 백
인 어린아이들 사이에서 유행하는 '교회 놀이'와 비슷하지요.
그러나 그런 의식 춤을 따라하는 것은 불경스러운 행동이라
고 여겼던 것 같습니다. 그래서 이 놀이를 할 때는 항상 어른
들 몰래 비밀스럽게 했습니다. 우리는 부족의 중요한 의식은

모두 지켜봤기 때문에 잘 알고 있었는데, 의식에서 추는 춤을 그대로 재연하기 위해서는 엄청난 배우가 필요했습니다. 진짜 의식 춤은 하루 낮과 밤이 꼬박 걸렸고 행사도 길고 다양했습니다. 그래서 모든 의식을 세밀하게 그대로 따라하는 것은 쉬운 일이 아니었습니다. 그러나 인디언 소년들은 말했다시피 타고난 흉내쟁이입니다.

우리는 어른들 눈에 띄지 않는 외딴 구석에 소나무 가지로 정자를 만들었습니다. 한쪽 끝에는 조잡한 오두막도 세웠는데 여기가 바로 주술을 위한 막사가 되는 것입니다. 새로운 입회자는 모두 이곳에 모여 있었습니다. 그리고 반대편 끝의 입구에는 문지기 소년들이 서 있었습니다. 막사 별로 무리를 지은 입회자들은 한 줄로 나란히 서서 막사를 바라보며 입장했습니다. 한 명씩 오른쪽 손을 내밀면 대장이 주문을 나눠 줬습니다. 그런 다음 소년들은 지정 위치로 가서 자리를 잡습니다.

준비가 끝나면 대장은 큰북을 울렸고 우리는 모두 "아-호-호-호('아멘'과 비슷한 말)"를 외쳤습니다. 그러면 합창단이 노래를 시작했고, 노래 한 구절을 마칠 때마다 우리는 계속해서 "아-호-호-호"를 외쳤습니다. 마침내 그들이 합창을 다시 시작하면 우리 모두는 한쪽 발을 떼었다 다른 쪽 발을 떼었다를 번갈아 하며 조금씩 몸을 흔들면서 춤을 췄습니다.

소년들은 저마다 주술사 중의 누군가를 흉내 냅니다. 우리는 주술사들이 하는 것처럼 몸에 색을 칠하고 장식을 했습니다. 그리고 주술사가 바치는 제물로 살아 있는 새나 다람쥐 또는 그 가죽을, 부적으로는 작고 하얀 조개 껍질이나 자갈을 챙겨 왔습니다.

그런 다음 새로운 입회자들이 엄숙한 분위기 속에 입장해 버팔로 로브나 담요 위에 앉습니다. 그러면 우리는 앉은 자리 바로 앞의 땅을 부드럽고 평평하게 고른 다음 담배용 마른 잎을 꽉 채운 오래된 파이프를 그 위에 놓아 주었습니다. 주변에는 미리 죽여 놓은 새에서 뽑아낸 색색깔 깃털이며 향을 내기 위해 태우는 삼나무, 감미로운 풀들을 뿌렸습니다.

마침내 주술 의식을 진행하도록 미리 뽑아 놓은 아이들이 새로운 입회자들을 향해 신성한 주술사의 제물을 든 팔을 있는 힘껏 뻗었습니다. 그리고 제물을 네 번에 걸쳐 흔든 다음 갑자기 그들을 향해 앞쪽으로 던졌습니다. 새내기들은 마치 죽은 것처럼 앞으로 고꾸라졌습니다. 재빨리 합창단이 노래를 시작하면 우리 모두는 죽은 체하는 시체들 주변을 돌며 열광적인 춤을 춥니다. 소녀들이 가짜 시체들의 몸에 담요를 덮어 주면 그것이 곧 땅에 묻히는 것을 의미했습니다. 마지막으로 부적으로 그들을 되살려 내어 구경하던 아이들 사이에 있는 자리로 데려갔습니다. 그리고 다함께 춤을 추며 최후의 축제를 즐기는 것이 끝이었습니다.

나는 이 행사에서 종종 합창단 우두머리로 뽑히곤 했습니다. 우연히도 주술 노래를 많이 배웠을 뿐 아니라 흉내도 곧잘 냈기 때문입니다. 이름난 주술사였던 할머니는 이 천벌을 받을 불경스러운 행동——할머니는 그렇게 불렀습니다——에

대해 듣고 난 후 경고하셨습니다. "불쌍한 막내야, 만약 주술
사들이 너희를 본다면 말이다, 특히 너한테는 온몸이 천천히
오그라드는 끔찍한 저주를 내리실 게다."

때때로 우리는 '백인' 놀이도 했습니다. '창백한 얼굴' 부족
에 대해 아는 것은 많지 않았습니다. 그러나 백인은 언제나 물
건을 가져온다는 것과, 그 물건을 우리 부족의 털가죽과 교환
해 간다는 것을 알고 있었습니다. 또 백인은 안색이 창백하고
머리카락은 짧은 대신 이마 위를 덮고 있는 머리카락은 길다
는 것과 코트와 바지, 모자를 쓰고 있으며 낮 동안에는 담요를
두르지 않는다는 것도 알고 있었습니다. 이것이 우리가 백인
에 대해 생각한 것입니다.

우리는 두세 명에게 흰 진흙을 바른 다음 자작나무로 임시
모자를 만들어 씌웠습니다. 털가죽 조각을 볼에 붙여 수염을
만들고 자작나무 흰 껍질로 흰색 셔츠를 만들어 입혔습니다.
백인들이 가져오는 설탕은 모래로, 커피는 야생 콩으로, 차는
마른 나뭇잎으로, 화약은 흙으로, 총알은 조약돌로, 그리고 위
험한 '악령의 물(술)'은 깨끗한 물로 대신했습니다. 그리고 이
런 물건들을 다람쥐나 토끼, 작은 새 따위의 가죽과 서로 교환
했습니다.

'버팔로 사냥' 놀이를 할 때는 달리기를 잘하는 몇 명에게
고기를 싸 주고 미리 평원으로 보냅니다. 그 다음 그만큼이나
날쌘 몇 명이 그들의 고기를 되찾아 오는 겁니다. 한번은 우리
가 사냥 놀이에 빠져 있을 때였는데 마침 어른들도 진짜 버팔

로 사냥을 하던 중이었습니다. 거대한 진짜 버팔로가 엄청난 속도로 돌진해 오는 것을 보기 전까지는 그렇게 가까이에서 사냥이 벌어지고 있는지 전혀 몰랐습니다. 우리들의 가짜 버팔로 사냥은 금새 위험한 실제 상황으로 돌변하고 말았지요. 다행히 우리는 숲 가장자리에 있었기 때문에 어린 초원뇌조 떼처럼 재빨리 나뭇잎 사이로 몸을 가리거나 덤불 속에 숨었습니다. 어떤 아이들은 큰 나무 위로 도망갔습니다.

물놀이도 자주 즐겼습니다. 말이 없을 때는 종종 우리끼리 수영 내기를 했고 때로는 뗏목을 만들어 호수나 강을 항해하기도 했습니다. 나이 어리고 소심한 친구를 물 속에 밀어 넣거나 깊은 물 속으로 끌고 들어가는 일은 흔했습니다. 그러면 희생자가 되는 소년은 물에 빠지지 않으려고 안간힘을 다해 저항하지요.

친구 한 명과 다루기가 무척 힘든 통나무를 함께 탔던 위험한 기억이 있는데, 그때는 우리 둘 다 일곱 살이 채 되지 않을 때였습니다. 나이 많은 형이 우리를 그 위험한 통나무 위에 올려놓은 다음 물살 빠른 곳으로 밀어 넣었습니다. 그 친구도 나만큼 괴롭고 고통스러웠는지는 모르겠지만, 나로서는 통나무에서 떨어지지 않으려고 그렇게 애쓰고 있느니 차라리 날뛰는 야생마를 타는 편이 낫겠다 싶었습니다. 그 험난한 통나무 항해에서 어떻게 난파를 간신히 면하고 강가에 도착할 수 있었는지도 생각나지 않습니다.

야생에는 우리가 데리고 놀 수 있는 애완 동물도 많았습니

다. 여우, 곰, 늑대, 너구리, 사슴, 버팔로, 새 등 인디언 소년
들은 여러 새끼 동물을 길들여서 데리고 놀았습니다. 내게도
그때그때마다 다른 애완 동물이 있었는데 그중 한 놈만은 잊
혀지지 않습니다. 회색곰 새끼를 기른 적이 있는데 우리는 매
우 친하게, 가깝게 지냈습니다. 그러나 나 때문에 녀석에게 적
이 생기거나, 그 녀석 때문에 나에게 적이 생길줄은 미처 생각
하지 못했습니다. 녀석은 나를 괴롭히는 다른 꼬마들에게 거
칠게 굴었고 그래서 아이들에게 괴롭힘을 당했습니다. 나는
나대로 녀석에게 괴롭힘을 당한 아이들로부터 미움을 받았던
것입니다.

차타나 형, 여동생 오에세다

차타나 형은 어린 시절, 많은 시간을 함께 보낸 형입니다. 내가 아이들과 어울려 놀 수 있을 만큼 자랐을 때부터 형은 내 친한 친구였습니다. 형은 멋진 소년이었고 애정이 넘치는 동지였습니다. 우리는 함께 놀고, 함께 먹고, 함께 잤습니다. 차타나 형이 나보다 세 살 많았기 때문에 사연히 나는 형을 뛰어난 선배로 우러러보았습니다.

오에세다는 아름다운 꼬마 숙녀였습니다. 그 아이는 내 사촌으로 나보다 네 살 어렸습니다. 아마도 이 어린 숙녀보다도 생생하게 기억나는 어린 시절 친구는 없을 것 같습니다.

유명한 주술사가 여동생에게 붙여준 이름은 '마카-오에세토파-윈'이었습니다. '세상의 네 귀퉁이'란 뜻입니다. 그러

나 그 아이는 매우 작았기 때문에 짧은 어미를 붙인 애칭이 더
알맞다는 생각에서, 평상시에는 '오에세다'로 불렀습니다.

오에세다에게도 좋은 어머니가 있었지만 운치다 할머니가
더 훌륭한 스승이자 보호자였습니다. 할머니가 젊은 아가씨
에게 가르쳐 주는 지식은 감수성 풍부한 그 아이의 마음에 매
우 잘 들어맞았습니다. 나는 숲에서는 차타나 형과 함께 있었
고 집에서는 오에세다와 놀았습니다. 놀다가 저녁에 집에 돌
아오면 오에세다는 내 대답을 바라는 질문을 백 가지쯤 준비
하고 있었습니다. 어떤 질문은 우리의 일상 생활에 대한 것이
고, 또 어떤 질문은 스스로 깊이 생각해서 깨닫게 된 훨씬 더
어려운 문제였습니다. 낮 동안 오에세다가 흥미를 갖게 된 일
은 그대로 내게로 옮겨졌습니다.

자신의 빈약한 지식 창고를 늘리고 싶은 소망으로 가득 찬
오에세다는 나를 무슨 권위 있는 학자쯤으로 여기기도 했습
니다. 오에세다가 종종 자기 여자 친구들에게 "내가 알아. 그
건 사실이야. 오이예사 오빠가 그렇게 말했거든" 하고 말하는
것을 들었는데, 그건 운치다 할머니의 책임이기도 했지요. 왜
냐하면 오에세다가 어떤 질문을 하면 할머니는 이렇게 대답
하셨기 때문입니다.

"그건 오이예사가 알고 있겠지. 그 애는 남자니까. 나는 모
른다. 그 애한테 물어보는 게 좋겠구나."

물론 그전에 미리 할머니는 내게 답을 알려 주셨습니다.

나는 어린 오에세다에게 할머니가 내게 물었던 것과 똑같은

차 · 타 · 나 · 형 · 여 · 동 · 생 · 오 · 에 · 세 · 다

식으로 질문을 했습니다. 미리 할머니의 조언을 받았기에 답을 알고는 있었지만 그 아이가 어떤 유치한 답을 말해도 항상 인정해 줬습니다. 나 또한 그랬기 때문입니다. 이런 단순한 방법으로 우리는 서로에게 선생님이 됐습니다.

나와 여동생 오에세다는 우리 두 사람 모두의 선생님인 할머니 앞에서 자주 어떤 문제에 대해 토론을 하거나 질문에 답하곤 했습니다.

운치다 할머니의 질문 중에는 이런 것도 있었습니다.

"도마뱀은 어떤 종류의 동물이지?"

"네발 동물이에요." 나는 소리쳤습니다.

머리 회전이 빠른 여동생이 발끈해서 "기어 다니는 동물이에요" 하고 대답했습니다.

인디언은 모든 동물을 네 가지로 나눕니다.

첫 번째는 네발로 걸어 다니는 동물, 두 번째는 날아 다니는 동물, 세 번째는 지느러미로 헤엄치는 동물, 네 번째는 기어 다니는 동물이 그것입니다.

물론 나는 내 주장을 굽히지 않았습니다. 왜냐하면 도마뱀은 땅 위에서건 물 속에서건 어디로 가야할 때 네 개의 발을 쓰기 때문입니다. 그러나 내 경쟁자는 도마뱀은 걷는 것이 아니라 기어 다니는 것이라고 주장했습니다. 내 주장은 도마뱀은 어쨌건 다리가 네 개라는 점이었습니다. 그러나 여동생은 도마뱀은 움직일 때 몸통을 땅에 끌면서 다닌다고 주장했습니다. 결국 나는 도마뱀 한 마리를 찾아와서 진실을 가려보자고 제안했습니다.

도마뱀 한 마리를 잡아온 다음 우리는 땅 위를 평평하게 고르고 나서 그 위에 재를 뿌렸습니다. 도마뱀이 지나간 흔적을 알아보기 위해서입니다. 그런 다음 나는 여쭈었습니다.

"무엇을 기는 것이라 하고 무엇을 걷는 것이라 하나요?"

운치다 할머니가 재판관이 되셨는데 조금도 주저하지 않고 말씀하셨지요. 걷는다는 것은 다리 힘만으로 땅 위에 서 있어야 하고 다리 위의 몸통으로 걸어야 하며 몸통이 땅에 닿아서는 안 된다는 뜻이라고요. 기어 다닌다는 것은 다리야 있건 없건 간에 땅바닥 위에 몸통을 끌면서 가는 것을 뜻한다고도 하셨지요. 재판관의 결정을 듣자마자 나는 내 경쟁자에게 즉시 항복하고 말았습니다.

이런 일도 있었습니다. 차타나 형과 비슷한 논쟁을 벌이고 있을 때였는데 오에세다가 나를 돕기 위해 왔습니다. 할머니께서 형과 내게 이렇게 물어보셨기 때문입니다.

"어린 새끼들을 가장 현명하게 돌보는 건 어떤 새지?"

형이 즉시 답했습니다.

"독수리에요."

그러나 나는 한동안 침묵을 지켰습니다. 헷갈렸기 때문입니다. 한 순간 내 머리 속에는 수많은 새들이 떠올랐습니다. 그러다 나는 대답했습니다.

"그건 꾀꼬리에요."

할머니는 차타나 형에게 독수리가 왜 새끼들을 잘 키운다고 생각하는지 말해 보라고 하셨습니다. 형은 확신에 찬 자세로 말했습니다.

"독수리는 새들 중에서 제일 현명하죠. 아주 높고 아무도 가까이 갈 수 없는 절벽, 가장 안전한 장소에 둥지를 틀거든요. 어린 새끼들한테는 맛있는 고기를 듬뿍 가져다 줍니다. 그리고 가장 신선한 공기로 숨쉴 수도 있구요. 새끼들은 웅장한 자연 경관 속에서 자라면서 용맹함과 당당한 기상을 품게 되지요. 모든 동물들이 자신들 아래에 산다는 것을 알게 되고, 자기가 바로 새들의 왕의 자손임을 깨닫게 됩니다. 어린 독수리는 둥지에 머무는 동안에도 여전히 용사의 정신을 보여 줍니다.

매섭고 험악한 날씨에 그대로 드러나 있기 때문에 어린 독수리는 강하게 자라요. 그놈들은 선더 버드〔아메리카 인디언들이 천둥 번개를 일으킨다고 믿었던 거대한 새〕의 속삭임에도, '위대한 정령'의 한숨에도 익숙하죠. 어린 독수리가 그 자체로 고귀할 수밖에 없는 이유는 부모가 자식을 위해 고귀하고 활기 가득한 둥지를 선택했기 때문이에요. 자기들이 구름보다 더 높이 떠 있다는 것을 알고, 주변을 둘러싼 지그재그 불빛(번개)을 바라보게 될 때 얼마나 행복하겠어요. 푹푹 찌는 여름날, 쾌적한 집안에서 맛있는 고기 조각을 먹는 건 진짜 멋있는 일이겠죠. 다 먹고 난 뼈다귀를 떨어뜨리면 늑대며 콘돌이 그 아래 모여들어 찌꺼기를 맛보겠죠. 어린 독수리는 그걸 보면서 자기야말로 다른 모든 새들을 지배하는 대왕이라는 걸

알게 될 걸요. 그렇지 않나요, 할머니?" 하며 승리감에 취해
서 주장을 끝마쳤습니다.

차타나 형의 훌륭한 연설을 듣고 나는 처음에는 망설였습니
다. 그러나 곧 기운을 회복했습니다. 어린 여동생 오에세다는
"오이예사 오빠가 이제부터 진짜 멋진 꾀꼬리 둥지에 대해서
말할 거야. 아직 끝난 게 아냐" 하며 나를 지원했습니다. 여동
생의 한 마디가 내게 용기를 주었습니다. 나는 말하기 시작했
습니다.

"할머니, 목소리가 우아하고 아름다운 엄마가 기질이 훌륭
한 아이를 갖는 법이라고 말씀하셨죠? 제 생각엔 꾀꼬리야말
로 그런 부모랍니다. 새끼들에게 햇살과 그늘 둘 다를 즐기도
록 해 주죠. 제일 우아한 나무, 가장 아름다운 가지에 둥지를
틀고, 부드러운 바람이 불어오면 둥지가 절로 흔들리게 만들
죠. 그리고 어제 우리가 찾은 꾀꼬리 둥지는 안쪽이 부드럽고
폭신하게 만들어져 있었어요. 그래서 깃털이 없는 어린 새들
도 추위나 습기로부터 안전하게 보호할 수 있도록 말예요."

이때 차타나 형이 끼어들었습니다.

"그건 백인들이나 하는 짓이야. 누가 그런 식으로 자식들을
돌보겠어? 독수리는 어린 새끼들이 고난에 익숙해지도록 가
르친다구. 어린 인디언 용사가 그래야 하는 것처럼 말야."

오이예사는 화가 잔뜩 나서 형을 비난했습니다. 그리고 재
판관에게 자기 주장은 아직 끝나지 않았다고 호소했습니다.

"그렇지만 차타나 형, 만약 형이 아기였을 때 어린 독수리

같은 상황이었다면, 썩은 냄새가 나는 짐승 뼈가 즐비한 둥지에서 살아남지 못했을 거야. 어린 새끼들을 위해 좋고 편안한 둥지를 만들어 주는 꾀꼬리야말로 현명한 부모라구. 높은 바위 위에 있는 집이 편안할 리 있겠어? 진짜 추울 거야. 예전에 산 꼭대기에 올라갔었는데 거긴 정말 추웠어. 그리고 폭풍이라도 불면 누가 그런 둥지에 머물 수 있겠어? 험한 바위 꼭대기에다 거친 나무 막대기를 쌓아서 만든 둥지에, 주변엔 썩은 냄새나는 짐승 뼈가 널려 있는 그런 집에서 새끼를 키우는 게 어째서 현명하다는 거야? 작은 아버지도 말씀하셨어. 독수리는 언제나 굶어죽기 직전 상태라고. 형도 들었을 거야. 다른 사람이 잡은 사냥감으로 먹고 사는 사람은 그게 누구건 독수리같은 놈이라고. 그렇지 않나요, 할머니?"

"꾀꼬리는 평평한 나뭇가지 아래쪽에 둥지를 짓기 때문에 어떤 적도 둥지에 가까이 갈 수 없어. 꾀꼬리 둥지야말로 안전하고 아름답고 평화로운 곳이야." 하며 여동생 오에세다가 거들었지요.

논쟁 내내 여동생은 오이예사 편이었고 때때로 내 귀에다 뭐라고 속삭이기도 했습니다. 운치다 할머니는 이번에는 오이예사가 옳다는 결정을 내렸습니다.

어느 겨울인가 우리는 양식이 거의 바닥나 버렸습니다. 우리 식구들의 유일한 식량 공급자였던 작은 아버지가 편찮으셨기 때문입니다. 게다가 우리는 부족의 다른 사람들과도 떨어져 있었고 그곳에는 사냥감도 별로 없었습니다. 오에세다는 애완용 다람쥐를 기르고 있었는데, 우리가 식량을 아끼기 위해 음식을 줄이기 시작하자 줄어든 자기 몫에서 얼마를 떼어 내어 다람쥐를 길렀습니다.

마침내 모두 눈에 띄게 살이 빠지고 더 이상 먹을 게 없어졌을 때, 할머니는 망설이다가 다람쥐를 잡아먹자고 하셨습니다. 그러자 내 어린 사촌은 울면서 말했습니다.

"똑같이 배고픈데 왜 우리만 살겠다고 하는 거죠? 우리 목숨이 소중한 것처럼 다람쥐한테도 생명은 소중해요." 그러면서 다람쥐를 꼭 껴안았습니다. 때마침 운 좋게도 우리는 다른 사람들의 도움을 받았고 여동생의 다람쥐를 잡아먹지 않아도 됐습니다.

오에세다는 일 년 중 몇 달을 우리와 함께 지냈는데, 가족들 중에는 여자 아이가 없었기 때문에 혼자 노는 시간이 훨씬 많았습니다. 그래서 그 아이에게는 상상 속의 친구들이 많았습니다. 키 작은 버드나무도 친구 가운데 하나였는데 정기적으로 찾아가서 오랫동안 이야기를 나누다 돌아왔습니다. 나무와 나눈 이야기 가운데 어떤 건 훗날 내게 다시 들려주기도 했습니다. 여동생이 말하기를, 버드나무는 자기 남편인데 마술에 걸려서 겉모습이 변했다는 것입니다. 어른들에게는 결코 그 비밀을 말해서는 안 된다고도 덧붙였습니다.

여덟 살 때는 수 족의 양아들로 입양된 백인 포로 소년과 친구로 지냈습니다. 그 친구는 당시 기껏해야 열 살, 열한 살 정도였는데도 굉장한 유명 인사였습니다. 우리는 미시시피 강 상류에서 처음으로 친구가 되었습니다. 나는 그 친구가 평원에서 인디언에게 납치되었고 부모님은 두 분 다 살해되었다는 사실을 알게 되었습니다.

그 친구는 처음엔 슬퍼하고 외로워했지만 곧 새로운 집에서 많은 위안을 얻었습니다. 소년을 입양한 양아버지의 이름은 '점박이 조랑말지기'였습니다. 그분에게는 귀여운 점박이 조랑말이 보기 드물게 많았던 것입니다. 실제로 그분은 점박이 조랑말, 색깔이 칠해진 티피, 화려한 장식이 된 말 안장 등 희귀하고 아름다운 장식품 수집에 남다른 열정을 지니고 있었습니다. 그래서인지 잃어버린 하나뿐인 아들 대신, 얼굴이 희고 창백한 백인 소년을 아름다운 두 딸의 남자 형제로 입양한 것입니다. 예쁜 여자 형제들 덕분에 백인 소년은 어린 용사들 사이에서 인기가 매우 좋았습니다. 그 친구는 인디언 관습뿐만 아니라 수 족 말도 빨리 배웠습니다.

그 친구가 처음으로 전투에 참가했다는 소식을 들었던 때가 떠오릅니다. 열여섯 살이 되기도 전에 그로스 벤터 족과 만단 족에 맞선 전투에 참가했는데, 우리 작은 아버지가 알려 주신 대로라면 토마호크에 맞아 부상을 입기 전까지 정말 용맹하게 싸웠다고 합니다. 부상을 입자 눈물을 흘리며 안전한 장소로 피신하게 해 달라고 부탁했고 다행히도 양아버지가 그를 구출해서 목숨을 구했습니다. 우리는 그 친구를 '창백한 인디언' 이라고 불렀습니다. 그러나 머리카락이 길고 얼굴에도 온통 색칠을 했기 때문에 누구도 그가 백인일 거라고는 생각하지 못했습니다.

어느 날은 그 백인 소년이 수 족 전사 한 명과 도박 놀이를 하고 있었습니다. 소년은 정말 노련한 도박사였는데 상대편 인디언은 가진 것을 전부 잃었습니다. 그러나 어느 순간엔가 둘 사이에 말다툼이 시작됐습니다. 인디언은 엄청나게 화를 냈습니다. 왜냐하면 이 백인 친구가 고의로 자신을 속였다는 것을 알아차렸기 때문입니다. 당시 인디언들은 도박을 할 때 조차도 매우 정직했습니다.

백인 소년은 작은 속임수를 쓴 것 뿐이라고 했습니다. 그러나 자칫하면 목숨을 잃을 지경이었습니다. 화가 머리끝까지 치민 전사가 이미 표적을 향해 활 시위를 당기고 있었고 제삼자가 끼어들어 말리는 바람에 간신히 목숨을 구할 수 있었습니다. 당장 소년은 자기가 쓴 속임수를 해명했습니다. 그리고 정직한 도박사라는 사실을 입증하기 위해 도박에서 딴 것을 모조리 돌려줬습니다. 정신없이 혼란한 와중에, 늙은 '점박이 조랑말지기' 어른이 놀라서 소리를 질러 대며 뛰어왔습니다. 그는 얼굴 창백한 자기 아들이 죽으리라고 여겼던 것입니다. 어떤 일이 벌어졌는지 다 파악한 양아버지는 성난 전사에게 조랑말 한 필을 선사했습니다.

"그와 내 아들 사이에 행여라도 나쁜 감정이 남아 있을까 싶어서야."

어느 봄날, 작은 아버지는 차타나 형을 데리고 어시니보인 강가에 있는 캐나다 사람들의 무역소에 갔습니다. 그리고 그곳에서 각종 무기와 다른 물품들을 털가죽과 교환했습니다. 그러나 작은 아버지가 돌아오셨을 때 함께 간 내 사촌 형은 어디에도 없었습니다.

처음 내가 두려움을 느낀 것처럼 실제 상황이 더 심각한 것은 아니었습니다. 사실은 이러했습니다. 작은 아버지와 거래를 한 캐나다 인은 딸만 여섯이고 아들이 한 명도 없었습니다. 그래서 잘생기고 똑똑한 어린 인디언 친구를 보자마자 입양하고 싶다고 제안한 것입니다.

"우리 집에는 아들이 하나도 없소. 그러니 그놈을 내 아들처럼 키우고 싶다오. 나는 항상 이 지역에서 거래를 하니까 당신도 일 년에 두세 번은 그놈을 볼 수 있을 거요."

한술 더 떠서 그는 작은 아버지에게 소년을 양자로 들이면 그들 간의 우정이 더욱 돈독해질 것이라고 안심시켰습니다. 마침내 계약이 성사됐습니다. 차타나 형은 처음에는 꺼려했지만 어려서부터 부모님이나 보호자의 말씀에 따라야만 한다고 배워왔기 때문에 반항하지 않았습니다.

그건 내게 굉장한 충격이었습니다. 나는 오랫동안 마음의 위안을 찾지 못했습니다. 운치다 할머니는 내 괴로운 마음을 진심으로 안타까워했습니다. 할머니는 백인들의 교육은 인디언 소년에게는 아무런 가치도 없다고 하셨습니다. 작은 아버지에게 다음 번에 무역소에 가게 되면 차타나 형을 반드시 집으로 다시 데려오라고 강력하게 말씀하셨습니다.

그러나 캐나다 인 무역상은 교활한 놈이었습니다. 그는 즉시 다른 곳으로 옮겨갔습니다. 나는 어린 시절 친구인 차타나 형을 그 후로 단 한 번도 만나지 못했습니다. 나중에 어른이 되어 결혼했다는 얘기, 그리고 어느 날 눈보라 속에서 길을 잃고 얼어죽었다는 얘기를 전해 들었습니다.

어린 사촌 동생 오에세다와 나는 나중에 같이 학교에 다녔습니다. 그러나 여동생은 교실에 갇혀 있는 것을 견디지 못했습니다. 행복한 듯 보였지만, 우리 부족 사람들 대부분이 그랬던 것처럼 실내 생활의 변화로 고통받았습니다. 그리고 미합중국에 돌아온 지 여섯 달 만에 죽었습니다.

어린 사냥꾼

인디언 사냥꾼의 삶은 그야말로 매력 덩어리라는 말에는 일말의 과장도 없습니다. 숲 한가운데에서 자기 집 같은 건 까맣게 잊어버리는 그 순간부터 순박한 그의 마음은 자연의 무수한 아름다움과 그 힘에 빠져 들었습니다. 그렇지만 온갖 열정을 다해 목표물을 쫓고 있는 동안에도 사냥꾼들은 어딘가에 숨어 있을지 모르는 적과 사나운 맹수들을 경계하는 일을 결코 게을리하지 않았습니다.

인디언 청년은 타고난 사냥꾼입니다. 모든 동작과 걸음걸이 하나하나에까지 타고난 위엄과 신중함이 깃들어 있었습니다. 모카신을 신은 그의 발은 벨벳 같이 부드러운 고양이 발처럼 소리없이 움직였고, 반짝이는 검은 눈동자는 시야에 들어온 어떤 표적도 놓치는 법이 없었습니다. 새나 다람쥐조차도 그의 날카로운 눈빛을 피할 수 없었습니다.

세 살 무렵인가, 어느 아침 나는 활과 화살을 손에 들고 버팔로 가죽으로 만든 티피 밖에 서서 나무들 사이를 뚫어져라 쳐다보았습니다. 갑자기 무엇인가 쫓아가 잡고 싶다는 본능이 나를 강하게 사로잡았습니다. 그때 가볍게 나뭇가지가 흔들리는가 싶더니 새 한 마리가 머리 위로 날아가는 것이 보였습니다. 다른 건 기억나지 않지만 바로 그때가 내가 사냥꾼으로 첫걸음을 내디딘 순간이었습니다.

평원에서 자란 인디언 소년과 숲 속에서 자란 인디언 소년은 아주 다릅니다. 그건 도시에서 자란 아이와 시골에서 자란 아이가 서로 다른 것과 마찬가지입니다. 평원에서 자란 소년의 사냥법은 매우 제한적이며 자연의 역사에 대한 지식도 불완전합니다. 그들은 보통 말은 잘 타지만 숲 속에서 자란 인디언에 비하면 모든 면에서 육체의 발달이 뒤졌습니다.

숲에서 자란 인디언은 계절이 바뀔 때마다 황야의 속성에 따라 다양한 사냥법을 구사했습니다. 주로 활과 화살을 무기로 많이 썼는데 운이 좋으면 무리 중 몇 명만이 가지고 있는 칼을 쓸 때도 있습니다. 옛날에는 동물의 뼈나 돌을 날카롭게 갈아 칼과 도끼를 만들었습니다.

불을 피울 때는 구멍이 숭숭 난 마른 나무 조각과 돌을 부딪혀서 불을 만드는 부싯돌을 사용했습니다. 불을 피우는 또 다른 방법은 소년 몇 명이 둥그렇게 둘러앉아 마찬가지로 구멍이 숭숭 난 마른 나무껍질 두 개를 불이 붙을 때까지 문지르는 것입니다.

인디언 소년이라면 혼자 숲에 가서 즐겁게 놀다 오는 것이 조금도 이상한 일이 아닙니다. 그러나 사냥을 할 때는 많은 친구들과 함께 어울렸습니다. 어린 소년들이 즐겨 잡는 사냥감은 작은 새나 토끼, 들쥐, 다람쥐 등이었습니다. 물고기 잡는 일에도 다들 푹 빠져 있었는데 개울이나 웅덩이를 그냥 지나치는 법이 없었습니다. 물고기가 살고 있는 흔적이 있는지를 반드시 살폈습니다. 만약 물고기가 돌아다니는 모습이 보이면 어떻게든 잡아 보려고 안간힘을 썼지요. 낚시줄은 야생 대마나 말 갈기, 동물의 힘줄로 만들었습니다. 덫을 만들어서 잡거나 창을 쓰기도 하고 화살로 쏘아서 잡기도 했습니다. 가을이 되면 막대기 끝으로 물고기 몸통을 살살 간지럽혀서 물 표면으로 꾀어 낸 다음 재빨리 잡아채 밖으로 던졌습니다. 때로는 돌로 둑을 쌓아 강물을 막은 다음 버드나무 바구니로 큰 물고기들을 구석으로 몰아가 잡기도 했습니다.

숲 속에서 뭔가 새롭고 신기한 것을 발견하는 것도 인디언 소년들이 벌이는 사냥 놀이의 일부였습니다. 우리는 살아 있는 것들이 남긴 아주 미세한 흔적들을 찾아다녔습니다. 날아오르던 새가 발톱으로 할퀴는 바람에 땅바닥에 떨어져 버린 나뭇잎이며, 아침거리를 찾아 나선 곰이 파헤친 나무 밑둥 따위를 멈춰 서서 자세히 관찰하면서 언제 생긴 흔적인지 연구했습니다. 껍질에 할퀸 자국이 그대로 남아 있는 나무를 발견하면 틀림없이 근처에 곰이나 너구리가 살고 있다고 판단했습니다. 그럴 때면 필요 이상 더 깊숙이 숲으로 들어가지 않고 집에 돌아와 그날 보고 온 것을 모두에게 알렸습니다. 한번은 늙은 사슴의 흔적을 발견하고는 숫사슴의 것인지, 아니면 암사슴의 것인지에 대해 모두가 토론을 벌인 적도 있습니다. 보통 한낮이 되면 우리는 같이 모여서, 이제까지 우리가 잡은 사냥감들 저마다의 특징을 조목조목 따져보았습니다. 그건 단순한 사냥이 아니었습니다. 왜냐하면 동물의 생태에 대한 공부와 밀접하게 연결되어 있기 때문입니다. 사냥감의 수도 엄격하게 제한했습니다. 그리고 우리 중에서 제일 잘 잡는 친구를 따라 배웠습니다.

그렇지만 유감스럽게도 새들에 대해서는 우리 모두 그다지 너그럽지 못했던 것이 사실입니다. 종종 새알도 꺼내 오고 어린 새끼들도 훔쳐 냈기 때문입니다. 차타나 형과 나는 별로 떠올리고 싶지 않은 새 사냥 경험도 있습니다.

여름이 되면 손으로 어린 오리 새끼나 거위 새끼를 잡는 일이 흔했는데, 한참 그러고 있던 중에 형과 나는 두루미 둥지를 발견했습니다. 갑작스런 행운에 우리는 매우 즐거웠습니다. 이미 여름도 한창인데다가 둥지 밖에 나와 있는 어린 두루미 새끼 두 마리는 꽤 많이 자라 있었습니다. 새끼들의 어미는 근처 늪에 있다는 것도 이미 확인한 뒤였습니다. 그런데 두루미도 털갈이를 할 때에는 마른 땅 위로도 올라올 수 있다는 사실 ── 바로 그때가 털갈이 때였습니다 ── 은 미처 몰랐지요.

우리는 어린 새끼들을 쫓아가기 시작했습니다. 그런데 새끼들 주제에 엄청나게 빨리 달리는 것이었습니다. 따라잡는 데 시간이 꽤 걸렸습니다.

그러는 동안 새끼들의 애처로운 울음소리를 들은 어미들이 어린 새끼를 구출하러 달려왔고, 새끼 두루미의 뒤를 쫓고 있던 우리를 뒤쫓기 시작했습니다. 세상에나, 그렇게 위험천만한 추격전이라니! 치열한 백병전을 벌인 끝에 우리는 결국 강력한 활을 무기 삼아 성이 잔뜩 난 어미 두루미들에게 승리를 거뒀습니다. 그러나 그 후로는 거의 두루미 둥지 근처에도 가지 않았습니다. 대부분의 새들은 알이나 새끼를 빼앗길 때 어느 정도 저항은 하지만 겁도 없이 인간을 공격하는 일은 거의 없습니다.

어떤 종류이건 관계없이 둥지만 보이면 우리는 무조건 나무에 올랐습니다. 그렇지만 올빼미 새끼는 좀 달랐습니다. 새끼가 땅 위에 내려와 있지 않는 한 절대 둥지에 올라가 꺼내 오는 일은 없었습니다. 특히 부엉부엉 울고 있는 올빼미는 새끼가 위험해지면 인간을 공격하는 매우 위험한 놈입니다.

한번은 노랑날개딱따구리를 둥지에서 꺼내려고 한 적이 있었는데, 그때는 팔을 뻗데다가 둥지가 워낙 구멍 깊숙한 곳에 있어서 칼을 쓰지 않고서는 도저히 꺼낼 수가 없었습니다. 그러나 집은 너무 멀리 있었고 같이 온 유일한 동료라고는 귀머거리에 말 못하는 사촌뿐이었습니다. 나는 거의 십오 미터 높이까지 나무를 타고 올라갔습니다. 그리고 사촌이 칼을 가져

올 때까지 세 시간 이상을 그곳에서 불안정한 자세로 기다렸
습니다. 결국은 노랑날개딱따구리를 손에 넣었습니다.

작은 동물을 잡을 때는 조잡한 덫을 사용했는데 어쩌다 성
공하기도 합니다. 끝을 뾰족하게 다듬은 갈대나 왕골을 모아
서 토끼가 다니는 길에 뿌려 두면 다음날 아침 뾰족한 왕골 끝
에 발바닥이 찔릴까봐 옴짝달싹 움직이지도 못하고 얌전히
앉아 있는 어린 토끼가 잡히기도 합니다.

토끼나 뇌조를 불러들일 때는 또 다른 방법을 쓰기도 합니
다. 먼저 말갈기를 꼬아서 올가미를 만듭니다. 그리고 어린 나
뭇가지 끝에 올가미 끝을 단단히 묶습니다. 이 나뭇가지를 토
끼가 지나다니는 길 위로 휘어지게 구부린 다음 매듭을 만들
어 고정시켜 둡니다. 그러면 달려가던 토끼 머리가 올가미 구
멍에 걸려들면서 나뭇가지의 탄력으로 휙 끌어올려지는 것입
니다. 이건 상당히 괜찮은 방법이라고 할 수 있습니다. 토끼가
높은 공중에 매달려 있으면 다른 놈들에게 빼앗길 위험도 없
기 때문입니다.

그렇지만 역시 뭐니뭐니해도 제일 재미있는 건 다람쥐 사냥
입니다. 일 년 중 어느 때라도 사냥할 수 있지만 특히 많이 잡
는 때는 삼월입니다. 얼음이 녹기 시작하면 다람쥐들은 얼음
판 사이 틈을 파고 들어가 굴을 만들지요. 굴을 파는 중에 연
중 처음으로 모습을 드러내는 것입니다. 때로 오십 마리도 넘
는 무리가 함께 모여 작업을 하기도 합니다. 작업이 이루어지
는 시간은 보통 이른 아침, 그러니까 해뜰 무렵부터 아침 아홉

시 무렵 정도입니다.

우리는 그 비밀을 알고 있었습니다. 그래서 다람쥐 사냥철을 대비해 끝이 뭉툭한 화살을 모아 둡니다.

보통 여섯에서 열, 혹은 열다섯 명 정도 되는 소년들이 함께 모여서 사냥을 합니다. 전날 저녁 미리 다람쥐 소리를 흉내낼 친구 몇 명을 뽑아 둡니다. 그리고 뽑힌 친구들은 다람쥐 소리를 낼 때 쓰는 밀짚을 준비하지요.

일 년 중 이때가 되면 인디언 소년들은 온통 눈 녹은 땅의 갈라진 틈을 찾느라 분주합니다. 날이 밝으면 약속된 장소로 모두 모여듭니다. 그리고 각 무리별로 나뉘어, 해가 일정한 높이에 다다르면 어디 어디에서 모이자는 약속을 하고 각기 다른 방향으로 출발합니다.

처음으로 다람쥐 사냥을 나가던 때의 기억은 아직도 생생합니다. 상쾌한 삼월의 어느 아침이었습니다. 우리가 서둘러 숲으로 출발한 탓에 태양이 나무 꼭대기에 도착하지 않은 이른 시간이었습니다. 수많은 동물들의 흔적이 남아 있는 장소에 도착한 우리는 각자 나무를 하나씩 골라잡고 그 뒤에 몸을 숨겼습니다. 다람쥐 소리를 내는 친구는 통나무 위에 올라앉아 꼼짝도 하지 않은 채 다람쥐를 불러내기 시작했습니다.

잠시 후 작은 발이 단단한 눈 위를 밟는 바스락 소리가 들려왔습니다. 여기저기서 다람쥐들이 몰려드는 게 보였습니다. 어딘가에서 들려오는 소리를 쫓아 어떤 놈은 통나무 앞에 멈춰서기도 하고 또 어떤 놈은 나무 위로 기어올라갔습니다. 그 뒤를 또 다른 다람쥐들이 쫓아오고 있었습니다.

잠깐 사이에 다람쥐 소리를 내는 친구는 놈들에게 완전히 포위되고 말았습니다. 어떤 놈은 친구보다 더 높은 가지에, 또 어떤 놈은 친구보다 아래에, 또 어떤 놈은 친구가 앉아 있는 나무로 달려 오르고 있었습니다. 우리 모두는 대장이 신호를 보낼 때까지 꼼짝하지 않고 기다리고 있었습니다. 그러다 마침내 큰 소리로 대장이 명령을 내렸고 놀란 다람쥐들은 제각기 서로 다른 나무 위로 기어올랐습니다.

드디어 활쏘기 행진이 시작됐습니다. 다람쥐들은 빠져나갈 구멍이라곤 없는 자신들의 처지를 깨달은 것 같았습니다. 나무에서 내려와 어린 사냥꾼들의 포위망에서 벗어나려고 시도하는 놈들도 있었습니다. 그러나 우리 역시 재빠르게 화살을 쏘았습니다. 몇 마리가 땅 위로 내려올 때마다 우리는 소리를 냅다 질러 다시 위로 올라가게 만들었습니다. 화살을 쏠 때는 언제라도 다시 가서 뽑아올 수 있게 나뭇가지에 맞도록 쐈습니다. 때때로 완전히 절망에 빠진 다람쥐가 나무 꼭대기로 뛰어오르는 일도 있습니다. 그러면 도망친 다람쥐는 승리자가 되지만 다람쥐를 놓친 소년은 웃음거리가 되지요. 마침내 더 이상 잡을 다람쥐가 없어지면 다른 장소로 이동하는데, 해가 완전히 지거나 다람쥐가 더 이상 나타나지 않을 때까지 이런 식으로 사냥은 계속됐습니다.

평원으로 나가면 재미는 좀 덜하지만 또 다른 놀이가 기다리고 있습니다. 때때로 말갈기 덫과 활을 이용해 마멋 같은 작

은 동물을 꾀어내 사냥을 합니다. 한번은 어떤 어린 친구가 말
갈기 덫을 설치하고 구멍 근처에서 조금 떨어진 곳에 납작 엎
드려 활을 쏠 준비를 하고 있다가 엄청나게 큰 방울뱀을 잡은
적도 있습니다. 그때부터 그 친구는 '방울뱀잡이'로 불렸습니
다. 인디언 소년은 이런 식으로 자주 새로운 이름을 얻곤 합니
다. 어느 때인가는 숲 속에서 놀다가 새끼 사슴의 흔적을 발견
하고는 뒤쫓아 가 녀석이 잠자고 있는 동안 잡은 적도 있습니
다. 사슴은 필사적으로 도망치려고 몸부림치다가 한 친구를
발로 차고 말았습니다. 그래서 그 친구는 지금까지도 '새끼
사슴에게 차인 놈'이라고 불리고 있습니다.

　인디언의 교육에서는 사냥을 나갔을 때 식사 준비하는 법을
배우는 것도 매우 중요합니다. 실제로 대부분의 인디언은 짐
승의 날고기를 먹습니다. 그러나 물고기나 새는 날것으로 먹
지 않습니다. 개구리나 뱀장어도 마찬가지입니다. 소년들의
사냥에서도 때로는 캠프에서 멀리 떨어진 곳까지 사냥을 나
갔기 때문에 그 자리에서 불을 피우고 사냥감을 구워먹었습
니다.

　고기는 보통 막대기에 끼워 숯불에 굽거나 장작불에 그을려
먹었습니다. 그렇지만 새나 물고기를 정말로 맛있게 먹으려
면 재 속에 넣어 익혀 먹어야 합니다. 호수에서 막 잡아올린
싱싱한 물고기는 모래밭 위에 불을 피운 다음 모래와 재를 파
내고 그 속에 깊게 묻어서 익혀 먹었습니다. 새도 마찬가지인
데 이때는 깃털을 먼저 물에 적셔 두어야 합니다. 이렇게 하면

깃털과 가죽이 한 번에 깨끗이 벗겨질 뿐 아니라 육즙과 향이 그대로 고기 안에 남아 있어 더욱 맛이 좋지요. 고기를 다 먹은 후에는 뼈에 손을 대지 않습니다.

우리 부족은 주전자나 냄비 없이도 음식을 끓이는 법을 알고 있었습니다. 우선 동물의 위 주머니를 깨끗하게 씻은 다음 끝부분을 묶습니다. 그리고 귀퉁이를 잡아당겨 땅에 꽂아 놓은 네 개의 막대기 끝에 겁니다. 이 우아한 받침 그릇 위에 고기를 올려놓고 새빨갛게 달아오른 돌을 이용해 끓이는 것입니다.

차타나 형은 뛰어난 사냥꾼이었습니다. 형은 두 개의 평평한 막대기 사이에 자작나무 잎사귀를 끼워서 만든 기구를 사용해 암사슴이나 새끼 사슴을 기막히게 불러냈습니다. 어느 날 아침 우리는 숲 속을 지나가다 잎 끝에 달린 이슬들이 흐트러져 있는 것을 발견했습니다. 암사슴과 새끼 사슴이 지나간 지 한 시간도 채 지나지 않았다는 표시였습니다.

나는 차타나 형에게 물었습니다.

"어떻게 하지? 집에 돌아가서 작은 아버지한테 총을 들고 같이 오자고 하자."

그러자 차타나 형은 소리쳤습니다.

"안돼, 절대 안돼! 오래 전에 우리 부족은 총이 없어도 사슴이나 버팔로를 죽였다구. 여긴 사방이 뚫려 있어서 숨을 곳도 없으니까 일단 녀석을 여기까지 꾀어오자구. 그래서 어쩔 줄 몰라 서 있는 동안에 내가 올가미를 던져서 잡으면 된다니까."

형이 사슴을 부른 지 몇 초도 지나지 않아 그림처럼 예쁜 새끼 사슴이 우리 앞에 모습을 드러냈습니다. 이번에는 내가 소리를 냈습니다. 그러자 사슴은 담배 잎사귀 같은 귀를 쫑긋거리며 내쪽을 바라보더군요. 바로 그 순간 차타나 형이 올가미를 던졌습니다. 사슴은 소리를 지르더니 올가미 사냥꾼을 차버리기라도 할 듯 앞쪽으로 껑충 뛰어올랐습니다. 몇 번이고 몇 번이고 필사적으로 뛰어올랐지만 우리는 끝끝내 녀석을 가까운 나무로 끌고 가서 단단히 묶어 버렸습니다.

차타나 형이 말했습니다.

"자, 이번에는 가서 우리 애완 동물을 데려오자. 어떻게 하는지 보자구."

그 당시 차타나 형은 어느 정도 길이 든 덩치 큰 흑곰을 기르고 있었습니다. 나에게는 붉은여우 새끼 와나혼과 충견 오이티카('용감한 자')가 있었습니다. 나는 흑곰 차구와 와나혼을 풀어 주었습니다. 오이티카는 내가 다가가자 벌떡 일어나 꼬리를 이리저리 흔들며 반겼습니다.

"셋 다 이리와 봐. 너희가 보면 정말 좋아할 걸."

모두들 내 말을 알아들은 것이 분명했습니다. 흑곰 차구는 벌써부터 앞발로 밧줄을 잡아당기기 시작했고, 붉은여우 와나혼은 묶여 있던 어린 나무의 뿌리를 발로 파헤치고 있었습니다.

사슴이 묶여 있는 곳에 도착하기도 전에 벌써 오이티카는 즐거운 울음소리를 내질렀고 나머지 두 녀석도 신나게 달려드는 바람에 나는 덤불 속에 넘어지고 말았습니다. 그러나 곧이어 차구는 발바닥에 유리 조각이라도 박힌 것처럼 매우 조심스럽게 걸어갔습니다. 와나혼은 코를 땅바닥에 납작하게 붙인 채 나무들 사이를 살금살금 걸어갔습니다.

세 마리의 악당들과 함께 숲 속 빈 터에 도착했을 때, 그곳에는 예의 그 작고 힘없는 새끼 사슴이 서 있었습니다. 새끼 사슴은 얼룩덜룩한 불한당 무리들에 놀라 바들바들 떨고 있더군요. 세 마리 악당들과 하등 다를 바 없는 두 명의 인간 악당들도 새끼 사슴을 쳐다보고 있었습니다. 차구는 덤벼들고 싶은 마음과 호기심이 반반 섞인 눈으로 사슴을 쳐다봤고, 와나혼은 땅에 발이 붙어 버린 것처럼 꼼짝 않고 지켜보고 있었습니다. 사슴을 어떻게 다루어야 할지 생각하고 있는 게 분명했습니다. 나의 오이티카, 관대한 그 녀석은 간간히 놀리는 듯한 울음소리를 낼 뿐이었습니다. 힘없는 사슴 따위는 건들고 싶지 않았던 것입니다.

갑자기 새끼 사슴이 껑충 높이 뛰어올랐습니다. 그러더니 그 아름다운 머리를 땅 위에 박는 것이 아닌가요.

"오이예사, 사슴이 죽었어!"

차타나 형이 소리쳤습니다.

"죽이려는 게 아니었는데, 죽일 생각은 없었는데."

나도 뒤따라 속삭였습니다.

"부끄러운 일이야."

우리 범죄자 일당 다섯은 힘없이 쓰러진 새끼 사슴에게 다

가가 둘러섰습니다. 모두가 진정 안타깝게 여기는 것 같았습니다. 심지어 흑곰 차구의 눈동자에서조차 미안함과 후회의 감정을 읽을 수 있었습니다. 오이티카로 말하자면, 녀석은 두 번이나 크게 한숨을 내쉬더니 저만큼 물러서 버렸습니다. 차타나 형의 눈에서는 커다란 눈물 방울이 속눈썹을 타고 흘러내렸습니다. 그 순간 나는 얼굴을 감추고만 싶었습니다. 차타나 형에게 내 얼굴을 보이고 싶지 않았던 것입니다.

세상에서 가장 소중한 제물

인디언 야영지 한 가운데 서 있는 커다란 티피에서 큰 목소리가 울려 나왔습니다.

"'불쌍한 막내' 야, 어디 있니!"

부르는 소리에 대답하며 숲에서 모습을 드러낸 것은 멋진 검은 개를 데리고 있는 한 소년이었습니다. 다른 수 족 소년들과 특별히 다를 것 없는 모습이었습니다.

손에는 화려하게 색칠이 된 활과 화살을 들고, 허리춤에는 직접 사냥한 새와 다람쥐를 찬 소년은 자신을 부르는 소리가 들리는 티피로 황급히 다가갔습니다.

티피 안에는 나이 드신 여자 두 분이 화로를 사이에 두고 양쪽에 앉아 있었습니다. 한 분은 엄마 없는 아이를 거둬 주신 소년의 운치다 할머니셨습니다. 또 한 분은 와체원 할머니셨는데 불쌍한 막내가 잡은 첫 번째 제물을 '위대한 정령'께 바치는 의식을 돕기 위해 초대된 손님이었습니다.

운치다 할머니는 이 일로 며칠 동안이나 마음을 쏟았습니다. 할머니께선 당신 아이들이 여덟 번째 여름을 맞을 때마다 이 일을 겪었고 또 지켜봤습니다. 아이들 모두 용사로, 사냥꾼으로 부족의 축복을 받았습니다. 그리고 그 아이들이 이룬 명예가 곧 당신의 명예라고 언제나 믿고 계셨고 그렇게 사람들에게 말씀하셨습니다. 왜냐하면 어렸을 때부터 아이들에게 '위대한 정령'의 말씀을 전한 것이 당신이셨기 때문입니다. 아들들이 고귀한 성품과 강인한 인품을 갖게 된 데에는 당신 힘이 컸다고 믿고 계셨던 것이지요.

마을에는 운치다 할머니가 손자의 첫 번째 제물 의식을 기념하는 잔치를 열려고 한다는 소문이 돌았습니다. 그저 사람들의 추측이었지만 총명한 할머니는 '위대한 정령'께선 조용하고 엄숙한 분위기에서만 만날 수 있다고 믿었고, 그래서 의식이 끝날 때까지는 침묵해야 겠다고 마음먹으셨지요.

소년이 티피 안으로 뛰어들어 왔습니다. 뒤따라 들어온 소년의 개 오이티카는 마치 "주인님과 저는 진짜 사냥꾼이랍니다" 하고 말이라도 하는 것처럼 정신없이 꼬리를 흔들어 댔습니다.

'불쌍한 막내'는 숨돌릴 틈도 없이 허리춤에서 죽은 새와 다람쥐를 끌러 할머니 앞에 던져 놓으며 사냥할 때 얘기를 늘어놓았습니다.

"이렇게 끝이 무딘 화살이 오늘 아침에는 눈이 달렸지 뭐에요. 다람쥐가 나무 주변에 숨어 버리기도 전에 녀석의 머리를 맞췄어요. 다람쥐가 땅바닥에 떨어졌고 그 밑엔 우리 오이티카가 있었겠죠."

소년은 한쪽 무릎을 꿇은 채로 얘기를 계속했고 검은 눈은 밤하늘의 별처럼 반짝거렸습니다.

"여기 앉거라."

운치다 할머니는 소년에게 말했습니다.

"네게 할 말이 있구나. 알다시피, 너도 이젠 어른이야. 네가 가져온 사냥감을 보려무나. 이제 곧 너도 내 곁을 떠나게 될 거야. 왜냐하면 용사라면 부족들 사이에서 더 훌륭하게 자랄 수 있는 기회를 가져야 하는 법이니까."

할머니는 계속 말씀하셨습니다.

"너는 네 아버지나 할아버지처럼 되려고 노력해야 한다. 그 분들은 용사였고 부족 축제를 만드시는 분들이란다. 가난한 사냥꾼은 절대 축제를 벌일 수 없지. 열두 달 동안 사십 차례나 축제를 열었던 '축제를 베푸는 손'의 전설을 기억하고 있느냐? '위대한 정령'의 뜻을 찾으려고 했던 용사의 이야기를 잊고 있는 건 아니겠지? 오늘 넌 네 첫 번째 제물을 그분에게 바치게 될 게야."

마지막 말에 어린 사냥꾼의 눈은 휘둥그레 커졌습니다. 소년은 뭔가 큰 사건이 일어나려고 한다는 것, 그리고 자신이 바로 이 사건의 주인공이라는 것을 느꼈습니다. 운치다 할머니는 계속해서 말씀을 이어갔습니다.

"네가 가진 것들 가운데 하나를 '위대한 정령'께 바쳐야만 한다. 네게 가장 소중한 것을 말이다. 이건 성스러운 의식이거든."

이 말은 소년을 얼마쯤 당황스럽게 했습니다. 이기적이라서가 아니라 제물로 바치기에 가장 적절한 것이 무엇인지 확신할 수 없었기 때문입니다. 소년은 곧 할머니가 말씀하신 소중한 것이란 역시 자기가 가지고 있는 장신구나 장난감이라고 추측했습니다. 그래서 말했습니다.

"제일 좋은 활과 화살을 드리겠어요. 색깔을 내는 물감이랑, 그리고, 곰발톱 목걸이도 드리겠어요, 할머니!"

"그런 것들이 너한테 가장 소중한 것이냐?"

할머니가 물으셨습니다.

"활이랑 화살도 그렇지만 물감도 손에 넣기 힘들잖아요. 근처에 백인이 없으니까요. 그리고 목걸이, 그래요 그런 건 다시 얻기도 힘들 거야. 그리고 수달 가죽으로 만든 모자도 드릴께요. 이걸로는 충분하지 않은가요?"

"그렇지만 아이야, 생각해 보려무나. 넌 아직 '위대한 정령'을 기쁘게 해 드릴 선물은 말하지 않았구나."

소년은 당황한 표정으로 할머니 얼굴을 쳐다보았습니다.

"제가 좀전에 말했던 것보다 좋은 물건이 제겐 없어요. 혹시 제 점박이 조랑말을 말씀하시는 건가요? 저는 '위대한 정

령'께서 어린 소년에게 그렇게 큰 선물을 바랄 거라고 생각하
지는 않아요. 게다가 작은 아버지가 제게 주신 수달 가죽 세
장과 독수리 깃털 다섯 개는 제가 오랫동안 간직하겠다고 이
미 약속을 했거든요. '검은 발' 족이나 '까마귀' 족이 훔쳐가
지 않는 한 말이에요."

운치다 할머니는 소년이 아낌없이 내놓는 제물이 그다지 만
족스럽지 않았습니다. 할머니께서 정말로 원하는 것을 소년
은 생각해 내지 못했습니다. 그러나 할머니는 소년이 진짜 어
디에 애정을 쏟고 있는지 알고 있었습니다. 그가 아끼는 애완
동물이자 친구이기도 한 충복, 오이티카. '불쌍한 막내'는 그
사랑스런 동물에게서 잠시도 떨어지려고 하지 않았습니다.

할머니께서 오이티카를 제물로 바치자고 하면 소년은 분명
반대할 것입니다. 그러나 운치다 할머니는 마지막으로 감동
어린 연설을 했습니다.

"넌 기억해야만 한다. 이 제물을 통해 모든 창조물 속에서
너를 지켜보고 계시는 그분을 만나게 된단다. 바람 속에서 네
게 속삭이고 계시는 그분의 목소리를 듣게 될 거야. 그분은 천
둥으로 네게 함성을 들려주시기도 하지. 낮에는 그분의 눈인
태양으로 너를 지켜줄 것이요, 밤에는 달이 되어 네 잠자는 얼
굴을 지그시 쳐다보시겠지. 그러니까 그분은 불가사의한 것
들 중의 불가사의요, 세상 모든 일을 관장하시는 분이란다. 그
런 분께 네가 첫 번째 제물을 바치는 게지. 이 의식을 통해서
너는 그분이 어떤 인간에게도 인정한 적 없는 것들을 네게만

은 인정해 주십사 하고 부탁을 드리는 거야. 나는 네가 위대한 용사, 위대한 사냥꾼이 되고 싶어 한다는 걸 알고 있지. 나는 우리 '불쌍한 막내' 가 소심한 모습을 보이는 것을 볼 수가 없구나. 왜냐하면 소유욕은 여자들이나 갖는 마음이지 용감한 남자라면 그렇게 하지 않는 법이거든."

할머니께서 말씀하시는 동안 소년의 마음 속에는 사나이다운 기상이 완전히 살아났습니다. 흥분한 가운데 소년은 자기가 가진 모든 것을 기꺼이 포기하겠다고 마음먹었습니다. 그래, 조랑말도 괜찮아! 그러나 소년은 친구이자 동지인 오이티카에 대해서는 생각도 하지 못했습니다. 그래서 운치다 할머니께서 말씀을 끝내시기가 무섭게 소리쳤습니다.

"할머니, '위대한 정령' 께 제가 가진 어떤 것이라도 드리겠어요. 그분을 가장 기쁘게 해 드릴 물건이 뭐라고 생각하시는지 할머니께서 골라 보세요."

이들의 대화를 말없이 듣고 있는 둘이 있었으니 손님 와체윈 할머니와 가엾은 개 오이티카였습니다. 와체윈 할머니는 그저 이웃에 불과했지만 이 의식에 참석해 달라고 초대받은 사람이었습니다. 개는 습관처럼 주인과 함께 티피 안에 들어와서는 언제나 그렇듯이 주인 옆에 앉아 있었습니다. 눈동자만 이리저리 굴리면서 꼼짝도 하지 않은 채로 무슨 일이 벌어지고 있는지 열심히 지켜보고 있었습니다.

한 번이라도 움직여서 어린 주인님의 관심을 끌었더라면 주인님의 성급한 다짐을 말릴 수 있었을지도 모를텐데.

"할머니, 제가 가진 건 무엇이건 다 드리겠어요."

소년에게 자기 개와 헤어져야 한다고 말하는 것은 운치다 할머니로서도 힘든 일이었습니다. 그러나 할머니께선 침착하게 상황에 대처했습니다. 조심스럽게 말씀을 이어가졌지요.

"하카다, 너는 어리지만 용사로구나. 비록 어리지만 네 심장은 강인하고 용기도 넘친다는 걸 난 알고 있단다. 너는 기꺼이 네가 가장 아끼는 것을 첫 번째 제물로 바치겠다고 했어. 넌 오이티카를 내놓아야만 한다. 그놈은 용감해. 그리고 너 역시 용감하지. 그놈은 죽음을 두려워하지 않는다. 그놈이 없어도 너는 용감하게 견뎌낼 수 있을 거야. 자, 오너라. 여기 물감 묶음 네 개와 속이 찬 파이프가 있다. 함께 의식을 치를 장소로 가자."

마지막 말이 떨어졌을 때 '불쌍한 막내'는 그 말을 거의 듣지 못한 것 같았습니다. 그는 아무 말도 못했습니다. 문명 세계의 사람들이 봤더라면 그 순간 소년은 마치 작은 구리 동상처럼 보였을 것입니다. 빛나는 검은 눈동자는 순식간에 흐르는 눈물 속에 녹아 버렸습니다. 할머니의 눈과 마주치자 소년은 할머니가 종종 들려주시던 금언을 기억해 냈습니다.

"여자는 슬픔을 잊기 위해 눈물을 흘리지. 그렇지만 남자는 함성을 지른다!"

어린 용사는 비통한 마음을 목구멍 안으로 삼켜 버렸습니다. 그리고 모든 상황을 받아들였습니다.

"할머니, 내 용감한 개가 죽어야만 한다면 친구와 제가 오

늘 아침 함께 잡은 다람쥐 중에서 제일 예쁜 놈의 꼬리 두 개를 친구에게 묶어주고 싶어요. 친구가 사냥꾼이었다는 것을 '위대한 정령'께 알리고 싶어요. 제가 직접 친구에게 색칠할 수 있게 허락해 주세요."

운치다 할머니는 이 부탁을 거절할 수 없었습니다. 할머니는 오이티카를 죽이기 위해 와쿠타 어른을 부르러 가야 했고 그동안 소년과 개가 함께 있도록 허락했습니다.

용사가 죽을 때가 되면 죽음을 애도하는 노래를 불러야 한다는 것은 인디언 소년이라면 누구나 알고 있습니다. '불쌍한 막내'는 이제 곧 죽게 될 오이티카가 사람인 것처럼 여겨졌습니다. 그래서 그놈을 꼭 껴안고는 애도의 노래를 불렀습니다. 만약 오이티카가 사람이었다면 그의 귀에 이렇게 속삭였을 것입니다.

"겁내지 마, 용감한 나의 오이티카. 내가 처음으로 오지브웨이 족과 싸우러 가게 되는 순간 너를 꼭 기억할게."

마침내 운치다 할머니가 티피 밖에서 어떤 남자와 말씀을 나누시는 소리가 들렸습니다. 소년은 재빨리 친구의 몸에 색깔을 칠했습니다. 오이티카는 은색의 꼬리 끝부분과 코, 하얀 한쪽 발, 귀 사이의 혹 위에 있는 흰색 별 모양만 빼면 온몸이 칠흑같이 새까만 개였습니다. 죽음을 준비하는 사람은 빨간색과 검정색으로 색칠을 한다는 것을 '불쌍한 막내'는 알고 있었습니다. 몸 색깔로 따져보면 자연은 오이티카의 죽음에 어느 정도는 대비하고 있었던 것입니다. 필요한 것은 빨간색

뿐이었고 '불쌍한 막내'는 정성스럽게 색칠을 했습니다.

그런 다음 그는 빨간 천 한 조각을 끊어 개 목에 매어 주었습니다. 여기에 아침에 사냥한 다람쥐 꼬리 두 개와 꾀꼬리의 날개를 묶었습니다.

그때 소년은 훌륭한 용사는 친구와 이별할 때 애도를 표시하기 위해 얼굴에 검은 칠을 한다는 사실을 퍼뜩 떠올렸습니다. 소년은 검정 머리끈을 풀고 석탄 가루와 곰 기름을 섞은 다음 얼굴 전체에 검은 칠을 했습니다.

그동안 티피 안의 구멍이란 구멍은 모조리 사람들의 눈으로 가득 찼지요. 지켜보는 사람 중에는 소년의 할머니도 있었습니다. 할머니는 손자가 너무도 애처롭게 느껴졌습니다. '위대한 정령'의 분노만 두렵지 않았다면 손자에게 이렇게 말하는 편이 행복했을 것입니다. "손자야, 네 사랑하는 개와 언제까지나 함께 지내려무나."

그때쯤 불쌍한 막내가 일그러진 달덩이 같은 얼굴을 하고 멋진 자기 개와 함께 티피 밖으로 걸어나왔습니다. 흰 얼룩 위에 붉은 칠을 한 그의 개는 그 무엇보다도 아름다웠습니다.

이제는 운치다 할머니께서 당신의 영혼이 짊어진 짐과 혼란에 맞서 싸울 차례였습니다. 소년은 사람들이 용맹하다고 칭찬하고 부추기는 소리에 크게 용기를 얻어서 더 이상 눈물도 흘리지 않았습니다. 사랑하는 할머니께서는 마음을 수습하자마자 말씀하셨습니다.

"어린 용사여, 그래서는 안 된다. 네가 처음 바치는 제물을

위해 슬퍼해서는 안 된다. 얼굴의 검은 칠을 깨끗하게 닦아 내
도록 해라. 그래, 그럼 같이 가자꾸나."

소년은 할머니의 말에 미소를 지으며 오이티카를 와쿠타 어
른에게 넘겨주었습니다. 그리고는 운치다 할머니, 와체윈 할
머니와 함께 걸어갔습니다.

그들은 사람들의 잦은 발길로 잘 다져진 어시니보인 강둑
길을 따라, 아름다운 참나무 숲을 지나 마침내 높은 절벽 아래
에 도착했습니다. 절벽 바로 아래로는 강물이 소리내며 흐르
고 있었습니다. 반대편에는 수직으로 우뚝 솟은 하얀 절벽이
있었는데, 그 뒤로는 웅장한 참나무로 뒤덮인 경사진 땅이 넓
게 펼쳐져 있었습니다. 잊혀지지 않을 만큼 아름답고 웅장한
풍경이었습니다.

일행이 절벽 끝에 도착하자 와체윈 할머니가 아무 말없이
멈추어 섰습니다. 소년과 운치다 할머니 역시 나란히 절벽 앞
에 섰습니다. 와체윈 할머니는 와쿠타 어른이 오기를 기다리
고 있었는데 그분은 자신한테 맡겨진 제물을 들고 올 예정이
었습니다.

소년과 할머니는 구불구불한 둑길을 따라 물가까지 내려왔
습니다. 그리고 절벽 아래, 강물 위로 십오 미터 정도 떨어진
곳에 있는 거대한 동굴 입구까지 갔습니다. 동굴 안 샘물에서
흘러나온 맑은 물줄기가 아래로 떨어지고 있었습니다. 시원
하고 상쾌한 공기가 동굴 안에서 뿜어져 나왔습니다. 그곳은
정말 자연의 성지였습니다. 지금 돌이켜 봐도 부족이 그곳을

성지로 모신 것이 전혀 이상하게 느껴지지 않습니다.

소년은 두려움과 경외감을 느끼면서 속으로 "이곳이 '위대한 정령'이 계시는 곳이구나" 하고 생각했습니다. 주변의 경이로운 광경에 슬픔은 이미 잊은 지 오래였습니다.

잠시 후 와체윈 할머니가 힘겨운 걸음으로 도착했습니다. 그분은 죽은 오이티카를 마치 살아 있는 것 같은 자세로 땅 위에 내려놓은 다음 두 사람을 남겨 두고 떠나 버렸습니다.

와체윈 할머니가 사라지자마자 운치다 할머니는 엄숙하고 경건하게 네 개의 물감과 담배를 묶고 있던 가죽 끈을 풀었습니다. 담배 파이프는 죽은 오이티카 옆에 놓아두었습니다. 그리고는 주변에 물감과 담배를 모두 뿌렸습니다. 그리고 한동안 침묵을 지키며 서 계셨습니다. 운치다 할머니는 깊은 한숨을 내쉬면서 '위대한 정령'께 기도를 올리기 시작했습니다.

"오, '위대한 정령'이시여! 우리 발 아래로 흘러가는 거센 물소리에서 당신의 목소리를 듣습니다. 우리 머리 위의 위대한 참나무 숲에서도 당신이 속삭이는 소리를 듣습니다. 이 동굴에서 뿜어나오는 당신의 숨결에 우리 영혼은 깨끗해집니다. 오, 제 기도를 들어주소서. 이 어린 소년을 지켜봐 주시고 축복해 주시옵소서. 그의 아버지와 할아버지를 그렇게 만드셨던 것처럼 이 소년을 용사로, 사냥꾼으로 만들어 주소서."

그 기도와 함께 어린 용사의 첫 번째 제물 의식은 모두 끝이 났습니다.

용사들의 전설

'하루 종일 연기나'(스모키 데이) 어른은 우리 부족의 역사와 전설을 아주 많이 기억하고 있는 분으로 유명했습니다. 그분은 부족의 전통과 역사를 간직한 '살아 있는 사전'이었습니다. 언제나 가는 줄을 새겨 넣은 색깔 입힌 작은 막대기 묶음을 가지고 계셨습니다. 그중 하나에는 당신 나이만큼의 금이 새겨져 있었고 또 다른 막대기에는 중요한 사건이 어느 해에 일어났는지를 알려 주는 금이 새겨져 있었습니다. 예를 들어 하늘에서 엄청나게 많은 별이 떨어졌던 해의 숫자만큼을 금으로 새겨 표시하고 그 옆에 별 모양을 새겨 두는 식이었습니다. 이 놀라운 막대기 덕분에 부족이 언제 큰 재난을 겪었는지, 또 언제 위대한 승리를 거두었는지를 모두 알 수 있었습니다.

나는 '하루 종일 연기나' 어른이 즐겨 들려주시던 이야기를 그대로 따라해 볼 참이었습니다. 그래서 어느 날 담배 한 줌과 독수리 깃털 한 개를 들고 그분을 찾아갔습니다. 그분의 원고를 사려는 것이 아니라 조상님들의 용감한 행적에 대해 들을 수 있는 특권을 바랐던 것입니다.

키가 크고 몸집도 큰 어른은 언제나처럼 나를 반겼고 내가 준비해 간 선물을 고맙게 받으셨습니다. 그때의 만남을 기억할 때면 언제나 그분의 큰 키와 느릿느릿한 말투, 다정다감한 태도가 선명하게 떠오릅니다.

"오이예사, 우리 어린 용사여! 넌 언젠가는 분명 훌륭한 용사가 될 게다. 네가 조상님들의 용감한 행적에 대해 듣고 싶어 할 거라고 생각했지. 그래, 이 정도 선물이면 충분하겠다. 용사가 될 운명을 타고난 사람에게 이런 얘기를 해 주는 게 내 기쁨이란다. 내 말투가 너무 차분해서 네가 졸지나 않을까 걱정이다만. 네 조상님의 행적에 대해서도 나는 잘 알고 있단다. 그때도 그랬고 지금까지도 여전히 우리 부족에서 가장 용감한 분들이지. 그걸 뒷받침해 줄 만한 사건을 이야기해 주마. 이십 년 전, 네 할아버지 일가가 겪었던 일이란다.

질투심에 사로잡힌 부족의 어떤 청년이 할아버지의 형제 두 명을 죽였지. 정당한 동기도 없는 행동이었다. 모든 부족 용사들이 살인자를 죽음으로 처벌해야 한다고 말했어. 그런데 네 할아버지는 사람들의 의견에 이렇게 말씀하셨지. 자신도, 자기 형제들도 그런 비겁한 놈의 피를 보고 싶지 않다고. 그렇지

만 다른 사람들은 그놈에게 하고 싶은 대로 하라고 말했지. 그
분들은 수 족 용사들 중에서도 가장 뛰어났고 아무도 그분들
이 용맹하다는 걸 의심하지 않았단다. 그렇지만 아무리 불행
한 재난이라 해도 그것이 같은 부족, 같은 마을 사람 때문이라
면 피의 복수를 하지 않겠다고 말씀하신 거지. 진정한 용기란
바로 이런 것이다. 어린 용사여! 그런 일에 부딪혔을 때 자제
력과 침착함을 발휘하는 이야말로 강심장의 소유자이니라.

네 큰 할아버지인 '천둥 소리(징글링 선더)'에 대해서는 들
어봤을 거다. 그분의 용맹함은 '호수 마을 사람'이라면 모르
는 사람이 없지. 왜 그런 말이 있잖느냐, '적의 문 앞에서 명
예를 지킨 사람', 그게 바로 그분이야. '위대한 정령'은 그분
에게 특히 친절하셨지. 왜냐하면 '위대한 정령'께 항상 복종
하셨기 때문이야.

오래 전 대전투가 벌어졌을 때, '천둥 소리'는 첫 번째 명예
를 지켰단다. 그러니까 그때가 언제인고 하니, 하늘에서 수많
은 별이 떨어진 해로부터 사십 년, 검은 옷을 입은 백인 목사
들이 들어온 지 이십 년이 지났을 때야. 그리고 우리 부족이
색 부족과 폭스 부족 인디언의 티피 삼십 개를 쓸어버린 일이
있기 십사 년 전이지. 색 부족과 폭스 부족 인디언 티피를 쓸
어버린 일은 아주 잘 기억하고 있지. 십오 년 전 일이거든. 어
쨌든 내 막대기로 다시 한 번 세어 봐야겠구나."

'하루 종일 연기나' 어른은 여러 가지 색깔이 칠해진 십오
센티미터쯤 되는 작은 막대기 묶음을 꺼내 놓았습니다. 그리

고 계산을 하면서 막대기를 센 다음 내게 보여주며 이렇게 말씀하셨습니다

   겨울이 몇 번이나 지나갔는지 굳이 헤아리려고 애쓰지 말아라. 너는 아직 어려. 어떤 일이 일어났는지, 그때마다 조상님들은 어떻게 행동했는지만 기억하면 된다. 내가 지금 네게 얘기하려고 하는 일들은 모두 수십 년 전에 있었던 일이야. 그렇지만 우리는 그게 마치 어제 일어난 일인 것처럼 생생하게, 열정을 가득 담아서 이야기하지. 영웅들은 언제나 우리 마음 속에 영원히 살아 있단다.

   우리 부족은 임네자-스카, 곧 화이트 크리프(미네소타의 세인트 폴)에서 서쪽으로 약간 떨어진 미시시피 동쪽 강둑에서 지금까지 살아왔단다. 밀 락스 호수 지역을 떠난 후로 몇 군데 마을을 찾았지만 결국 정착한 곳이 여기란다. 그러다가 점차 흩어지게 된 거야. 역사적으로 가장 큰 전투가 이곳에서 벌어졌지. 하루 종일 전투가 계속됐는데 색 족, 폭스 족, 다코타 부족이 오지브웨이 족에 맞서서 싸웠단다.

   색 족과 폭스 족의 용사가 다코타 부족에게 파이프에 전령을 담아서 보내왔지. 우리 모두의 적인 오지브웨이 족에 맞서 싸우자면서 말이야. 우리 다코타 용사들도 재빨리 똑같은 전령을 보냈어. 그래서 세인트 크루와 강에서 만나자고 다들 합의를 했고 곧바로 전투를 위해 많은 용사들이 파견되기 시작했단다.

당시 우리 부족에는 이름난 훌륭한 용사들이 많았지. 그리고 전투에 참가할 만큼 나이를 먹은 젊은이들도 모두 투지에 불타고 있었어. 거의 모든 티피와 마을에서 어린 햇병아리 용사들이 화제가 됐지. 그들의 어머니와 누이, 할아버지, 할머니들은 어린 용사를 위해 "강한 심장" 노래를 불러 줬단다. 특히 눈에 띄었던 사람은 손자와 같이 살던 어떤 나이 드신 여자분이셨지. 그분은 이미 세 번에 걸쳐 오지브웨이 족에 속한 인디언들에게 공격을 받아 함께 지내던 마을 사람 대부분을 잃어버린 처지였단다.

노래를 듣던 사람들은 모두 연민에 가득 찬 그분의 눈빛을 바라보았지. 그분과 손자가 수 족 소속의 그 마을에서 살아남은 유일한 생존자라는 걸 알고 있었거든. 그리고 그분의 노래가 이제 막 용사의 나이가 되어 무참하게 학살당한 마을 사람들의 원수를 갚기 위해 전투에 참가하는 소중한 손자에게 바치는 노래라는 것도 말이다. 그 용사가 바로 '최후의 어린 생존자'라고 알려진 '천둥 소리'였단다. 그분은 가족의 유품인 전투용 곤봉과 창을 받아 들었어.

나이 드신 여자 분은 이렇게 노래했단다.

가거라, 용감한 내 '천둥 소리'!
영원히 간직하리라
저녁 하늘을 가로지르는
은하수를 따라 반짝이는 네 눈동자를.

보아라, 빛나는 저 길을―
보아라, 영광으로 이르는 저 길을!
(다코타 인디언은 용사들의 몸에서 떠난 영혼은 은하수를 따라
여행한다고 믿었습니다)

내 아가야, 기억하거라
네 부족 사람들을!
그토록 힘없이 외롭게 산다는 건
얼마나 가여운 일이냐―
살아 오거라, 젊은 용사여!
아니, 영웅으로 돌아오거라―
우리 이름과 가문을 높이 떨쳐라!

　당시 색 족과 폭스 족은 용감했고 자신만만했지. 그래서 수
족에게 제안하기를, 자기들끼리 먼저 적과 맞붙어서 용사들
이 얼마나 잘 싸우는지를 보여 주겠다고 했단다. 우리는 그들
의 제안을 받아들였지. 그래서 다코타 용사들은 언덕 위에 모
여 색 족과 폭스 족 연합군이 오지브웨이 족과 싸우는 걸 지켜
봤지. 양쪽 다 비슷비슷했지. 한동안은 어느 누구도 전투가 어
떻게 끝날지 확신할 수 없었단다. 젊은 '천둥 소리'는 그리 참
을성이 많은 구경꾼은 아니었어. 바로 눈앞에서 싸우고 있는
원수에게 달려가지 않고 참는다는 건 굉장히 힘든 일이었지.
　마침내 큰 함성이 일어나고, 색 족과 폭스 족 용사들이 크게

부상을 입고 밀리는 것 같이 보였어. 그때부터 수 족은 들판으로 내려가 싸움을 시작했단다. 그런데 얼마 후 북쪽에서 오지브웨이 족의 지원 부대가 합류한 거지. 그때 '천둥 소리'는 최선두에서 몇 명과 맞붙어 싸우고 있었어. 다들 오지브웨이 족의 지원 부대가 오리라고는 생각도 못했고 수 족 용사들은 이미 지쳐 있었지. 게다가 색 족과 폭스 족 용사들은 언덕 위에 앉아서 지친 팔다리를 주무르면서 쉬고 있었거든. 수 족 용사들이 싸우는 걸 지켜보며 한 수 배우겠다는 태세로 말이지. 어디에서도 도움을 바랄 수 없는 상태가 된 거야.

다코타 용사를 무자비하게 죽이는 오지브웨이 족 추장의 모습이 보이자 '천둥 소리'가 그를 향해 달려갔지. 추장은 자기편 용사들에게 사나운 목소리로 외쳤어. 철부지 새끼 사슴이 자기한테 달려오고 있으니 그놈을 자기가 쳐부수고 명예를 지킬 수 있게 해달라고 말이지. '천둥 소리' 또한 자기편 용사들에게 외쳤어. 어느 누구의 도움도 없이 혼자 힘으로 저 늙은 곰을 해치우겠다고 말이야.

힘이 넘치는 추장이 휘두르는 토마호크가 젊은 용사의 머리 위에서 번쩍거렸지만 용사는 번개처럼 재빨리 옆으로 뛰면서 피했지. 그리고는 곧바로 적의 심장을 향해 창을 찔렀단다. 추장은 헐떡거리는 비명을 내지르며 쓰러져 죽었고 오지브웨이 족 용사들은 겁에 질려 버렸지. 반면 용감한 '천둥 소리' 덕분에 수 족 용사들의 심장은 더욱 강해졌단다. 용사들은 곧바로 유리한 전세를 이용해 적들을 몰아내 버렸어.

이것이 '천둥 소리'가 용사가 된 초창기에 이룩한 업적이란
다. 그 후에도 그분은 더 용감한 일을 많이 했지. 수 족에서 가
장 유명한 일가의 조상님이시란다. 네 아버지 일가의 한 분이
시지. 조상님들의 위대한 업적에 대해 들을 때마다 그분의 이
름이 많이 등장한다는 걸 너도 알고 있겠지. 그분은 인내심도
많았고 자기 부족 사람들과는 절대 싸우지 않았단다.

그날 밤 나는 내가 들은 이야기를 기억하느라 오랫동안 잠
들지 않고 누워 있었습니다. 그리고 다음날 놀이 친구인 '꼬
마 무지개'에게 '하루 종일 연기나' 어른에게 들었던 내 첫 번
째 수업에 대해 자랑했습니다. '꼬마 무지개'는 내 얘기를 다
듣고 난 후 대답했습니다.

"나 같으면 웨유하 어른을 선생님으로 모시겠다. 내 생각엔
그분이야말로 어느 누구보다 기억력이 좋으시거든. 웨유하
어른이 전투에 대해 이야기하시면 넌 마치 그 전쟁터에 있는
것처럼 느껴질 걸. 용사들이 내지르는 함성이 들리는 것 같을
거야."

'꼬마 무지개'는 잔뜩 열이 올라서 계속 말했습니다.

"그건 웨유하 어른의 친구분이 말씀하신 얘기지만 친구가
아닌 사람들도 그렇게 말들 하지. 웨유하 어른이라면 그 전투
에 참가하지 않았던 숱한 용사들도 마치 그곳에 있는 것처럼
느끼게 이야기할 수 있다고 말이야."

나는 화가 났습니다. 왜냐하면 나의 스승이신 '하루 종일

125

연기나' 어른께 라이벌이 있다고는 인정할 수 없었기 때문입니다.

내가 다시 스승님을 방문했을 때 할머니는 그분께 드릴 질 좋은 사슴 고기 구이를 준비해 주셨습니다. 나는 스승님께서 이야기를 시작하기 전에 드실 수 있는 맛있는 음식을 갖다드리는 것이 자랑스러웠습니다. '하루 종일 연기나' 어른은 말씀하셨습니다.

"오이예사, 너는 벌써 시작했니? 하기야 너희 일가는 용사의 집안이기도 했지만 언제나 고기를 잔뜩 먹을 수 있는 축제를 만드는 사람들이기도 했지."

연한 고기를 맛있게 먹은 다음 그분은 칼을 여러 번 땅바닥에 꽂아서 닦아냈습니다. 그리고는 칼집에 칼을 꽂은 다음 기운차게 이야기를 시작하셨습니다.

위대한 주술사 와키난−통카 님이 예언하신 후로 몇 년 지나지 않아서였단다. 오지브웨이 족과 싸우기 위해 용사들의 부대가 출발했지. 용사들 중에는 너희 일가의 세 형제도 있었는데 다들 용감하고 유능한 사냥꾼으로 이름나 있었지.

돌아오기 전까지 그들은 연달아 일곱 차례나 전투를 치뤘지. 용사들은 적의 카누를 많이 빼앗은 데다 승리의 기쁨에 넘쳐서 모두 미시시피 강을 타고 돌아오고 있었단다.

그런데 어느 날 밤 대장이 용사들에게 경고를 했단다. 조만간 불행한 일이 일어날 거라는 암시를 받았다고 말이지. 다음

날이 되자 어느 누구도 카누 함대의 선두에 나서려고 하지 않
았단다. 결국 세 형제들 중 가장 나이 어린 용사 '샛별(모닝 스
타)'이 선두를 자청했지. 자기는 죽음을 두려워하지 않노라고
하면서. 왜냐하면 죽음은 예견하지 않을 때만 닥쳐오기 때문
이라면서 말이다.

그에겐 마을에서 기다리는 어여쁜 아가씨도 있었지. 화살통
은 아가씨가 정성을 다해 바느질한 자수로 꾸며져 있었단다.
그는 용감했을 뿐만 아니라 멋있는 용사였거든.

동이 틀 무렵, 용사들은 큰 강 한복판에 카누 함대를 띄웠
지. 주변은 고요한데 새 소리만 조금씩 들려오고 있었단다. 동
쪽 나무들 사이로 태양이 얼굴을 내비치기 시작할 때 갑자기
근처 강가에서 엄청난 인디언 함성이 들려오기 시작했단다.
그리고 화살이 비오듯 쏟아졌지. 카누는 부서졌고 사람들은
몹시 흥분했지.

수 족 용사들은 불리한 상황에 놓여 있었어. 몸을 피할 곳도
없었단다. 활 줄도, 화살 끝에 달린 깃털도 모두 젖어 있었지.
대담한 오지브웨이 족은 상황이 자신들에게 유리하다는 걸
알고는 가까이 다가왔단다. 그렇지만 우리 용사들은 필사적
으로 싸웠지. 반은 물 속에서, 또 반은 카누 안에서 적들이 마
침내 후퇴할 때까지 말이야. 어쨌거나 그날은 와페튼 수 족에
게는 슬픈 날이 됐지. 그중에서도 가장 슬픈 건 용사를 기다리
던 추장의 맏딸인 위노나 아가씨였단다.

위노나의 연인, 그러니까 그날 아침 카누 함대의 선두를 자

원했던 '샛별'도 죽은 사람들 중에 끼어 있었거든. 이틀 동안 수 족 용사들은 물 속에 잠긴 동료들의 시신을 찾으려고 애썼지만 유독 '샛별'의 시신만은 발견할 수 없었지.

마을 사람들은 이미 나쁜 징조를 보고 뭔가 일이 생겼다는 걸 예감하고 있었단다. 그 와중에 위노나는 홀로 카누를 타고 노를 저어 미시시피 강으로 나가 강물과 푸른 하늘을 바라보았지. 웬 젊은 남자가 어딘가에서 자신에게 사랑을 고백하는 소리가 들리는 듯했거든. 사랑하는 사람의 티피에 다가가던 그날 밤 들려왔던 그의 목소리처럼 말이지. 그 목소리가 '샛별'의 목소리라는 걸 알았지. 아마 어떤 소리에 섞여 있더라도 그의 목소리를 구별해 낼 수 있었을 거다. 그래서 위노나는 물결에 따라 이리저리 흔들리는 카누 속에서 그 소리에 주의를 기울이며 하늘을 올려다봤지.

오, 불쌍한 위노나! 모기 크기만한 두루미 여섯 마리가 하늘 높이 원을 그리다가 영혼들이 날아가는 것을 본 게야. 동쪽 하늘은 영혼들이 날아가는 곳이지. 무슨 소리가 들렸단다. "수 족 용사들의 영혼이랍니다. '샛별'도 저 속에 있어요." 위노나의 눈은 원 모양을 그리며 날아가는 새들을 따라가고 있었지.

위노나는 갑자기 아래로 눈을 떨구었지. 그리곤 절망에 가득 차서 "이건 도대체 뭐지?" 하며 소리를 질렀단다. 그건 강을 따라 흘러온 '샛별'의 시신이었지. 자기가 손수 수를 놓아준 화살통이 피에 젖어 강물 위에 떠 있는 것도 보였단다.

오, '위대한 정령'이시여! 어찌하여 이 가련한 소녀에게 이
토록 가혹한 벌을 내리십니까? 저도 '샛별'의 영혼을 따라가
게 해 주세요!

때는 저녁 무렵이었지. 동쪽 하늘에서 창백한 달이 떠오르
고 별들이 찬란히 빛났단다. 바로 그때, 마을에는 전령이 도착
해 용사들에게 닥친 재앙을 전하고 있었지. 마을 전체가 슬픔
에 빠져 있었지만, 그때 이미 위노나의 영혼은 멀리 떠나가고
있었단다. 그 후로는 누구도 다시는 위노나를 보지 못했지.

바위 소년

"호, 미타 코다!(어서 오게, 친구!)"

세째 날 '하루 종일 연기나' 어른의 천막에 들어섰을 때 스승님은 내게 이렇게 인사하셨습니다.

"내가 어제 해 준 얘기 때문에 오지브웨이 족과 물 위에서 전투를 벌이는 꿈을 꾸진 않았겠지?"

나이 드신 현자는 유쾌한 미소를 얼굴 가득 지으며 내게 말씀하셨습니다.

"예. 그런 꿈은 꾸지 않았어요."

나는 온순하게 대답했습니다.

"대신 태양이 조금만 더 빨리 움직였으면 하고 바랐어요. 그래야 또 얘기를 들으러 올 수 있으니까요."

"그래, 그럼 이번에는 전설 얘기를 하나 해 주마." 하시며 다음 이야기를 들려주셨습니다.

보통의 인간은 할 수 없는 놀라운 일을 하는 사람들에 대한 이야기란다. 때로 사람과 다르게 행동하기도 하지. 왜냐하면 인간과 동물, 인간과 신의 속성을 동시에 가지고 있거든. 네가 계속 질문할까봐 미리 이런 말을 해 두는 거란다. 그러니 등장하는 사람들의 행동이 앞뒤가 맞지 않아도 헷갈려 할 필요가 없단다.

옛날 열 명의 형제가 막 열여섯 살이 된 하나 뿐인 여동생과 함께 살고 있었단다. 여동생은 자수 솜씨가 정말 뛰어나서 형제들은 모두 아름답게 장식이 된 활과 화살통을 가지고 있었지. 형제들은 여동생을 사랑했고 정말 잘 대해 줬어. 여동생도 형제들을 사랑했고 그들을 보살피는 가정 주부 역할에 기꺼이 만족했단다. 형제들은 모두 뛰어난 사냥꾼이었고 낮 시간에는 거의 집에 있지 않았지만, 저녁이 되어 돌아오면 여동생에게 그날 겪은 일들을 모두 이야기해 줬지.

어느 날 밤 여느 때처럼 형제들이 차례로 사냥에서 돌아왔는데 제일 큰 형이 돌아오지 않는 거야. 형제들은 큰 형이 사슴을 쫓다가 너무 멀리 갔거나, 아니면 들고 오지 못할 만큼 큰 사냥감을 잡았을 거라고들 생각했지. 그렇지만 여동생은 뭔가 끔찍한 일이 큰 오빠에게 생긴 것 같은 예감을 받았어. 둘째 오빠가 아침이 되면 찾으러 가자면서 여동생을 위로했지.

다음날 아침, 둘째가 큰 형을 찾으러 가고 나머지는 보통 때
처럼 사냥을 갔단다. 저녁이 되어 모두들 무사히 돌아왔는데
큰 형을 찾으러 간 둘째만 안 보이는 거야. 이번에는 세째가
사라진 두 형을 찾으러 갔는데 그 역시 돌아오지 않았어. 그런
식으로 한 명씩 한 명씩 차례로 사라지고 결국 여동생만 남고
말았단다.

여동생은 너무 슬펐어. 울면서 오빠들을 찾아 사방팔방으로
헤매어 다녔지만 흔적조차 발견할 수 없었단다. 어느 날은 아
름다운 작은 개울을 따라 걷다가 깨끗한 개울물이 웃으면서
노래부르는 것을 보았지. 개울 바닥에 희미하게 반짝거리는
조약돌이 보였는데, 특히 그중 하나는 눈물로 범벅이 된 눈으
로 보기에도 너무 예뻤단다. 몸을 구부려 조약돌을 집어 들고
가슴 속에 고이 집어넣었지. 형제들이 사라지는 불행이 있은
뒤 처음으로 모든 슬픔을 잊을 수 있었단다.

집에 도착했을 때는 이유는 모르지만 이전보다 훨씬 더 행
복하게 느껴졌지. 다음날 조약돌을 발견한 개울을 다시 찾아
갔다가 강가에서 잠이 들었는데 깨어나 보니 가슴에 예쁜 아
기가 안겨 있지 뭐냐.

여동생은 아기를 껴안고 수없이 뽀뽀를 했단다. 아기는 점
점 자라서 소년이 됐는데 마치 바윗덩이처럼 무거웠어. 어느
새 엄마가 된 여동생은 아기를 '꼬마 바위 소년'이라고 불렀
단다. 아기와 행복하게 지냈기 때문에 더 이상 눈물을 흘리지
않았지. 아기는 보통 아이들과 달리 태어나면서부터 걸을 수

가 있었단다.

어느 날 '바위 소년'은 삼촌들이 쓰던 활과 화살을 발견하곤 몹시 갖고 싶어 했어. 그렇지만 그녀는 울면서 말렸단다.

"기다려라 내 아들아. 네가 더 커서 젊은 용사가 될 때까지는 제발……."

그녀는 아들에게 작은 활과 화살을 만들어 줬단다. 아이는 금방 활쏘기를 배워서 사냥도 하게 됐고 두 모자가 먹고 살 만큼 작은 짐승도 잡을 수 있게 됐지. 더 자란 후에도 아이는 티피 벽에 걸린 열 개의 활이 누구 것인지 계속 궁금해했단다.

마침내 그녀는 잃어버린 형제들에 대한 슬픈 이야기를 아들에게 털어놓았지.

'바위 소년'이 말했어.

"어머니, 제가 삼촌들을 찾아오겠어요."

그녀는 말했지.

"그렇지만 너도 삼촌들처럼 돌아오지 않는다면, 난 슬퍼서 죽어 버릴 거다."

"아니, 절대로 저는 사라지지 않을 거예요. 열 명의 삼촌들과 함께 반드시 어머니께 돌아오겠어요. 이 베개를 두고 갈게요. 잘 지켜보세요. 제가 살아 있는 동안에는 이 베개도 제가 놓고 간 그대로 있을 거에요. 어머니, 여행할 때 먹을 수 있게 음식을 싸 주세요. 모카신도 함께 싸 주시구요."

삼촌들이 지녔던 열 개의 활과 활통 중에서 하나씩을 골라서 화살을 가득 채운 다음 '바위 소년'은 길을 떠났지. 숲을 지날 때면, 그는 만나는 동물마다 잃어버린 삼촌들의 소식을 들은 적이 있는지 물어 보았단다. 때때로 있는 힘을 다해 목청을 높여서 삼촌들을 불러 보기도 했지. 한번은 어딘가에서 대답하는 소리가 들린 것 같아 소리가 들려온 쪽으로 걸어가기도 했단다. 그런데 그건 큰 회색곰이 소년의 목소리를 제멋대로 흉내 내는 소리였어. '바위 소년'은 화가 많이 났지.

"내 목소리에 대답한 게 너였냐? 이 얼굴만 길쭉한 놈아!" 소년이 소리쳤지.

그 말에 회색곰은 으르렁거리면서 말했단다.

"감히 나한테 그렇게 말하다니 조심하는 편이 좋을 걸. 그렇지 않으면 네가 한 말을 후회하게 될 거야."

그러자 소년은 더 큰 목소리로 외쳤단다. "누가 너 같은 놈 신경이나 쓴대? 눈알은 새빨갛고 못생긴 주제에!"

이 말에 회색곰이 곧장 덤벼들었단다.

그렇지만 '바위 소년'의 몸은 진짜 바위처럼 단단했거든. 그러니 곰이 큰 이빨과 발톱으로 깨물어도 조금도 상처를 입지 않는 거야. 게다가 소년은 엄청나게 무거웠거든. 곰이 깨물고 할퀴는데도 내내 마치 간지럼을 태우기라도 한 것처럼 웃어 댔지. 곰은 더 화가 났단다. 그렇지만 결국은 '바위 소년'이 곰을 옆으로 내던져 버리고는 심장에 화살을 꽂아 버렸지.

소년은 계속 걸어갔단다. 그러다 큰 소나무가 쓰러진 곳까지 왔지. 벼락에 맞아서 쓰러진 게 분명했어. 나무가 쓰러져서 구멍이 난 주변에는 싸운 흔적이 있었어. '바위 소년'은 삼촌

134

들의 것임에 분명한 화살 몇 개를 발견하곤 챙겨 넣었단다.

화살이며 주변 땅 위를 살펴보는 동안 하늘에서 회오리 바람이 부는 것 같은 소리가 들렸단다. 올려다보니 검은색 반점이 보였는데 그게 점차 커지더니 커다란 구름으로 변하는 거야. 검은 구름은 번쩍거리면서 번개를 일으키고 있었지. 소년은 어쩔 수 없이 눈을 깜박거렸단다. 그리고 눈을 떠 보니 세상에! 눈앞에 덩치가 큰 남자가 떡 버티고 서서 싸움을 걸어오는 게 아니겠니.

'바위 소년'은 사나이의 도전을 받아들였단다. 두 사람은 서로 붙잡고 싸우기 시작했지. 구름에서 튀어나온 사나이는 거인 같은 몸집에 힘도 엄청났단다. 그렇지만 '바위 소년'도 만만치 않게 힘이 세고 무거워서 집어 올리기도 힘이 들었지. 하늘에서 내려온 사나이는 지쳐서 온몸이 땀으로 젖었단다. 그러다 마침내 큰 소나기가 내리기 시작했지. 두 사람이 싸우는 동안 주변에서는 계속해서 불꽃이 일고 번개가 쳤지. 끝내는 '바위 소년'이 사나이를 집어던졌고 그 사나이는 꼼짝 않고 땅 위에 뻗어 버렸단다. 하늘에서 웅성거리는 소리가 들려오더니 구름은 재빨리 휘감기듯 사라져 버렸지.

어린 영웅은 생각했어. '그래, 이놈이 우리 삼촌들을 모두 죽인 게 틀림없어. 이놈 집에 가서 삼촌들이 어떻게 됐는지 찾아봐야겠어.' 소년은 죽은 사내의 머리 가죽에서 빛깔 고운 주홍빛 가죽 한 조각을 벗겨 냈지. 벗겨 낸 가죽에 숨을 내뿜었더니 가죽 조각과 함께 몸이 천천히 떠오르지 뭐야. 소년은 가죽 조각이 이끄는 대로 하늘을 날아갔단다.

'바위 소년'이 도착한 곳은 선더 버드의 나라였단다. 호수와 강, 평야와 산이 있는 아름다운 곳이었지. 어린 모험가는 자기가 높은 산 꼭대기에 올라와 있다는 걸 알았지. 주변 풍경은 매우 낯이 익었는데, 왜냐하면 눈이 닿는 곳 어디에나 인디언 티피가 있었기 때문이야. 특히 키가 엄청나게 큰 웅장한 나무 한 그루가 눈에 띄었는데 무성한 꼭대기 구멍 속에는 거대한 새 둥지가 있었지. '바위 소년'은 산을 내려와 큰 나무 밑치로 갔단다. 그런데 그 나무는 꼭대기를 제외하면 밟고 오르기에 적당한 가지도 없고 너무 키가 커서 감히 오를 수가 없었지. 그래서 주홍빛 머리 가죽 조각을 집어들고, 다시 숨을 내뿜었단다. 몸이 위쪽으로 떠올랐지.

마침내 둥지 안을 들여다 볼 수 있을 만큼 떠올랐을 때 소년이 본 건 크기가 제각각인 엄청나게 많은 알이었단다. 전부 다 새빨간 색이었지. 어쨌든 '바위 소년'도 호기심 많고 무서운게 없는 보통 소년들과 별로 다르지 않았거든. 무작정 알을 집어 올리던 소년은 나무 아래 작은 마을이 갑작스럽게 북적거리는 것을 알아챘단다. 마을 사람들이 모두 나무 아래로 달려오는 것 같았지. 그걸 구경하다가 그만 실수로 알 하나를 떨어뜨려서 깨뜨렸지 뭐냐. 그런데 달려오던 사람들 중 한 명이 쓰러져 죽는 거야. 마을 사람 모두가 울면서 애걸하기 시작했단다.

"제 심장을 돌려주세요!"

소년은 우쭐대며 말했지.

"아, 그러니까 이 알들이 우리 삼촌들을 죽인 놈들의 심장이란 말이지. 전부 다 깨뜨려 버릴 테다."

그리고 정말로 소년은 알을 전부 깨기 시작했단다. 손안에 남은 건 네 개뿐이었지. 소년은 나무 아래로 내려와서 이제는 아무도 없는 조용하고 황폐한 마을을 돌아다니면서 실종된 삼촌들의 흔적을 찾아다녔단다. 그러다 마을에서 유일하게 살아남은 네 명의 어린아이들을 발견했지. '바위 소년'은 삼촌들의 뼈가 어디에 묻혀 있는지 말하라고 명령했단다.

아이들은 하얗게 변한 뼈가 수북히 쌓여 있는 곳을 보여줬지. '바위 소년'은 한 아이에게는 나무를, 또 한 아이에게는 물을, 세 번째 아이에게는 돌을, 네 번째 아이에게는 티피를 지을 버드나무 가지를 꺾어오도록 시켰단다. 아이들이 각자 맡은 것을 가져오자 소년은 티피를 짓고 불을 피운 다음 그 불에다 돌을 뜨겁게 달구었지. 삼촌들의 뼈는 모두 모아서 티피 안에 쌓아 두었단다.

뜨거워진 돌 위에 소년이 물을 뿌리자 티피 안에서 가냘픈 소리가 흘러나왔지. 소리는 사람들이 중얼거리는 목소리로 바뀌더니 마침내는 주술사의 노래로 바뀌었어. '바위 소년'이 티피 문을 열자 열 명의 삼촌들이 불 속에서 걸어 나와 생명을 되돌려 준 소년에게 감사와 축복을 내렸단다. 오직 막내 삼촌의 새끼손가락만이 여전히 보이지 않았어. '바위 소년'은 인정사정없이 남아 있던 네 개의 알을 깨기 시작했지. 그리고 넷 중에서 가장 큰 아이의 새끼손가락을 막내 삼촌에게 준거야.

137

삼촌과 '바위 소년'은 모두 다시 지상으로 내려와 소년의 어머니가 계시는 오두막으로 갔단다. 어머니는 아들이 떠나 간 후로 한시도 잠들지 않고 아들이 남겨 두고 간 베개만 바라보고 계셨지. 아들이 안전한지 아닌지 알 수 있었거든. 소년은 삼촌들을 앞질러 어머니의 티피로 달려갔어. "어머니, 삼촌들이 모두 무사히 돌아오고 계셔요. 잔치를 열어요!"

그 후로 모두들 행복하게 잘 살았단다. '바위 소년'은 훌륭한 사냥꾼이 됐지. 특히 사나운 맹수들을 잘 잡았어. 마음 내키는 대로 맹수들을 잡아서 전리품으로 이빨이나 귀, 발톱만 집에 가져왔단다. 전리품을 갖고 놀면서 자기 자랑을 늘어놓곤 했지. 소년의 어머니와 삼촌들은 그러지 말라고 말리기도 하고, 적어도 다코타 부족이 신성하게 여기는 동물만이라도 함부로 죽이지 말라고 했단다. 하지만 '바위 소년'은 자신의 초인적인 힘이 어떤 상황에서도 자신을 지켜 줄 거라고 믿고 있었어.

어느 날 저녁, 소년은 여느 때와 달리 조용히 침묵을 지키고 있었단다. 그리고 가족들에게 그 이유를 밝혔지.

"지난 며칠간 나는 우리를 공격할 음모를 꾸미고 있는 동물들의 소리를 들었어요. 서쪽으로 가고 있던 어느 날 아침에는 우리 가족에게 전쟁을 선포하노라고 외치는 울음소리를 들었죠. 버팔로였어요. 서쪽에서 동쪽으로 전속력으로 달려오고 있더군요. 사향쥐와 비버가 나누던 이야기도 들었는데, 호수와 강을 범람시켜서 엄청난 홍수를 일으킬 준비가 되어 있다고 했죠. 작은 제비가 온갖 새들과 은밀하게 밀담을 나누는 것도 들었어요. 제비는, 선더 버드에게도 이미 전령을 보내기로 했고 신호만 가면 하늘 문이 열리면서 폭우가 내려 저를 익사시킬 거라고 했어요. 늙은 오소리와 회색곰도 우리 요새 아래로 굴을 파 들어오기로 약속하더군요. 그렇지만 나는 전혀 두렵지 않아요. 다만 어머니와 삼촌들이 걱정될 뿐이에요."

삼촌들이 앞다투어 불평을 하기 시작했단다.

"오, 세상에. 우리가 네게 말하지 않았니. 재미로 신성한 동물들을 그렇게 많이 죽이다간 반드시 고통에 처하게 될 거라고 말이다."

'바위 소년'이 계속 말했지.

"그렇지만 나는 다 이겨낼 거예요. 삼촌들도 저를 도와주실 거죠?"

그래서 삼촌들은 '바위 소년'의 지휘에 따라 동물들의 공격을 막아 낼 준비를 시작했단다. 우선 소년은 공중에 조약돌을 던져서 티피 주변에 커다란 바위 담을 쌓았단다. 두 번째, 세 번째, 네 번째, 다섯 번째 조약돌이 차례로 바위 담이 되었지. 여섯 번째와 일곱 번째 조약돌은 두 개의 커다란 바위 더미가 되었단다. 삼촌들은 활과 화살을 많이 만들어서 바위 담 꼭대기에 일정한 간격을 두고 세워 놓았지. 소년의 어머니는 혼자 요새를 지키겠노라고 밝힌 아들을 위해 식량과 모카신을 잔뜩 준비했단다.

마침내 맹수들의 대부대가 다가오는 게 보였지. 저마다 몸집이 엄청나게 큰 대장의 지휘를 받으면서 말이야. 놈들의 공격은 끔찍했지. 동물들은 잔인한 울음소리를 내지르며 높은 바위 담 벽에 몸을 부딪혀 왔고 오소리와 땅을 팔 줄 아는 다른 동물들은 담벼락 아래를 계속해서 파고 들었지. '바위 소년'은 엄청난 힘으로 날카로운 화살을 겨냥해 쏘았고 적들은 수없이 쓰러졌어. 적들의 피해가 너무나 컸기 때문에 죽은 동물들의 시체가 점점 더 높이 쌓여만 갔고 부대는 대혼란에 빠졌단다.

그런데 곧바로 새로운 지원군이 온 거야. 비가 억수같이 쏟아지기 시작한 거지. 비버들이 둑을 만들어 강물을 가두었기 때문에 큰 홍수가 일어난 거야. 포위당한 소년과 삼촌들은 가장 안쪽에 있는 티피까지 후퇴했지만 물은 오소리며 들쥐, 동물들이 담벼락에 파놓은 굴을 따라서 그 안까지 넘쳐흘렀단다. 결국 '바위 소년'의 어머니와 열 명의 삼촌은 모두 물에 빠져 죽었단다. '바위 소년'은 완전히 죽은 건 아니었지만 적들이 추격해 와서 소년의 몸을 땅 속에 반쯤 묻어 놓았지. 다시는 걷지 못하도록 한 거야. 소년은 지금까지도 그대로 묻혀 있단다.

오이예사, 이건 '바위 소년'이 자기 힘을 너무 함부로 사용했기 때문에 벌을 받은 거란다. 쓸모를 위해서가 아니라 그저 재미로 살아 있는 창조물을 마구 죽였기 때문에 생긴 결과야. 알겠니?

티피의 깊은 밤에

어느 겨울날, 얼어붙은 호수에서 신나게 스케이트를 타다가 좀 추워졌다 싶어 집으로 돌아왔습니다. 스케이트라고 해 봐야, 그저 참피나무 껍질을 벗겨 발바닥에 댄 것에 지나지 않았지요. 얼마나 추웠는지 지금은 말할 수 없지만 어쨌건 굉장한 추위였음에는 분명합니다. 왜냐하면 주변 나무들이 마치 총에 맞은 것처럼 쩍쩍 갈라졌기 때문입니다. 그러나 버팔로 로브로 머리까지 감싸고 허리에는 넓은 가죽 벨트를 맨 나는 추위 같은 건 신경쓰지 않았습니다.

　얼어붙은 모카신을 벗어 버리고 마른 신을 신었습니다.

　"어디에서 뭘 하다 온 거냐?"

　할머니는 구운 사슴 고기가 담긴 나무 그릇을 내 앞에 밀어 놓으며 물으시더군요.

"사슴이나 곰의 흔적은 없었니?"

"예, 할머니. 호숫가 낮은 곳에서만 놀았거든요. 그런데 여쭤 볼 게 있어요."

반나절 동안 추위 속에서 내내 스케이트를 타고 놀았으니 배가 고플 수밖에 없었지요. 그 또래 남자 아이들이 흔히 그렇듯이 왕성한 식욕으로 저녁 겸 야식을 먹어 치우면서 말했습니다.

"이 깃털을 주웠는데 어느 부족이 달고 다니는 깃털인지 알 수가 없었어요."

"글쎄다, 나는 남자가 아니라서 네 작은 아버지에게 물어보는 게 더 낫겠구나. 이번에는 네 힘으로 한번 알아보려무나. 너도 이제 독수리 깃털을 구분할 나이가 되지 않았니."

내 무식함을 일깨워 주시는 할머니의 말씀에 부끄러움을 느꼈습니다. 사실 그건 내가 그런 일들을 미리 알아보려는 열정이 부족하다는 것에 대한 질책이나 마찬가지였습니다.

"작은 아버지, 제게 말씀해 주실 거죠? 그렇죠?"

나는 애처러운 목소리로 졸랐습니다.

"네가 이 깃털을 구별하지 못한다니 놀라울 따름이구나. 이건 크리 족 주술사의 깃털이야. 용사의 깃털은 아니지."

나는 당황해서 말했습니다.

"그럼 작은 아버지, 깃털마다 뜻하는 바가 무엇인지 다시 한 번 알려 주세요. 정말 새까맣게 잊어버린 것 같아요."

해가 지고 달이 떠올랐습니다. 추위는 가실 줄 몰랐고 티피 주변에 서 있는 나무들은 여전히 쩍쩍 갈라지는 소리를 내고 있었지요. 티피 안은 할머니가 힘들게 구해 놓은 큰 통나무 땔감 덕분에 환하고 따뜻했습니다. '하얀 발자국' 작은 아버지는 이제 막 독수리 깃털의 의미에 대해 내게 설명해 주실 참이었습니다. 작은 아버지는 말씀을 시작하셨습니다.

"독수리는 가장 용맹스러운 새란다. 모든 새들의 왕이지. 그 깃털은 어떤 새의 깃털과도 다르단다. 그래서 우리 부족은 용사들의 용감한 행적을 기릴 때 독수리 깃털을 사용하지.

머리에 깃털 장식을 했다고 해서 그 깃털이 하나같이 적을 죽이거나 '쿠'를 했다는 상징은 아니지. 만약 깃털 하나를 머리 위에 세워서 꽂고 있다면 그건 네 번이나 '쿠'를 했다는 뜻이야."

"아, 그럼 '쿠'라는 게 적을 죽였다는 뜻이 아닌가 보죠?"

"그렇지. '쿠'라는 건 말이다, 적이 말 위에서 떨어진 다음에 공격하는 걸 뜻하지. 사실 쓰러진 적에게 다가가 공격을 하는 건 먼 거리에서 공격하는 것보다 훨씬 더 위험한 일이거든. '쿠'를 하기 위해 적과 온몸으로 맞서는 건 진짜 강한 심장을 가진 용사만이 할 수 있는 일이지. 적의 혈족들의 표적이 되어 사고를 당할 수도 있단다. 실제로 많은 용사들이 목숨을 잃기도 했어.

용사가 적에게 다가갈 때는 적이 죽었건 살아 있건 다른 용사에게 지켜봐 달라고 해야 한단다. 보통은 이렇게들 말하지.

'용감한 형제들이여, 나, '두려움없는 곰'은 지금부터 가장 용맹한 적의 몸에 첫 번째 쿠를 가할 것이다.' 그러면 주변 용사들은 그의 행동을 지켜보고 심사위원단이 되는 거지. 용사들이 돌아오면 너도 알고 있겠지만, 전령이 전투에서 있었던 용맹한 행동에 대해 모두 알리지 않더냐. 그렇게 되면 그 용사에게는 새로운 훈장으로 독수리 깃털이 추가되는 셈이지. 독수리 깃털을 꽂으려고 하는 용사라면 누구든지 이런 식으로 자기 행적에 대해 입증해 보여야만 한단다.

적에게 쿠를 가한 용사가 그 전투에서 부상을 당하게 되면 그는 깃털을 아래로 향하게 걸지. 만약 전투에서 상처도 입고 쿠도 한 번 못했다면 그 용사는 달고 있던 깃털을 잘라 내야 한단다. 꼭 독수리 깃털을 잘라야 되는 건 아니야. 다른 새 깃털은 모두 단순한 장식품일 뿐이지. 동그란 원 표시가 있는 깃털은 적을 죽인 용사라는 뜻이란다. 깃털 위에 새겨진 원 모양이 빨갛게 칠해져 있으면 그건 적의 머리 가죽을 벗겨냈다는 의미지.

위 보닛은 열 번의 전투에서 업적을 세운 용사만이 쓸 수 있단다. 뛰어난 대장 역할을 해낸 용사는 위 보닛에 머리 뒤로 길게 늘어뜨리는 깃털 꼬리를 달 수 있지. 쿠를 많이 한 용사는 깃털 끝에 흰색이나 다른 색깔 장식을 달 수 있단다. 때로는 족제비 가죽 끈을 독수리 깃털에 묶기도 하는데 그건 말이지, 한 번의 전투에서 적을 죽이고 첫 번째 쿠도 하고 적의 머리 가죽도 벗겨 냈다는 뜻이란다."

작은 아버지는 "네가 발견한 깃털은 크리 족이 차고 있던 것이란다. 특별한 색칠 같은 건 전혀 없구나. 이런 건 그저 장식에 불과하지." 하고 덧붙이셨습니다.

"작은 아버지, 제가 전투에 나갈 만큼 자라기 전까지는 깃털 장식을 하나도 못하는 건가요?"

"독수리 깃털만 아니라면 아무 깃털이나 꽂을 수 있지. 아주 뛰어난 용사의 아들은 어린아이라도 독수리 깃털을 꽂을 수 있긴 하단다. 그건 아버지의 명예와 지위를 나타내는 것이니까."

화덕의 불이 점차 사그라들었습니다. 나는 타나 남은 불을 뒤척여 놓은 다음 온몸을 로브로 감았지요. 얼어붙은 호수가 쩍쩍 번개 같은 소리를 내며 갈라지는 소리가 간간이 들려왔습니다. 할머니는 작은 아버지의 낡은 설피를 다시 감느라 바빴습니다. 작은 아버지에게는 설피가 두 개 있었습니다. 하나는 발가락 끝이 평평하고 길이가 길었고, 또 하나는 발가락 끝이 위로 구부러졌고 길이도 짧았습니다. 할머니는 하나를 골라 나무 막대기로 얼기설기 엮은 판 위에 있는 낡은 줄 대신 새로운 줄로 단단히 동여맸습니다. '네 개의 별' 숙모님은 새 모카신을 깁고 있었습니다.

어린 시절의 친구였던 개, 와베다는 먹다 남은 뼈다귀를 티피 안에 물고 들어오려다 할머니께 걸려 곤경에 처해 있었습니다. 녀석의 심정이 이해됐기 때문에 불쌍하게 느껴졌습니다. 와베다가 뼈다귀를 티피 밖 눈밭에 묻어 놓으면 쉰크토케차(코요테) 놈들이 훔쳐갈 것이 분명했습니다. 녀석이 자기 뼈다귀를 얼마나 걱정하고 있는지 알 것 같았습니다. 게다가 그 뼈다귀는 먹음직스럽고 살집이 좋은 사슴 뼈다귀였습니다. 인디언이라면 누구나 그게 얼마나 좋은 사슴 뼈인지 단번에 알아챘을 것입니다.

와베다는 좋은 물건이 쓸데없이 버려지는 꼴은 절대 못 참는 놈이었습니다. 녀석은 눈으로 내게 말을 건넸는데, 우리 둘은 오랫동안 친한 친구였기 때문에 나는 거의 다 알아들었습니다. 내가 숲 속에서 뭔가에 두려워하고 있으면 녀석은 내 앞에 서서 꼬리를 살랑살랑 흔들며 내 얼굴을 똑바로 쳐다보았습니다. 녀석의 크고 부드러운 눈동자를 보면 더할 나위 없이 안심이 됐습니다. 내가 당황해 하기라도 하면 녀석은 상황을 파악할 때까지 내 주변을 서성거렸습니다. 와베다는 적절한 시기에 예의 '개의 언어'로 내 생명을 여러 차례 구했습니다. 적어도 나는 그렇게 믿고 있습니다.

대부분의 동물들은, 심지어 사나운 회색곰조차도 두 발로 서는 동물과 그의 친구인 개의 눈에 발각되는 걸 싫어할 것입니다. 예전에 곰이나 회색늑대 때문에 놀라서 겁에 질릴 때면 나는 오이티카에게 말하곤 했습니다.

"오이티카, 녀석들에게 네 무시무시한 울음소리를 들려줘."

그러면 오이티카는 엉덩이를 바닥에 착 붙이고 앉아서 짖어대기 시작했습니다. 그건 백인 소년들이 하는 말을 빌리자면

147

정말 "끝내주는" 소리였습니다. 곰이나 늑대가 녀석의 울음소리를 듣기라도 하면 대부분은 물러갔습니다.

나는 가끔씩 와베다를 도와서 같이 고함을 지르기도 했습니다. 그 소리에 아까운 사슴 떼가 멀리 도망간 적도 있지만 마음은 안심이 됐습니다.

할머니에게 걸려 뼈를 버려야만 하는 바로 그 순간에도 녀석은 내게 눈으로 말하고 있었습니다. 그래서 나는 대답했습니다.

"이리 와, 와베다! 나랑 같이 뼈다귀를 묻어 두자. 그러면 코요테도 못 훔쳐갈 거야."

녀석은 내 말에 아주 만족한 듯했습니다. 우리는 같이 티피 밖으로 나갔습니다.

눈구덩이를 판 다음, 낡고 여기저기 불에 탄 담요에 뼈다귀를 잘 싸서 넣었습니다. 그리고 다시 눈으로 덮었습니다. 코요테는 불에 탄 물건에는 절대 손대지 않는다는 것을 우리는 잘 알고 있었습니다. 나는 되도록이면 와베다의 바람은 모두 들어주려고 했기 때문에 나무로 구덩이 위를 덮지는 않았습니다. 녀석이 싫어했기 때문입니다.

우리는 다시 티피 안으로 들어왔습니다. 뒤따라 들어온 와베다는 이번에는 작은 사슴 뼈 두 개를 입에 물고 들어왔습니다. 분명 녀석은 그 맛있는 음식을 도저히 버릴 수 없었던 것입니다.

"그래, 넌 또 그놈의 뼈를 가지고 들어왔구나!"

할머니께서 버럭 소리치셨습니다. 나는 이렇게 추운데 제발 안에서 뼈를 뜯어 먹을 수 있게 해 달라고 할머니께 부탁했습니다. 간신히 허락을 받은 와베다는 내 등 뒤에 자리를 잡고 누웠습니다.

이번에는 작은 아버지가 만들고 계시는 화살이 꽤 좋아보여 내 관심을 끌었습니다.
"작은 아버지, 화살 끝에 깃을 세 개씩 달아 보세요. 그럼 화살이 곧바로 뻗어나갈 수 있을텐데."
"그래, 그렇지만 깃은 두 개만 달 셈이란다. 그래야 더 빨리 날아가거든."
하고 작은 아버지는 대답하셨습니다.
"크릉―"
순간 와베다가 무슨 기척을 느낀 듯 으르렁거리기 시작했습니다.
"크릉―"
녀석은 다시 으르렁거리더니 내 몸을 타 넘고 화덕 불을 흩트려 놓은 채로 티피 입구로 달려갔습니다.
"저런 저런!"
할머니가 소리쳤지만 녀석은 이미 밖으로 나간 뒤였습니다.
"우우, 우우, 우―!"
목구멍 저 아래에서부터 쥐어짜는 듯한 거친 울음소리가 들려왔습니다.

나는 활과 화살을 손에 들고 밖으로 뛰어나갔습니다.

"작은 아버지, 이리와 보세요. 엄청나게 큰 시나몬 곰이에요!"

티피 밖으로 나가자마자 나는 소리쳤습니다.

뒤따라 나온 작은 아버지는 재빨리 날렵한 화살을 쏘아 곰의 심장을 맞췄고 곰은 바닥에 쓰러져 죽어 버렸습니다. 곰은 와베다가 묻어 놓은 뼈다귀를 파내려던 참이었습니다. 그러나 와베다의 예민한 귀가 그 소리를 놓칠 리 없었지요.

나는 환호성을 지르며 말했습니다.

"우와, 작은 아버지! 와베다랑 제가 같이 공을 세웠으니 새끼 독수리 깃털이라도 꽂아야 하지 않을까요? 곰이 쓰러지기 전에 저도 놈에게 화살을 쐈거든요. 제 화살이 좀 작긴하지만요. 그런데요, 곰이라면 겨울에 자기 둥지에서 겨울잠을 자야 하는 거 아니예요? 그런데 이놈은 도대체 이런 겨울밤에 여기서 뭘 하고 있는 거죠?"

작은 아버지가 말씀하셨습니다.

"그러게 말이다. 들어보거라. 부족마다 천성이 게으른 사람이 있기 마련이잖니. 곰 중에서는 이 시나몬 곰이 그렇게 게으른 놈이란다. 따뜻한 둥지가 없으니까 겨울에도 밖에서 잠을 잔단다. 배도 금방 고파지겠지. 어떤 놈들은 속이 텅 빈 나무 밑둥 속에 마른 나뭇잎으로 침대를 만들고 살기도 하지. 그렇지만 오늘처럼 추운 밤에는 얼어죽지 않으려고 몸을 움직이는 거야. 그렇게 돌아다니다 보니 배가 고파진 거지."

우리는 죽은 곰을 티피 안으로 끌고 들어왔습니다.

"작은 아버지, 이 녀석 발톱 좀 보세요, 정말 굉장해요!"

나는 흥분에 들떠서 떠들었습니다.

"이 발톱으로 제 목걸이 만들어도 돼요?"

그러자 작은 아버지는 이렇게 설명해 주셨지요.

"곰 발톱 목걸이를 할 수 있는 건 나이 든 주술사뿐이란다. 회색곰을 죽인 위대한 용사의 아들이 가끔 곰 발톱 목걸이를 하기도 하지만 말이다. 그건 아주 특별한 경우지."

나는 작은 아버지를 졸라댔습니다.

"작은 아버지는 제 아버지와도 같아요. 그리고 산티 부족이나 시세튼 부족 사이에서 최고의 사냥꾼으로 손꼽히시잖아요. 작은 아버지는 회색곰을 굉장히 많이 잡았으니까 아무도 작은 아버지 아들인 제가 곰 발톱 목걸이 하는 걸 반대하지 않을 거예요."

'하얀 발자국' 작은 아버지는 웃으며 말씀하셨습니다.

"흠, 그럼 발톱을 갖도록 해라."

작은 아버지는 조심스럽게 곰 발톱을 잘라서 내게 주셨습니다.

"그런데 작은 아버지, 작은 아버지도 곰 발톱 목걸이를 하실 수 있나요?"

내가 묻자 작은 아버지는 은근히 재는 듯한 말투로 이렇게 대답하셨습니다.

"그럼, 내게도 곰 발톱 목걸이를 걸 수 있는 자격이 있지. 하지만 그건 너무 무겁고 불편하잖니."

마침내 곰 가죽을 다 벗겨 내고 내장이며 살코기를 정리한 다음 우리는 다시 원래 위치로 돌아가 하던 일을 계속했습니다. 특히 할머니는 요리용 기름을 많이 얻은 것 때문에 매우 기쁜 것 같았습니다. 나는 할머니를 졸랐습니다.

"할머니, 곰 기름에 대해 이야기해 주세요. 정말 듣고 싶어요."

"그래, 그건 정말 재미있는 얘기지. 할미가 이제부터 할 얘기를 마음 속 깊이 잘 새겨두어야 한다. 그리고 교훈을 배워야만 해."

할머니는 이야기를 시작하셨지요.

미네소타 숲 속 어느 마을에서의 일이지. 지금은 오지브웨이 족의 땅이 되어 버렸지만 말이다. 방금 결혼한 수 족 마을의 젊은 신혼 부부 한 쌍이 맛있는 사슴 고기를 얻기 위해서 숲에 왔단다. 눈이 많이 쌓여 있었어. 얼음도 단단하게 얼어 있었지. 숲 속으로 한참 들어간 외딴 곳에 부부는 티피를 쳤단다. 남편은 이름난 사냥꾼이었고 아내도 마을에서는 훌륭한 여자로 알려져 있었어.

눈이 많이 왔기 때문에 남편은 설피를 신고 사냥을 했지. 아내도 티피로 오려면 설피를 신어야만 했단다. 그 부부가 티피 밖으로 나간 어느 날은 눈이 많이 녹아서 다시 얼음이 얼었을 때는 부부가 걸어다닌 길이 또렷하게 나타났지.

젊은 사냥꾼은 사슴과 곰을 많이 잡았단다. 아내는 남편이 사냥하러 간 내내, 고기를 절이고 사냥감에서 기름을 걸러 내느라 분주했지. 해가 지고 난 후에도 아내는 불을 피워서 기름 만드는 일을 멈추지 않았고 남편은 티피 한쪽에 앉아 지켜보고 있었지.

어느 날 저녁, 아내가 냄비에 담긴 기름을 차갑게 식히고 있는데 냄비 속에 오지브웨이 족 염탐꾼의 얼굴이 떠 있는 게 아니겠어. 티피의 굴뚝을 통해 내려다보고 있었던 거야. 아내는 아무 말도 하지 않았단다. 적이 전혀 눈치채지 못하게 말이야.

조금 지난 뒤에야 아내는 평상시 목소리로 남편에게 아무렇지 않게 말했어.

"마피토파('네 개의 하늘'), 굴뚝에서 누군가 우리를 엿보고 있어요. 제 생각엔 적의 염탐꾼 같아요."

그 말을 들은 마피토파는 활과 화살을 집어들고 다음날 사냥을 준비하는 것처럼 가다듬기 시작했단다. 아내와 웃고 떠들면서 화살 줄도 고르고 불에 말리기도 했지. 그러다 갑자기 몸을 돌려서 위쪽으로 화살을 쏘았단다. 화살에 맞은 오지브웨이 염탐꾼은 문 밖에 굴러 떨어졌지.

남편은 소리쳤지.

"와두타('주홍 빛깔'), 서둘러요. 빨리 집으로 돌아가도록 해요. 나는 여기 있겠어. 이 염탐꾼이 돌아가지 않으면 놈들이 또 다른 놈을 보내거나 아니면 떼로 몰려올 게 분명해. 만약 한 놈만 온다면 바로 놈을 빨리 해치우고 뒤따라 갈 거야. 그렇게 하지 않으면 놈들이 우리를 앞지를 게 분명해."

와두타는 싫다고 했지. 옆에 같이 있게 해 달라고 부탁했어. 그렇지만 결국은 도와줄 사람들을 찾아 남편 곁을 떠나기로 했지.

마피토파는 화덕에 장작을 더 넣어서 티피 안을 환하게 밝혔단다. 멀리서도 자기 모습이 보이게 말이야. 그리고 죽은 오지브웨이 족 염탐꾼의 머리 가죽을 벗겨 낸 다음 자신이 남긴 흔적을 따라 놈이 쫓아온 길을 되밟아 갔지. 그랬더니 뿌리가 밖으로 다 드러난 큰 나무가 나타났어. 그 앞에 자기 화살을 이리저리 흩뿌려 놓고 토마호크도 던져 놓았단다.

잠시 후 돌아오지 않는 첫 번째 염탐꾼에게 무슨 일이 생겼는지 알아보기 위해 오지브웨이 족 염탐꾼 두 명이 왔지. 마피토파는 그들이 다가오는 소리를 들었단다. 설피를 신고 있었지. 놈들이 가까이 다가왔을 때 앞에 선 놈에게 먼저 화살을 쏘았단다. 또 한 놈은 너무 빨리 돌려고 하다가 그만 신발이 눈 속에 깊이 박혀서 옴짝달싹 못하게 됐지. 결국 마피토파는 두 놈을 모두 죽였어.

재빨리 머리 가죽을 벗겨 낸 다음 와두타를 뒤쫓아갔지. 온 힘을 다해서 달렸단다. 그렇지만 뭔가 잘못됐다는 걸 눈치챈 오지브웨이 족 용사들이 티피까지 찾아왔다가 자신들이 보낸 염탐꾼들이 모두 죽어있는 걸 발견하게 됐단다. 적들은 마피토파와 와두타를 쫓아서 결국 마을까지 왔단다. 얼음판 위에서 엄청난 전투가 벌어졌지. 양쪽 모두 많은 사람이 죽었어.

그 일이 벌어진 뒤 우리 수 족은 미시시피 강으로 옮겨와 버렸단다.

이때쯤 나는 슬슬 졸립기 시작하더니, 버팔로 로브를 온몸에 둘둘 감은 채 깊은 잠에 빠져 들었습니다.

작은 아버지의 모험

참으로 아름다운 어느 가을날이었습니다. 인디언 식 표현으로는, 늦가을 끝무렵의 이렇게 따뜻한 날을 '부지런한 사람의 늦장 부리기'라고들 했습니다. 우리는 야생 벼가 자라는 호수 근처에 자리를 잡았습니다. 두 달 전 이 호수에서 야생 벼를 거둬들인 적이 있었습니다. 이번에는 오리 사냥을 위해 돌아온 것입니다. 셀 수도 없이 많은 오리를 사냥했을 뿐 아니라 밤에는 횃불을 밝힌 카누를 타고 호숫가를 돌며 사슴 사냥을 했지요. 오, 그러나 인생에는 좋은 일이 있으면 궂은 일도 있는 법! 그토록 완벽한 행복에 젖어 있는 바로 그 순간 우리는 갑작스럽게 닥쳐올 불행을 감지해야만 하는 것입니다.

"그날 아침은 참으로 평화롭고 고요했지. 그런데 갑자기 사납고 무시무시한 전투 함성이 들려온 것이야. 당시 네 아버지는 매우 젊고 혈기왕성한 용사였단다. 그래서 전투가 벌어질 때면 언제나 네 아버지 때문에 놀라곤 했다. 그렇지만 네 작은 아버지, '신비한 주술사'는 안 그랬지. 아직 열다섯 살도 되지 않았을 때고, 게다가 싸움이나 전투라면 전혀 좋아하지 않았거든.

캠프 전체가 일대 혼란에 빠졌고 용사들은 적과 맞서기 위해 나갔지. 그런데 용사들 가운데 네 작은 아버지가 끼어 있는 걸 보곤 나는 거의 졸도할 뻔했단다. 돌아오라고 불러도 아무 소용이 없었어. '위대한 정령'께 그저 내 아들이 살아서 안전하게 집으로 돌아올 수 있게 해 주십사 하고 기도하는 수밖에 없었지.

내가 살아 있는 한 그날의 일은 절대 잊지 못할 것 같구나. 용맹한 용사들이 숱하게 죽었지. 네 작은 아버지의 절친한 친구도 두 명이나 죽었어. 그런데 전투가 끝나고 나서 내 아들이 돌아왔더구나. 그놈 얼굴은 죽은 친구들을 애도하는 뜻으로 검게 칠해져 있었고, 자기도 여기저기 몸에 상처를 입은 상태였단다. 내 아들이 스스로 진정한 용사임을 증명했다는 것을 알았지.

사실 그건 시작에 불과했거든. 작은 아버지는 네 아버지, 할아버지를 능가했어. 그래, '천둥 소리'만 빼면 모든 조상님들 가운데 가장 용감하고 뛰어난 용사였지."

이상은 할머니께서 당신의 세째 아들인 '신비한 주술사' 작
은 아버지가 처음으로 전투에 참가했을 때를 묘사하신 것입
니다. 작은 아버지에게는 여러 가지 이름이 있었습니다. '위
대한 사냥꾼', '장총', '하얀 발자국' 따위가 그런 이름이었습
니다. 그분은 여러 해 동안 지니고 다녔던 켄터키 라이플 총을
좋아하셨습니다. 그 총은 개머리판이 여러 번 부서졌는데 그
때마다 새 개머리판으로 교체했습니다. 이 총으로 작은 아버
지는 어느 누구보다도 정확하게 목표물을 명중시켰습니다.
종종 이 총을 이쉬타보포파, 말 뜻 그대로는 '눈을 쏘아 맞추
는 놈' 이라고 불렀습니다.

우리 작은 아버지, 십 년 동안이나 내 아버지 역할을 해 주
셨던 그분은 몸집이 아주 컸습니다. 전체적으로 균형이 잘 잡
혀 있었고 몸은 마치 '화살처럼 곧게 뻗어' 있었습니다. 얼굴
은 그리 잘생긴 편은 아니셨습니다. 말이 없고 내성적인 성격
에 필요없는 말은 거의 하지 않고 직접 행동으로 옮기시는 분
이셨지요. 그러나 과묵한 인디언이라는 베일 뒤에는 유머와
위트가 끊이지 않고 넘쳐흘렀습니다. 이 특징은 오직 가족들
과 아주 친한 친구들 앞에서만 드러났습니다. 작은 아버지보
다 자연의 이치에 대해 더 많이, 더 정확하게 알고 있는 사람
은 거의 없었습니다. 그리고 자연의 이치가 잘못 알려지는 것
만큼 작은 아버지를 화나게 하는 일도 없었습니다. 지금도 가
끔씩 그런 생각을 하는데, 작은 아버지가 교육자였다면 다윈
이 같은 사람을 길러 냈을지도 모릅니다.

작은 아버지는 언제나 겸손하셨고 당신의 모험담을 들먹거리며 우쭐해 하지도 않으셨습니다. 가끔씩 이렇게 말씀하곤 하셨지요.

나는 어쩔 수 없이 내게 닥친 위험을 깨닫게 된단다. 그렇지만 내가 강제로 나 자신에게 그런 걸 시키는 건 아니야. 살아오면서 진짜 놀랐던 적은 딱 두 번뿐이다. 그때 순간 나는 제정신을 잃었지.

한번은 언제인가 하면 내게 상처를 입은 수컷 사슴 큰 놈을 쫓아가고 있던 때였단다. 겨울이었는데 땅 위에는 내린 지 얼마 지나지 않은 눈이 많이 쌓여 있었지. 눈 속에 쓰러져 죽어가고 있는 사슴에게 가까이 다가가서 서둘러서 살펴보기 시작했다. 그런데 육 미터쯤 떨어진 눈 덮힌 바닥 위에서 두 개의 귀가 움직이는 게 얼핏 보였단다. 나는 아무것도 못 본 척하다가 총을 기대어 둔 나무 쪽으로 황급히 움직였단다. 그리고 순간 기습 공격을 당할 것 같은 기분이 들어 허리에서 칼을 꺼내 들었지.

표범 한 마리가 갑자기 뛰어올랐지. 나는 살짝 몸을 피했지만 놈은 나보다 훨씬 더 빨랐어. 놈은 큰 발톱으로 내 어깨를 움켜쥐고선 나를 쓰러뜨렸단다. 한동안 움켜잡은 채로 놓지 않는가 싶었는데 다시 한 번 뛰어오르면서 눈 속에 몸을 숨기는 게 아니겠니. 다시 공격할 준비를 하는 게 분명했지.

나는 표범의 공격을 받고 반쯤 기절한 상태인데다가 너무

크게 당황했단다. 계속 그랬다면 녀석에게 쉬운 먹이감이 될
수도 있었겠지. 하지만 놈이 잠깐 비켜 준 사이 제정신을 차렸
지. 나는 총 가까이로 몸을 날렸어. 그리고 일어나서, 놈에게
는 다 보였겠지만, 놈의 두 귀 사이를 겨냥해 총알을 발사했단
다. 총알이 맞은 곳에서 눈송이가 휘날리는가 싶더니 그놈이
이 미터 정도 높이로 솟구쳐 오른 다음 바닥에 떨어져 꼼짝도
하지 않더구나. 나는 두 차례나 함성을 질렀단다. 아주 사나운
맹수를 잡았기 때문이지. 그리고 죽은 시체 옆에 앉아서 휴식
을 취했지. 심장은 마치 온몸의 뼈를 두드리는 것처럼 쿵쾅거
렸단다. 내가 그토록 놀란 건, 실은 위험이 있을 거라고는 조
금도 생각하지 않았기 때문이었어.

두 번째는 여름날 평원에서였다. 나는 숲에서 사냥하는 데
익숙해 있었고 그전까지는 말 등에 올라탄 채로 버팔로 사냥
을 해본 적이 한 번도 없었단다. 젊었기 때문에 나 또한 다른
남자들이 하는 일이라면 무엇이건 해보고 싶었지. 그래서 내
조랑말에 안장을 채워서 사냥에 나섰단다. 내게는 발 빠른 조
랑말도 있고 좋은 총도 있었지만 이때는 활과 화살도 따로 준
비를 했지.

그때는 일 년 중에서도 버팔로가 크게 무리를 지어 이동하
고 수컷들도 사나워질 때였거든. 그렇지만 나는 전혀 신경쓰
지 않았지. 사냥감을 잡겠다는 흥분과 명예욕으로 가득 차 있
었거든.

수리스 강가에 있는 거대한 평원은 문자 그대로 엄청난 소

떼로 뒤덮혀 있었단다. 그날은 날씨도 맑았고 소 떼를 따라잡기도 쉬웠어. 내게는 화살이 가득 찬 활통과 튼튼한 활도 있었지.

발 빠른 말 덕분에 나는 사냥꾼 무리들에게서 멀리 떨어져 나와 앞장서서 달리게 되었단다. 문득 정신을 차려 보니 황소들 사이에 끼어 선두로 달리고 있지 뭐냐. 소 떼들 중에서도 수컷은 느린 편에 속하거든. 녀석들이 사나운 눈으로 나를 노려보더구나. 그래서 더 빨리 말을 달려 암소들 틈에 끼어들었지. 그러다 엄청난 먼지 구름 속에 갇혔고 곧이어 소 떼들에게 완전히 포위가 된 거지. 그때 소 떼들은 이미 정신없이 도망가는 중이었는데 내뱉는 숨소리가 마치 천둥 소리 같더구나.

내가 지금 어떤 상황에 처해 있는지 아무 생각도 할 수 없었단다. 순간 당황했지. 거의 자포자기였던 것 같다. 온 힘을 다해 달리고 있는 조랑말이 행여 오소리 굴에 빠지기라도 하면 나는 땅바닥에 내동댕이쳐져 순식간에 소들의 발 밑에서 뭉개질 테니까. 그렇다고 달리는 말을 멈추면 분명 말이고 사람이고 여기저기 밟히고 받혀서 살아남을 것 같지 않았다. 게다가 말이 완전히 지쳐서 언제 쓰러질지도 모르는 일이니까. 그럼 나는 도대체 어떻게 되는 거지?

그러다 마침내 나는 냉정하게 사태를 살폈지. 고함을 지르면서 오른쪽으로, 왼쪽으로 화살을 날리기 시작했단다. 금방 내 주변에는 몇 마리 늙은 수소만 남게 됐어. 소 떼는 흩어져 버리고 나는 다시 동료들에게 돌아왔지.

자기가 위험에 처했다고 생각하면 우리는 그 상황에서 할 수 있는 최선의 선택이 뭔지 몰라서 안절부절못한단다. 자기 임무를 다하기 위해서는 자신을 잊어야만 한다. 대부분의 사람들은 자신이 소심해지는 순간에도 스스로는 용감한 사람이라고 생각하기 쉽상이지. 우리 부족의 젊은 용사들 중 절반 정도는 겁에 질려 있을 때 오히려 함성을 지른다는 것을 나는 알고 있단다. 그건 두렵기 때문이야. 침묵을 지키는 게 견딜 수 없이 두려운 거지. 그러나 내 생각에 우리가 가장 용감해지는 건 침묵을 지키며 느긋하게 행동할 때야.

나는 더 많은 모험담을 들려 달라고 작은 아버지를 졸랐습니다.

아주 특별한 경험을 한 적이 한 번 있다. 네게 한 번도 얘기한 적이 없는 것 같구나. 가을 사냥 때의 일이란다. 그날 오후 나는 혼자 있었는데 어느 순간 살펴보니 캠프에서 너무 멀리 떠나와서 날이 어두워지기 전에 돌아가기가 힘들 것 같았지. 그래서 밤을 보내기 적당한 곳을 찾으러 다녔지. 미주리 강 상류 쪽이었는데 전에는 그곳에 백인이 있기도 했고, 흉악한 인디언과 사나운 맹수들 때문에 꽤 위험한 곳이었단다. 그러니 정신을 바짝 차리고 최대한 경계해야만 했지.

나는 방어하기에 적당해 보이는 장소를 한 군데 골랐다. 그리고는 사슴 두 마리를 죽여 고기 조각을 좀 떨어진 곳 여기저기에 걸어두었지. 늑대가 고기 때문에 그 앞에 멈춰 설 거라는 걸 알고 있었거든. 회색곰도 가끔 멈추기는 하지만 퓨마나 표범은 절대 그렇지 않아. 다음엔 불을 피웠단다. 그런 동물들은 홀로 피워 둔 불을 공격하기도 하지만 그날 밤은 달이 환하게 떠 있어서 안심이 됐지.

사슴 고기를 요리해서 저녁을 먹은 다음 담요로 온몸을 감고는 불 옆에 누웠단다. 잠자리 친구 대신 내 아끼는 장총을 껴안고 말이다. 정말 꼭 안고 잤단다. 그날 밤 총을 쏠 일이 생길 것만 같았거든. 그러다 으르렁거리는 소리를 듣고는 퍼뜩 잠에서 깼지. 분명 열에서 열두 마리 정도 되는 코요테 무리가 몰려온 것 같았다. 뒤쪽에서는 또 다른 소리가 들렸어. 꼭 어린아이 비명 소리 같은 게 들려 왔는데 고기 냄새를 맡고 온 가시두더지가 분명했지.

가만히 기다리고 있자니 코요테 한 마리가 오십 미터쯤 떨어진 평평한 바위 위에 모습을 드러내더구나. 녀석은 코를 킁킁거리며 이쪽저쪽 냄새를 맡았다. 그러더니 엉덩이를 반쯤 내린 채 엉거주춤하게 앉은 자세로 뒷다리를 앞뒤로 흔들면서 원을 그리듯이 도는 거야. 짖는 소리는 높낮이도 다 다르더구나. 정말 무서웠지. 내가 과연 녀석을 물리칠 수 있을까 의심이 됐다. 코요테 여러 마리가 내는 소리라고 생각했던 건 실은 한 마리가 내는 소리였지. 잠시 후 녀석의 짝이 나타났는데, 두 놈은 서로 눈이 맞은 듯했어. 다른 놈들을 불러들이고 싶지 않은 눈치였지. 잠시 후에 둘 다 갑자기 소리없이 사라지더구나.

그 순간 희미한 소리가 내 귀에 들려왔단다. 가시두더지 녀석이 가까이 있는 게 보였어. 내게서 가장 가까운 곳에 걸려 있던 고기 조각에 기어오르더니 아무 거리낌없이 고기를 먹기 시작했단다. 녀석이 온 건 내게는 오히려 행운이었지. 왜냐하면 훌륭한 파수꾼이 되어줄 테니까 말이다. 얼마 후 실제로 녀석의 식사에 훼방꾼이 나타났단다. 가시두더지가 온몸의 화살을 꼿꼿하게 세우더구나. 주위를 둘러보니 코요테 두 마리가 각기 다른 방향에서 몰래 내게로 다가오고 있었다.

나는 가시두더지 편이 되기로 했지. 앉아 있던 자세에서 벌떡 일어나 그 초대받지 않은 불쾌한 손님들에게 날쌘 화살을 쏘아 보냈지. 놀란 코요테들은 고통스러운 비명을 지르며 도망갔단다.

안전한 높은 지대에서 모든 광경을 지켜보고 있던 가시두더지 놈은 식사를 조금도 방해받지 않았지. 굉장히 안심한 듯 다시 고기를 먹기 시작하더구나. 얼마 후에는 생각지도 못했던 파수꾼이 또 하나 생겼단다. 또 다른 가시두더지 한 마리가 근사한 사슴 고기 허벅살 부위를 걸어 놓았던 곳에 나타났거든. 녀석은 더 이상 다가오지도 않고 편해 보이는 가지에 일단 자리를 잡자마자 만찬을 즐기기 시작했지.

내가 있는 곳 위쪽의 협곡에는 나무와 바위가 많았는데 그쪽에서 또 소리가 들려왔단다. 멀리서 들려오는 어떤 소리보다도 더 걱정이 됐지. 아주 큰 짐승이 기지개를 펴면서 비명에

164

가까운 하품을 하는 게 아닐까 싶었다. 내가 알기로는 그건 퓨마의 소리였어. 그래서 높은 나뭇가지 위에 올라가 남은 밤을 새기로 마음먹었단다.

자리에서 일어나 총을 들고 제일 가까이 있는 큰 나무에 기어올랐지. 그전에 먼저 짧은 통나무에 담요를 둘둘 말아서 불 옆에 사람처럼 놓아두었다.

내가 일어나니까 가시두더지 두 마리도 나무에서 내려오더구나. 그렇지만 난 전혀 신경쓰지 않았다. 그러자 녀석들도 금새 제자리로 다시 돌아갔어. 그런데 잠시 후에 한 놈이 쉿쉿 소리를 냈지. 침입자가 근처에 있는 게 분명했다. 아니나 다를까 회색늑대 두 마리가 나타났지.

나는 사슴 고기를 힘줄에 매달아서 걸어 두었는데 그건 땅에서 이 미터가 훨씬 넘는 높이였다. 늑대들은 처음에는 겁없이 덤벼들었다가 가시두더지가 경고를 하니까 멈추더구나. 점프를 해서 고기를 뜯어 먹어야 하나 말아야 하나 주저하고 있었지. 그렇지만 배가 고팠는지 인정사정없이 사슴 고기에 덤벼들기 시작했다. 그렇지만 결과적으로는 가시투성이 가시두더지의 바늘에 사정없이 찔렸단다. 한 놈은 고통스러운지 낑낑 울어대면서 코를 필사적으로 나무에 비벼댔지.

그런데 매달려 있는 사슴 고기를 향해 연신 뛰어오르던 늑대 한 마리가 질긴 부위에 이빨을 너무 깊숙하게 박는 바람에 위턱을 빼지 못하게 된 거지. 자기 몸무게까지 실려 있으니 고기 깊숙히 박힌 이빨과 위턱이 빠질 리가 없었지. 회색늑대는 매달린 채로 흔들리면서 발을 버둥거리고 캥캥 짖어 댔단다. 결국 고기를 매달고 있던 힘줄이 끊어져서 같이 땅바닥에 쿵 하고 떨어졌지. 나는 그때 나뭇가지 위 은신처에서 그놈에게 화살을 쏘아 죽여 버렸어. 나머지 한 마리는 약간 떨어져서 도망가는가 싶더니 그 자리에서 한참을 서성였단다. 마치 자기 애인을 기다리는 것처럼 말이지.

나는 정말로 피곤했단다. 그렇지만 근처에는 회색곰의 흔적이 너무 많은데다가 퓨마의 끔찍한 울음소리도 도저히 잊혀지지가 않았지. 그래서 계속 깨어서 지켜보기로 마음을 먹었단다.

내가 반쯤 예상했던 대로 얼마 있다가 갑자기 육중한 쿵 소리가 나더니, 불타고 있던 장작더미가 마구 파헤쳐지고 불도 거의 꺼져 버리더구나. 담요를 감아 놓았던 통나무는 여기저기 찢긴 채로 요란한 소리를 내며 굴러다녔지. 그리고 나서 캠프를 공격한 침입자, 그놈은 표범이었단다. 그놈이 수북한 덤불 속으로 되돌아갈 참이었나 본데 그전에 내 화살이 놈의 옆구리에 명중해 버린 거지. 표범은 비명을 지르면서 화살대를 부러뜨리려고 애를 썼지만 시간이 지나자 완전히 지쳐서 뻗어 버렸단다.

동쪽 하늘이 어슴프레 밝아 오는 것이 느껴졌지. 나는 졸려서 죽을 것만 같았단다. 그래서 올라타고 있던 나뭇가지에 생가죽 끈으로 내 몸을 단단하게 묶어 버렸다. 그리고 큰 가지 위에서 잠이 들었지.

내 바로 밑에서 총 소리가 들리는 바람에 놀라서 잠을 깼지. 동시에 누군가 나를 나무에서 흔들어 떨어뜨리려고 하는구나 싶었지. 황급히 총을 찾았는데 아뿔사, 총이 없어졌지 뭐냐. 훼방꾼은 회색곰이었어. 그러니까 회색곰이 나무를 흔드는 바람에 총이 바닥에 떨어졌고, 방아쇠가 당겨지는 바람에 총알이 발사된 거야.

회색곰은 총을 집어들더니 난폭하게 멀리 던져 버렸단다. 그리곤 다시 온 힘을 다해 나무를 흔들었단다. 나는 소리쳤지.

"나한테는 활도 있고 화살이 가득 찬 화살통도 있어. 그러니 나를 가만 내버려두는 게 좋을 걸."

회색곰도 거친 울음소리로 대답했지. 나는 놈의 옆구리에 화살을 쐈단다. 그랬더니 사람처럼 신음 소리를 내면서 화살을 뽑아 내리려고 하더구나. 몇 발을 더 쏘니까 회색곰은 얼마 도망가지도 못하고 죽어 버렸어. 마침내 날이 환하게 밝았고 나는 높은 가지에서 땅으로 내려왔단다. 온몸이 뻐근하고 뻣뻣해서 거의 걸을 수 없을 정도였지. 내려와 봤더니 죽은 회색곰은 그전에 두 마리의 가시두더지 친구도 죽여 버리고 고기도 거의 먹어치운 뒤였단다.

오이예사야, 넌 아마도 궁금할 테지. 내가 왜 처음부터 총을 쏘지 않았는지 말이다. 그렇지만 나는 말이다, 총으로 목표물을 쏠 때는 기회는 처음 한 번뿐이고 두 번째 기회는 다시 오지 않는다는 걸 배웠단다. 이제까지 내가 말한 건 아주 특별한 경험이야. 왜냐하면 하룻밤 만에 그렇게 많은 종류의 동물을

만나는 일은 흔치 않거든. 그 후에도 종종 비슷한 처지에 놓였
는데 그때는 한 놈이나 두 놈을 죽였을 뿐이란다. 한번은 흑곰
이 내가 잠들어 있는 사이에 사냥한 사슴 한 마리를 통째로 훔
쳐간 일도 있지. 그러나 어쨌건 내가 겪은 이 모든 생활 방식
은 빠르게 사라지고 있어. 그리고 세상도 변하고 있단다.

곰 춤은 끝나고

동물이나 무생물의 힘을 빌려 질병을 고치는 것은 산티 수 족의 미신 중 하나입니다. 수 족의 미신에 따르면, 주술사나 전사로 부름을 받았다고 믿는 사람은 자신에게 그러한 임무를 준 곰이나 다른 생명체나 사물의 뜻을 거역해서는 안 됩니다. 만일 그가 감히 그렇게 맞선다면, 불복종의 대가로 자신의 생명, 또는 자식이나 절친한 친구의 생명을 바쳐야만 합니다. 그런데 신성한 명령은 어쩔 수 없이 특정한 나이와 특정한 계절에 효력이 생기는 것 같습니다. 때로 아주 어린아이는 어린 나이와 천진함을 내밀어 용서를 빌었고 그러면 용서를 받았습니다.

절친한 친구 중 한 명이, 지금 생각해 보면 폐병이 틀림없는 병으로 고생을 한 적이 있습니다. 나와 마찬가지로 그 친구에게도 한없이 믿고 따르던 할머니가 계셨습니다. 친구의 할머니는 통이 크고 자부심이 대단한 분이셨습니다. 그분의 수많은 허풍 가운데는 당신이 위대한 "여성 주술사"라는 주장도 있었는데, 많은 사람들이 이 말에 깜박 속아넘어갔습니다. 그런데 정말로 그분이 사기꾼인 것이, 어떤 약도 주지 않고 그저 병자에게 "주문만 외워"댔기 때문입니다.

친구의 할머니가 큰소리쳤지만, 어린 내 친구 '붉은 뿔'은 빠르게 쇠약해져만 갔습니다. 마침내 나는 친구에게 내 할머니께서 약초꾼이며, 그것도 아주 솜씨 좋은 약초꾼이라고 넌지시 일러주었지요. 그러나 내 친구는 풀을 캘 수 있는 할머니라면 거의 다 약초꾼이며, 또 신성한 명령이 없이는 질병을 고칠 아무런 힘도 없다고 했습니다. 나는 약초 자체에 신성한 힘이 있고, 그래서 약초를 잘 아는 사람들은 이 힘을 마음대로 부릴 수 있다고 대답했습니다.

그러자 친구가 말하더군요. "하지만 우리는 '위대한 정령'의 가르침을 따라야만 해."

이 말에 나는 아무 대꾸도 못했지만, 그래도 내 할머니의 능력에 대한 신념은 흔들리지 않았습니다.

'붉은 뿔'은 훌륭한 친구였고 나는 그를 무척 좋아했습니다. 자주 그 친구를 찾아갔는데 나날이 쇠약해져 갔습니다.

그러던 어느 날 '붉은 뿔'이 말했습니다.

"오이예사, 할머니께서 내 병의 원인을 알아내셨대."

나는 재빨리 가로채며 소리를 질렀습니다.

"그럼 병을 고칠 수 있다는 거야, '붉은 뿔'?"

"물론이지." 하며 '붉은 뿔'은 대답했습니다.

"명령하신 말씀대로만 제대로 다 해내면 고칠 수 있대. 내가 할머니께 털어놓았거든. 이 년 전에 명령을 받았고, 그래서 열세 번째 겨울을 맞고 난 지난 봄에 '곰 춤'을 추며 주술사라고 선언했어야 했는데 그러지 못했다고. 알다시피, 나는 너무 어려서 주술사라고 선언하기가 부끄러웠거든. 그래서 지금 벌을 받고 있는 거래. 하지만, 할머니께서는 아직도 늦지 않았다고 말씀하셔. 그런데, 오이예사, 나는 늙고 병든 노인네처럼 쇠약해져 버렸어. 서 있을 수조차 없어. 그렇지만 나 대신 연기해 줄 사람을 정할 수 있대. 그 사람이 곰 역할을 하는 거지. 그리고 나는 구멍에 남아 있고. 오이예사, 나 대신 곰 역할을 해 주지 않을래? 곰 역할을 맡은 사람이 춤추는 사람들을 쫓아가야 한다는 건 알지?"

나는 무척 당황스레 대답했습니다.

"'붉은 뿔', 널 위해 무언가 할 수 있다는 건 기쁜 일일거야. 하지만 내가 곰 역할을 맡을 순 없어. 나는 적합하지 않은 것 같아. 난 크지도 않고 힘도 세지 못해. 게다가 동물의 습성을 잘 아는 것도 아니고. 너 대신 나를 선택하면 별로 마음에 들지 않을 거야."

결국 '붉은 뿔'은 좀 더 큰 아이에게 곰 역할을 맡기로 마음먹었습니다. 며칠 뒤, '붉은 뿔'이 곰 춤을 출 것이며, 여기에서 자기가 주술사라고 공개적으로 선언할 것이라는 전갈이

왔습니다. 이 일은 내 친구의 짧은 인생에서 더할 나위 없이 중요한 행사였습니다. 왜냐하면 '붉은 뿔'은 병 때문에 이미 힘도, 기력도 다 빠졌기 때문입니다. 물론, 우리 모두는 '곰 춤'이라는 이름을 따온 그 짐승의 사나운 모습을 연기할 아이가 있어야 한다는 걸 잘 알고 있었습니다.

곰 춤은 놀이였고, 종교 의식이며 병을 고치는 방법이었습니다. 이 모든 것이 어우러진 것이었습니다. 한 가지 이상한 점이 있다면 암컷 곰 역할을 하는 사람을 빼고는 어떤 여자도 이 떠들썩한 잔치에 참여할 수 없다는 것이었습니다.

먼저 캠프에서 백팔십 미터 정도 떨어진, 눈에 잘 띄는 평지에 구멍을 팠지요. 구멍은 깊이 육십 센티미터에 가로 세로 폭이 백팔십 센티미터 가량이었고, 그 구멍 위로 나뭇가지를 지붕 삼아 정자를 세웠는데 사방으로 벽이 없이 뻥 뚫려 있었습니다. 곰 인간으로 분장한 사람이 구멍 안에서 노래를 부르면, 어른과 아이들이 구멍 주위로 몰려들어 춤을 췄지요. 그러다 곰이 쫓아나오면 황급히 물러나곤 했습니다. 곰이 자기를 만지기 전에 먼저 곰을 만지면 이긴 것으로 되어 있었습니다. 반대로 곰이 먼저 만지면 곰이 이긴 것으로 되어 있었습니다. 그리고 무엇보다 구멍 주위에서 춤추는 사람들을 몹시 불안하게 하는 전설이 있었는데, 그 전설에 따르면 곰에게 쫓기다가 우연히 걸려 넘어진 사람이나 그의 가장 가까운 친지는 갑작스럽게 죽음을 맞이하게 된다는 것입니다.

내 또래 아이들은 이 춤판에서 몇 가지 모험을 감행하고 싶어했습니다. 그래서 어른들이 곰에게 화약을 쏘는 사이 아이들은 온통 짧은 회초리로 곰 인간을 후려갈길 기회를 노리곤 했습니다. 내가 친구 '붉은 뿔'이 베푼 호의를 굳이 거절한 이유는 화약이 무섭기도 했지만 정말은, 한 명의 춤추는 사람으로서 곰 인간이 만지기 전에 내가 먼저 곰 인간을 만질 기회를 꼭 잡고 싶었기 때문입니다.

눈부신 여름날이었습니다. 캠프 뒤쪽 숲은 활짝 핀 꽃 향기로 가득했습니다. 티피 앞에는 베다탕카라는 큰 호수가 있었습니다. 호수의 잔잔한 물결이 더위를 식혀 주었습니다. 물새들은 물 위에서 흥겹게 놀고 있었고, 하늘 위를 나는 새들은 흥분에 휩싸여 왁자지껄한 우리들에게 놀라 시끄럽게 울어댔습니다.

카랑카랑한 목소리의 전령이 빙 둘러앉은 우리에게 와서 이날의 행사와 뒤늦게 말씀을 수행하게 된 '붉은 뿔'의 사정에 대해 알렸습니다. 그러자 떠들썩하게 행사 준비가 시작됐습니다. 조심스레 야외 화장실이 세워졌습니다. 내가 어떻게 차려 입었는지 어떻게 분칠을 했는지 정확하게 쓸 수는 없지만, 갈색의 맨살이 그냥 드러난 곳이 거의 없었다는 점만은 기억할 수 있습니다. 다른 사람들도 비슷하게 깃털을 꽂고 분칠을 하고 딸랑거리는 장식물을 매달았습니다.

곧바로 서글픈 북소리가 곰 인간이 있는 구멍 쪽에서 울려왔고, 젊은 전사들이 내는 인디언 특유의 함성도 약간씩 들려왔습니다. 곰 인간이 치는 북소리가 본격적으로 울려퍼지고 곧이어 노랫소리가 흘러나왔습니다. 춤판에 초대한다는 표시였습니다. 나는 잡동사니 같은 무리에 섞여서 지켜보고 있었습니다.

나이 든 전사가 신호를 보내자 우리는 마치 낯선 사람에게 달려드는 한 무리의 개 떼처럼 모두 구멍으로 달려갔습니다. 모두들 미친 듯이 소리를 내지르고 함성을 지르면서 껑충껑충 뛰어다녔습니다. 제각각 구멍의 나무 주위를 세단 뛰기를 하듯이 돌아다녔습니다. 겉보기엔 난장판이었지만 참가자들은 모두 곰 인간의 사소한 움직임에도 촉각을 세우고 있었습니다.

갑자기 어느 용감한 사람이 조심하라고 경고했습니다. 우리는 구멍이 있는 곳과 마을 사이의 넓지 않은 평지 곳곳으로 순식간에 흩어졌습니다. 모두 죽자살자 달려가는 듯했습니다. 나는 곧 꽁무니에서 몇 미터 뒤처져 버렸습니다. 곰 춤에 참여하자고 부추기던 아이들, 또 달리기 시합에서 나보다 언제나 뒤처졌던 아이들과 말을 주고받느라 그처럼 무모하리 만큼 뒤처졌던 것입니다. 그 아이들이 일부러 그랬던 것은 아닌 듯한데 나는 혼자 남겨진 처지가 되었습니다. 뛰어가느라 바쁜 와중에도 흘끔 뒤를 바라보니, 뒤쫓아오는 곰 인간이 진짜 곰보다 두 배나 무섭게 보였습니다. 그는 사람들을 놀라게 하려고 옷도 분칠도 무섭게 하고 있었습니다. 남들에게 허둥대는 꼴을 보여주기 싫어서 나는 인디언 특유의 함성을 내질러 보려 했습니다. 그러나 그 순간 목구멍이 바싹 말라 버려, 지금

돌이켜 보아도 부끄럽고, 빈약하기 짝이 없는 소리만 나왔습니다.

내가 잡힐 듯한 바로 그때, 나보다 앞서 달려가던 사람들이 갑자기 속도를 늦추더니 화약과 채찍으로 곰 인간을 괴롭히는 놀이를 시작했습니다. 화약과 채찍으로 곰 인간의 맨살을 거칠게 때리는 것입니다. 이제는 사람들이 곰 인간을 뒤쫓을 차례가 되었고, 그러자 그는 구멍으로 물러갔습니다.

잠시 쉬는 사이 구멍에서는 북소리와 노랫소리가 다시 한 번 들려왔습니다. 사람들은 새로운 열정으로 가짜 공격에 나서려고 앞으로 달려나갔습니다. 이때는 나도 안전을 위해 촉각을 곤두세우며 지켜보았습니다. 경고가 있기도 전에 나는 물러서기 시작했는데, 왜냐하면 곰 인간이 있는 힘껏 춤추는 사람들에게 달려드는 모습을 보았기 때문입니다. 그래서 무슨 일이 일어나는지 찬찬히 지켜볼 수 있었습니다. 곰 인간은 함성을 지르며 물러나는 패거리들을 다시 뒤쫓았습니다. 그러다 이내 발 빠른 사람들에게 무자비하게 걷어차였습니다. 곰 인간은 몹시 흥분해서 한 젊은이를 필사적으로 뒤쫓았는데 그는 이따금씩 뒤돌아 서서 총을 쏘아 대다가 갑자기 개밋둑에 걸려 땅바닥에 쓰러졌습니다. 그 위로 다른 사람들이 연거푸 넘어졌습니다. 모두들 격한 흥분에 휩싸였습니다. 곰 인간은 구멍으로 되돌아갔고, 춤추는 사람들이 무리를 지어 서로 쑥덕였습니다.

"일이 잘못된 건 아니지?" "대부분은 안 넘어졌잖아!" "그 사람 죽게 될까?" "그 사람 예쁜 딸이 죽는 건 아닐까?"

모두의 입방아에 오른 그 젊은 사람은 고개를 축 늘어뜨린 채 아무 말도 하지 않았습니다. 그리고 마침내 고개를 쳐들고 의연하게 말했습니다.

"우리 모두는 가야 할 때가 있으며, 그래서 '위대한 정령' 께서 우리를 부를 때, 여기 이 땅에서 전사의 일원으로 부름받을 때처럼 기꺼이 응해야 합니다. 내 자신은 전혀 슬프지 않습니다. 다만 내 첫 딸 위노나가 부름받지 않기를 바라는 마음입니다."

아무도 말이 없었습니다. 얼마 안 있어 마지막 북소리가 들렸고 춤추는 사람들이 다시 한 번 무리를 지어 달려갔습니다. 넘어졌던 사람은 참가하지 않았고, 본부 오두막으로 발길을 돌렸습니다. 그 오두막에는 현명한 노인들이 한가롭게 담배를 피우며 즐기고 있었습니다. 그분들은 적이 놀란 듯 그 사람이 들어오는 모습을 바라보았습니다. 그는 버팔로 로브에 몸을 던지고 머리를 숙여 오른손에 얹고는 자기에게 일어난 일을 설명했습니다. 그러자 노인들은 한 목소리로 외쳤습니다. "낭패로군!" 이 말을 듣고 그 사람은 아무 말도 하지 않았습니다.

그러는 사이에 우리는 신나게 마지막 춤을 추고 있었고, 곰 인간이 마침내 물러가자, 구멍 주변으로 몰려가 병든 친구에게 축하를 보낼 참이었습니다. 그러나 놀랍게도 병든 친구를 대신해 연기를 했던 곰 인간이 구멍으로 다시 들어가지 않는 거였지요.

"그 아이가 죽었어! '붉은 뿔'이, 곰 인간이 죽어 버렸어!"

우리는 모두 그곳으로 달려갔습니다. 불쌍한 내 친구, '붉은 뿔'이 구멍에서 죽어 있었습니다. 이 순간 캠프에서는 또 다른 소동이 일었습니다. 모두 본부 오두막으로 달려갔습니다. 그쪽에서 이름난 주술사를 부르는 소리가 크게 들렸습니다. 그러나, 슬프도다! 춤추다 넘어진 그 사람이 급작스레 죽어 버린 것입니다. 인디언의 미신이 옳다는 것이 다시 한 번 입증된 셈입니다.

숲 속의 삶

구월 하면 인디언은 모두들 마음 속에 가을 사냥을 떠올립니다. 나는 수많은 가을 사냥 가운데서도 전형적인 원정 사냥을 기억합니다. 우리 일행이 여름 내내 터틀 산과 미주리 강 상류 사이의 마우스 강 지역에서 버팔로 사냥을 한 뒤, 터틀 산의 북서쪽 기슭으로 갔던 때입니다.

산의 비탈진 곳을 감싸고 있는 빽빽한 숲 가장자리를 따라 티피가 세워졌습니다. 그 아래로 펼쳐진 풍경은 거친 눈썰미에도 보는 즐거움이 남달랐습니다. 풀이 물결처럼 흔들리는 노란 평원에는 버팔로 떼들이 수놓듯 놀고 있었습니다. 산에서 내려오는 개울가에는 고라니가 많이 있었는데, 녀석들은 언제나 아침에 나타났다가 날이 더워지면 숲으로 사라졌다가는 저녁이면 다시 나타나곤 했습니다. 사슴도 굉장히 많았고, 시냇물에는 송어가 뛰놀았습니다. 개천 여기저기에는 부지런한 비버가 댐을 쌓았습니다.

숲 안쪽에는 섬이 많이 딸린 호수가 있었는데, 그 섬에는 무스, 고라니, 사슴, 곰 들이 아주 많았습니다. 이곳에는 물새들도 수없이 몰려들었고, 그 중에는 두루미, 백조, 아비새를 비롯해 더 작은 축에 속하는 새들도 많았습니다. 숲에도 엄청나게 다양한 종류의 새들이 있었습니다. 자고새는 큰 소리를 질러댔고, 쏙독새 무리는 영혼을 울리는 듯한 소리를 냈습니다. 밤이면 부엉부엉 우는 올빼미가 천하를 군림했습니다.

소년이었던 내게, 이 같은 야생 지역은 천국이나 다름없었습니다. 그곳은 풍족함, 바로 그것이었습니다. 물론 우리에겐 문명의 사치품이란 없었습니다. 그러나 자연이 주는 편리함과 기회와 사치품이 모두 있었습니다. 어떤 어려움이 우리 주위에 숨어 있다 해도, 우리에겐 또 고마운 행운을 안겨다 주는 선물이 있었습니다. 그리고 사실은 모두가 지금 삶보다 더 나은 삶은 없다는 축복받은 무지 속에서 살고 있었습니다.

숲 속에서 사냥이 시작되면 모든 일은 사냥을 조정하는 풍습에 따라 이루어졌습니다. 본부 오두막 같은 건 더 이상 없었습니다. 매일 아침 동틀 무렵이면 샤냥용 큰 횃불을 피웠고, 그때 모두들 용감함을 내보이고 알려야 했습니다. 사냥단이 그날의 사냥을 시작하기 전에, 자신의 용맹을 입증하는 행동을 보여 주지 못한 사람은 놀림감이 됐습니다. 규칙에 따라,

사냥꾼들은 해가 뜨기 전에 떠났는데, 등에 사슴을 지고 첫 번째로 돌아오는 용감한 사람은 모두의 부러움을 받았지요.

전설 이야기꾼인 '하루 종일 연기나' 어른이 캠프의 전령으로 뽑히셨는데, 이분이 캠프에 사냥의 성과를 알리는 일을 맡았습니다. 저녁 식사를 마친 다음, 우리는 숲 속에서 티피 사이를 울리는 그분의 우렁찬 목소리를 들었습니다. 다음날 아침 큰 횃불을 켤 사람의 이름을 부를 참이었습니다. 술로 장식된 사슴 가죽 슈트는 그분의 당당한 풍모를 한결 더 돋보이게 했습니다.

어른들이 아침마다 숲 속으로 사라지면 소년들도 모두 힘차게 뛰어나와 놀이에 열중했습니다. 겉으로 보기에 놀이와 경주 같지만, 사실은 서로 관찰력이 얼마나 민첩한지 마음껏 겨루는 것입니다. 하루하루 지남에 따라, 소년들은 모두 빈틈없는 조심성이 최고에 이르게 되지요. 갑자기 "우ー쿠ー"하며 소년이 높은 목소리로 지르는 날카로운 비명 소리가 들리곤 했는데, 그건 누군가 사슴을 메고 온다는 뜻이었습니다. 곧바로 다른 소년들도 뒤쳐질세라 저마다 소리를 따라하는 데 몰두했습니다. 드디어 우리 눈앞에 용감한 와쿠타가 어깨에 커다란 사슴 한 놈을 메고 부지런히 걸어오는 모습이 보였습니다. 와쿠타의 술이 달린 사슴 가죽옷에는 피가 잔뜩 묻어 있었습니다. 와쿠타는 풍습에 따라 장모집 문 앞에 사슴을 내려놓고는 자기 집으로 으스대며 걸어갔습니다. 그리고 아버지의 티피 앞에서 잠시 소나무처럼 곧게 서 있다가 안으로 들어갔

습니다.

곰 한 마리를 가져오자, 백 여명의 개구장이 소년들이 숲이 떠나가라 소리를 질렀습니다. "와, 와, 와! 용감한 '흰 토끼'가 곰을 잡아 온다. 와, 와, 와!"

온종일 노래 부르는 환호가 이어졌고, 놀이가 벌어졌습니다. 마침내 날이 어두워질 무렵, 사냥꾼들이 모두 돌아왔습니다. 그리고 캠프는 온통 들뜬 채 기쁨과 포만감으로 넘쳐흘렀습니다. 그건 백인들 사회에서는 결코 볼 수 없는 광경이었습니다. 남자들은 여유롭게 거닐며 담배를 피웠고 여자들은 고기를 손보고 저녁을 준비하느라 바삐 움직였습니다. 사냥한 최고급 고기를 요리한 뒤 의식을 갖춰서 '위대한 정령'께 바쳤습니다. 이것을 '주술 축제' 라고 불렀습니다. 여자들도 음식이 담긴 그릇이나 향긋한 사슴 고기 구이를 낮춰 올리면서 이렇게 읊어대곤 했습니다. "'위대한 정령' 이시여, 이 사슴 고기를 드시옵소서. 자비를 베푸시옵소서!" 이것을 보통 '감사 기도' 라 불렀습니다.

이번 사냥의 경우, 우리가 처음 숲에 들어갔을 때부터 모든 일이 술술 풀려 갔습니다. 부족한 것은 아무것도 없었습니다. 심지어는 사슴과 고라니, 무스 사냥을 한동안 멈추어야만 했습니다. 고기가 너무 많아 더 이상 필요하지 않았기 때문입니다. 털가죽을 얻기 위해 곰, 비버, 담비, 수달 사냥만 계속했습니다. 그런데 이렇게 축복받은 풍요 속에 살 때에는 언제나 우리의 용사들은 다른 일에 관심을 돌리곤 했습니다. 무언가 주목받을 일을 하고 싶은 야망이 넘치는 피끓는 젊은이들은 더욱 그랬습니다.

그런 순간에는 언제나 준비된 사제들이 수없이 있었는데, 이 사제들의 소명은 미래를 내다보는 것입니다. 이들은 저마다 '위대한 정령'의 뜻에 대한 자신만의 독특한 해석으로 용사들에게 상담을 해줍니다. (이 의식을 일컬어 백인들은 "주술 만들기"라 부릅니다.) 젊은 용사들은 사제들에게 출정에 대한 자신들의 참을 수 없는 욕구를 넌지시 일러줍니다. 그럼 머지 않아 출정을 바라는 전망이나 간절한 꿈, 예언이 찾아옵니다.

예언를 받은 젊은이들은 며칠 동안 모두들 들떠서 분주해집니다. 마침내 약속된 날 아침, 전사들의 노랫소리와 여자들의 울부짖는 소리가 온 마을에 울려퍼집니다. 작별 인사를 모두 마치고 난 뒤 경험 많은 '목소리 큰 갈가마귀' 어른을 우두머리로 하여, 가려뽑힌 용사들이 그로스 벤터 족 지역으로 떠났습니다.

사실 대장으로 뽑힌 '목소리 큰 갈가마귀' 어른은 애초 이번 출정에 다소간 거절의 뜻을 밝히셨습니다. 우리가 찾아가는 지역은 우리 땅이 아니고 언제라도 그 땅의 정당한 주인에게 빼앗길 수 있기 때문이었습니다. 그러니까 이번 출정을 사실대로 말한다면, 그저 우리가 침입자라는 것입니다. 그러므로 좀 더 사려 깊은 사람들은 마을에 남아 집과 가족을 지켰다는 명예를 더 얻고 싶어했습니다. 그러나 행동을 열망하는 흥분한 젊은이들은 너무도 출정을 원했습니다.

나이 많은 전쟁의 사제인 '목소리 큰 갈가마귀' 어른이 이
끄는 용사들이 마을을 떠난 그날 아침부터 근심에 찬 어머니,
누이, 약혼자 들은 날짜를 손꼽았습니다. '하루 종일 연기나'
어른은 때때로 아침 일찍 일어나 떠나간 손자를 위해 "강한
심장"이라는 노래를 부르곤 했습니다. 나는 아직도 숲 사이로
울려 퍼지던 그 옛날 가수의 날카롭고 쉰 목소리가 들리는 것
만 같습니다. 한동안, 우리 떠도는 '유랑' 공동체는 깨어지지
않은 평화를 즐겼고 그 어떤 고통과 소란도 겪지 않았습니다.
사냥꾼들이 사슴과 고라니, 곰의 싱싱한 고기를 자주 가져 왔
습니다. 아름다운 호수는 우리에게 온갖 종류의 물고기와 물
새들을 안겨 주었습니다. 가을이 무르익어 감에 따라 호수의
평온한 물 위로 잎사귀들의 갖가지 색깔이 변해 가는 모습이
비쳤습니다.

　회상하건대 이때 우리는 "터틀 산의 심장부" 가까이에서 야
영을 하고 있었습니다. 우리는 두 달 동안 산 꼭대기에서 아주
가까운 곳에서 야영을 했고 어른들은 사람을 자주 꼭대기로
보냈습니다. 우리가 그 근처에 머물고 있음을 전투대에게 알
리는 것이었습니다. 전투대는 되돌아올 때 "연기 신호"를 보
내기로 했는데, 우리 역시 언덕 꼭대기에서 연기 신호로 답변
을 보내기로 한 것입니다.

　어느 날 서너 개의 섬이 딸린 큰 호숫가에서 야영하고 있을
때였습니다. 무스의 흔적을 발견하곤 두세 마리쯤 있을 것 같
다는 판단에 따라 어른들이 부싯돌식 총을 들고 뗏목을 타고

는 급히 사냥에 나섰습니다. 늘 그렇듯이 우리 어린 친구들은 호숫가 모래밭에서 놀고 있었는데, 그때 큰 나무의 뿌리처럼 보이는 것이 우리 쪽으로 떠오는 것을 보았습니다. 그런데 좀 더 찬찬히 살펴보니 우리가 잘못 보았음을 깨달았습니다. 그 것은 죽자살자 헤엄치는 아주 큰 무스의 머리였습니다! 집에 남아 있던 어른이 한 명도 없었으니 그 무스에게는 참 다행이 었지요.

　무스를 보자마자 우리 어린 개구쟁이들은 초원뇌조마냥 금 새 키 큰 풀밭 속으로 숨었습니다. 나는 그때 많아야 여덟 살 이었습니다. 그러나 빈 활시위 당기는 힘을 시험해 보고는 언 제라도 쏠 수 있도록 가장 날카롭고 좋은 화살을 끼웠습니다. 늘 보던 놈이지만 막상 위세 당당한 무스가 호숫가로 다가올 때는 가슴이 마구 뛰었습니다. 그놈이 호숫가 모래밭을 밟자 마자 몸을 숨긴 곳에 그대로 있으면서 함성을 지를 것인지 말 것인지 잠시 마음을 정하지 못했습니다. 그러다가 나는 차라 리 가만히 있자고 생각했습니다. 괜히 화살을 쏘았다간, 그놈 은 틀림없이 화살을 가져갈 것이고 그렇게 되면 나는 좋은 화 살 하나를 잃게 되리라 여긴 것입니다.

　나는 생각했습니다.

　"하지만, 무스에게 화살을 빼앗긴 아이 가운데 내가 가장 어린아이라고 주장하면 되지 뭐."

　그것으로 충분했습니다. 나는 한껏 움추렸다가 뛰어오를 준 비를 했지요. 그리고 다리 긴 무스 놈이 물을 튀기며 물 밖으

로 걸어 나와 그 긴 머리카락을 흔들며 물방울을 떨굴 때, 힘
차게 뛰어올랐습니다. 내 얼굴에 물이 조금 튀겨진 듯했습니
다! 나는 있는 힘껏 움직이는 놈의 옆구리를 곧바로 겨냥해
날카로운 화살을 날렸습니다. 그런 다음 전사의 함성을 내질
렀습니다.

무스는 장난감 무기에 개의치 않는 듯했지만, 날카로운 고
함 소리에는 상당히 놀란 듯했습니다. 그놈은 긴 다리로 금새
눈앞에서 사라졌습니다.

나뭇잎들이 떨어지기 시작하고, 두터운 서리가 내리면서 밤
에는 아주 추워졌습니다. 짧은 여름이 작별을 고한 것입니다.
그래도 우리는 즐거웠고 아무 근심 걱정이 없었습니다. 우리
에겐 양식이 아주 많았고, 거의 석 달 동안 지역을 떠도는 사
이 아무런 불행도 닥치지 않았기 때문입니다.

그러던 어느 날, '하루 종일 연기나' 어른이 사냥에서 돌아
와 사람들에게 경보를 전했습니다. "연기 신호"를 보신 것입
니다. 이 연기 신호는 열심히 망을 보던 방향에서 나타난 것이
아니라 동쪽에서 나타난 신호였습니다. 어른들 사이에 오랜
협의가 있고 난 다음, 연기의 성질과 지속 시간으로 볼 때 우
연히 생긴 불에서 나는 연기라고 결론지었습니다. 더 나아가
그곳이 수 족의 지역이 아니므로, 그 불은 수 족이 일으킨 것
이 아니라 오지브웨이 족의 군대가 일으킨 불이라고 추측했
습니다. 오지브웨이 족은 담배 파이프에 불을 붙일 때 보통 성
냥을 쓰고 또 성냥불을 아무렇게나 던지곤 했습니다. 그네들

은 성냥불을 끌 때조차 별로 신경 쓰지 않는다고 우리 어른들은 생각했습니다.

'부족 회의'는 우리의 안전을 위해 빈틈없이 망을 봐야 할 것이라고 포고를 내렸습니다. 날마다 정찰병이 임명되어 연기가 나는 방향을 정찰했습니다. 십이 일 동안 총을 쏘지 않기로 합의했습니다. 남자 어른들은 모든 암호를 새롭게 숙지했습니다. 여자들과 노인들은 갑작스런 공격에 대비해서 티피 주위에 작고 손쉽게 쓸 수 있는 구멍을 힘 닿는 데까지 팠습니다. 혹시 오지브웨이 정찰병이 염탐을 온다 하더라도 캠프의 평온한 모습을 보고서는 수 족이 아직까지 위험을 알아채지 못했다고 생각할 것이 틀림없었습니다. 우리 정찰병들은 밤에는 마을 바로 바깥 쪽에 머물렀습니다. 이들은 아주 훈련을 잘 받아서 어둠 속에서도 올빼미나 고양이처럼 잘 볼 수 있었습니다.

그러나 오지브웨이 족으로 짐작했던 군대가 가까이 있다는 아무런 증거도 잡지 못한 채 십이 일이 지났습니다. 그래서 방어를 위해 실시되던 "망보기"도 중단됐습니다. 바로 다음날 새벽, 우리는 반갑지 않은 전투 함성에 잠을 깼습니다. 나는 어린아이였지만, 가르침을 받아온 대로, 벌떡 일어나 밖으로 뛰어나갈 참이었습니다. 그런데 할머니께서 날 잡아 앉히고서 바닥에 바짝 엎드리라는 시늉을 보였습니다. 나는 귀를 쫑긋하면서 누워 있었습니다.

캠프는 아주 고요했습니다. 그런데 그리 멀리 떨어지지 않은 곳에서 격렬한 교전이 일어나고 있었습니다. 나이 든 전령이 분노하며 소리치고 내지르는 소리를 또렷하게 들을 수 있었습니다. "우후! 우후!" 하는 조난 신호였습니다. 내 혈관이 뛰는 소리까지 들릴 지경이었습니다.

점점 더 가까운 곳으로 싸움이 옮겨 왔지만, 여전히 여자들은 점점 더 조용해지는 듯했습니다. 마침내 수 족의 무시무시한 공격으로 적들은 줄행랑쳤습니다. 함성이 터져 나왔습니다. 아아! 그러나 나의 친구이자 스승님이신 '하루 종일 연기나' 어른의 목소리가 들리지 않았습니다. 오지브웨이 족이 쏜 화살에 심장을 맞으신 것입니다.

싸움에는 승리했지만, 우리는 두 분, '하루 종일 연기나' 어른과 '하얀 두루미' 어른을 잃었습니다. 이번 사건은 예상하지 못한 바 아니었지만 우리의 평화로운 하늘에 먹구름을 드리웠습니다. 캠프는 온통 승리의 노래로 가득 찼고, 살해당한 사람의 친지들의 통곡 소리도 함께 섞여 있었습니다. 출정길을 떠나 집에 없었던 젊은 용사들의 어머니들은 더 이상 근심을 감출 수가 없었습니다.

시월이 끝날 즈음, 서리가 내린 어느 날 아침, 한 용사가 부르는 무시무시한 노랫소리가 들려왔습니다. 캠프는 순식간에 이루 말할 수 없는 혼란에 빠졌습니다. 그 노래가 뜻하는 바는 모두에게 대낮처럼 분명했습니다. '우리 군대가 모두 전멸했다.' 유일하게 살아남은 사람의 서글픈 노래가 동료들의 운명을 알려 주었습니다. 그 단 한 명의 전사는 '대머리 독수리'

였습니다.

캠프 전체는 슬픔으로 몸서리쳤습니다. 기쁠 때처럼 슬플 때에도 모든 인디언들은 다른 이들과 슬픔을 함께 나눴습니다. 나이 드신 할머니들이 어디서나 멍하니 서 계셨고 몹시도 구슬프게 우셨습니다. 이따금 떠나간 전사들을 기리는 노래를 부르기도 하셨습니다. 아내들은 자기 티피에서 조금 떨어진 곳에서 목놓아 울었습니다. 한편 젊은 처녀들은 슬퍼하는 모습을 아무도 볼 수 없는 곳, 캠프에서 아주 멀리 떨어진 곳에서 떠돌았습니다. 할아버지들도 통곡의 대열에 참여했습니다. 어느 모로 보나 가장 흔들림 없는 사람은 전사들이었습니다. 전사들은 동료들의 복수를 위해, 더 심한 앙갚음을 위해 적의 땅에서 눈물을 쏟아야만 합니다. 이들은 말없이 티피에 앉아 냉정한 표정 뒤에 자신의 감정을 감추려고 애썼습니다. 그러나 고통을 덜어 주는 담배가 없었다면 아마 그렇게 하지도 못할 것입니다.

첫 번째 슬픔이 준 충격이 가시고 나면, 옷을 바꿔 입었습니다. 원시의 관습이 지배하는 사회에서 애도의 표현은 문명 사회의 애도 표현을 훨씬 뛰어넘었습니다. 인디언 애도자는 좋은 옷을 모두 벗어던지고 모자라고 보잘것없는 옷에 만족합니다. 담요를 두 개로 자르고 머리카락도 짧게 자릅니다. 흔히 자식을 바친 어머니는 팔과 다리를 자르기도 하고, 누이나 젊은 아내는 스스로 아름다운 머리카락을 다 잘라 버리고 흉한 모습을 하기도 합니다. 아버지와 형제들은 얼굴을 검게 칠하고 다 헤진 옷만을 입었습니다. 빛나는 가을이 가고 겨울과 차가운 불행의 그림자가 우리에게 떨어졌을 때 동족들이 보여 준 애처로운 모습은 그랬습니다. 사람들은 말했습니다.

"우리는 틀림없이 어려움을 겪을 거야. '위대한 정령' 께서 공격을 받고 있어."

눈 위에서 버팔로를 쫓다

내가 열두 살이 되었을 무렵, 우리는 터틀 산의 서쪽, 마우스 강에서 겨울을 났습니다. 내가 알기로 가장 추운 겨울이었는데, 부족의 나이 드신 어른들도 그렇게 여기셨습니다. 그해 여름, 미주리 강의 서쪽 방면에는 버팔로가 아주 많아서 말린 버팔로 고기를 여러 다발 마련해 여러 곳에 저장해 두었고, 그래서 필요할 때 얻을 수 있었습니다. 강을 따라 검은꼬리사슴과 고라니도 많았고, 탁 트인 땅에선 회색곰도 보였습니다. 분명히 굶주릴 위험은 없었으며 그래서 우리 부족은 그곳에서 겨울을 나려고 생각했습니다. 그러나 그해 겨울은 힘겨운 겨울이었습니다.

엄청나게 많은 눈이 내렸고 추위도 매서웠습니다. 사냥을 하기엔 눈이 너무 많이 쌓였고 버팔로 떼의 본진은 미주리 강을 건너가 버린데다가, 그곳은 너무 멀어 쫓을 수도 없었습니다. 그러나 가까이에 좀 더 규모가 작긴 하지만 동물 떼들이 더러 흩어져 있어 먹을 수 있는 신선한 고기가 여전히 있긴 했습니다. 그러나 손에 넣으려면 엄청난 어려움을 겪어야만 했습니다.

조랑말은 아무런 소용이 없었습니다. 어른들은 '아픈 눈의 달(삼월)'이 지난 뒤까지 설피를 신고 사냥을 했는데, 그 즈음 엄청난 눈이 녹아 내려 사람이 올라가면 거의 푹 꺼져 버리는 엷은 막이 눈 위에 생겨 버렸습니다. 개들을 데리고 버팔로 사냥을 한 것은 그때였습니다. 이것은 예사롭지 않은 방법이었습니다.

버팔로 갈빗대와 어린 히코리나무로 썰매를 만들었고, 썰매 타는 사람들은 머리카락을 옆으로 늘어뜨린 채 생가죽을 꼭 붙잡았습니다. 썰매는 눈 위를 부드럽게 미끄러졌습니다. 어린 아이들만 썰매를 탔습니다. 사냥 정찰꾼들이 버팔로가 나타났다고 보고하면 모두들 자기 개들을 준비시켰습니다. 모두 정찰꾼의 명령에 따랐고 공격할 수 있는 거리에 다다를 때까지 몸을 숨기며 버팔로 떼에게 다가갔습니다.

저마다 자기 활과 화살, 더러는 총도 있었습니다. 버팔로 같은 커다란 동물들은 깊이 쌓인 눈에서 빨리 달릴 수가 없었습니다. 개들은 주인의 지시에 따라 이내 버팔로의 양옆으로 따라 붙었고, 사냥꾼들은 수많은 버팔로를 쏘아 쓰러뜨렸습니다.

사냥단이 밤늦게 돌아왔을 때가 생각납니다. 어른들이 사냥한 고기를 잔뜩 진 채 한 줄로 걸어왔고, 개들도 마찬가지로 잔뜩 짐을 진 채 저마다 주인을 따라왔습니다. 사람과 짐승 모두 서리를 맞아 새하얀색이었습니다.

또래 소년들은 사냥꾼들을 기다리느라 조바심이 났습니다. 사냥꾼들이 온다는 걸 알아채기가 무섭게 버팔로 사냥용 호각을 불어 대기 시작했고, 마을의 개구쟁이들은 신비스런 소리에 저마다 자기 목소리를 더했습니다. 한편 집을 떠났던 개들도 우리와 더불어 합창에 끼어들었습니다. 어른들이 안쪽에 털이 있는 버팔로 모카신을 신고 버팔로 로브를 입고서 지치고 굶주린 채 집으로 돌아왔습니다.

흔히 인디언 캠프에서는 개를 쓸모없는 사회 구성원으로 여긴다고 생각할지 모르지만, 야생 생활에서 그렇지는 않습니다. 우리는 개가 가장 쓸모 있는 가축임을 알았고, 특히 긴급할 때 더욱 그랬습니다.

이 겨울 캠프에 있는 동안 어이없는 사건이 일어났는데 지금도 수 족의 캠프 파이어에서는 그 사건을 이야기합니다. 어느 날 남자 어른들이 설피를 신고 사냥을 하고 있었는데, 용케도 버팔로 떼를 공격할 수 있는 아주 가까운 거리까지 다가갔습니다. 빨리 달릴 수는 없었는데, 그건 커다란 버팔로들도 마찬가지였습니다. 수많은 버팔로가 죽었습니다. 버팔로 떼가 탁트인 평지에 다다른 바로 그때 한 놈이 멈춰서더니 마침내 주저앉았습니다. 그놈을 쫓던 세 명의 어른이 곧바로 다가갔습니다. 버팔로는 깊은 상처를 입었지만 죽지는 않았습니다.

"저놈 뒤에서 기어올라가 찔러야겠군. 저놈이 죽을 때까지 기다릴 순 없잖아." 하며 와메디가 말했습니다. 다른 사람들도 같은 생각이었습니다. 와메디는 특별히 용감하다고 인정받는 사람은 아니었습니다. 그런데 와메디가 칼을 꺼내어 이빨로 물고는 버팔로의 뒤쪽으로 다가가더니 갑작스레 버팔로 등 위로 뛰어 올라탔습니다.

버팔로는 너무도 놀란 나머지 발을 차며 몸부림쳤습니다. 와메디의 칼이 땅바닥에 떨어졌지만 와메디는 길고 덮수룩한 갈퀴에 매달렸습니다.

와메디는 "빨리! 빨리! 쏴! 쏴!" 하며 소리쳤습니다. 버팔로는 눈이 깊이 쌓인 곳으로 뛰어들며 미친 듯이 발길질을 해댔습니다. 사람들 말로는, 와메디의 얼굴이 곧 죽을 사람처럼 보였다고 합니다. 그런데 두 명의 친구는 웃음을 터뜨릴 수밖에 없었습니다. 와메디는 여전히 쏘아 달라고 청했고, 그래서 두 친구가 겨냥을 하자 다시 외쳐 댔습니다.

"쏘지마! 쏘지마! 너희들, 날 죽이려는구나!"

마침내 버팔로가 그와 함께 쓰러졌습니다. 그러나 와메디의 두 친구 또한 웃느라 지쳐 쓰러졌습니다. 와메디는 그때부터 겁쟁이로 놀림을 받았습니다.

마토 추장이 버팔로에게 죽은 것은 바로 그 겨울 사냥에서 였습니다. 사정은 이랬습니다. 추장은 버팔로에게 상처를 입혔는데 치명적이지는 않았습니다. 그래서 멀리 떨어진 곳에서 두 번 더 화살을 쏘았습니다. 그러자 버팔로는 죽자살자 추장을 공격했습니다. 달려드는 버팔로에게 설피 한짝이 걸려 마토 추장이 눈더미 위로 넘어졌고, 그곳에서 제 시간에 벗어나지 못했습니다. 그 수컷 버팔로는 추장을 뿔로 찔러 죽였습니다. 이 일이 벌어진 실개천을 지금은 마토 실개천이라 부릅니다.

우리 캠프에서 조금 떨어진 곳에 프랑스 계 캐나다 인의 혼혈 인디언이 사는 통나무 마을이 있었는데, 우리와 교류가 많지 않았습니다. '어려움의 달(일월)' 무렵 우리는 이웃의 아주 특별한 풍습 몇 가지를 배우게 됐습니다. 한밤중에 그네들 마을 전체에 화약 불이 타올랐습니다. 어른 몇 사람이 그네들이 공격을 받고 있다고 생각하고는 도우러 건너갔는데, 놀랍게도 그것은 새해를 축하하는 행사라는 말을 들었습니다.

우리 어른들은 "악령의 물(술)"을 대접받았고 미치광이 바보가 된 채 집으로 돌아왔습니다. 밤새도록 큰 소리로 떠들고 노래를 불렀습니다. 마침내 대추장님께서 젊은이들에게 이들을 묶어서 정신을 차릴 수 있도록 티피에 집어넣으라고 명령했습니다. 그리고 "사악한 영혼이 떠나갈 때" 그들을 풀어주라고 말씀하셨습니다.

다음날 하루종일 우리 동족은 모두 혼혈인들의 춤에 초대받아 참석했습니다. 전에는 새해가 한겨울에 시작된다는 것을 전혀 몰랐습니다. 우리는 언제나 겨울이 끝날 때 한해가 끝나는 것으로 셈했고, 새해는 봄철의 새로운 삶과 함께 시작한다고 여겼습니다.

나는 그때 처음으로 통나무 집에서 백인들의 춤을 보았습니다. 내가 본 것 가운데 가장 어지러운 춤이라고 생각했습니다. 한 사람이 구석에 앉아 줄이 있는 판을 켜면서 줄곧 마룻바닥을 발로 구르고 이따금씩 소리를 질러 댔습니다. 그 사람이 소리를 칠 때면 춤추는 사람들이 더 빨리 움직이는 듯했습니다.

남자들이 여자들과 함께 춤을 췄고 —— 인디언들은 결코 그렇게 하지 않습니다 —— 구석에 있는 남자가 소리를 치면 남자는 여자를 빙그르르 돌렸습니다. 나는 다른 아이들과 함께 바깥쪽에 서서 통나무 집의 틈새로 안을 엿보았는데 그 광경은 내 눈에 몹시 거슬렸습니다. 한동안은 젊은 남자와 여자가 서로 마주보며 마루 한가운데서 춤을 췄습니다. 그네들의 모카신은 틀림없이 거친 마룻바닥 때문에 다 닳아졌을 것입니다. 그런데 잠시 후 이들과 다른 쌍쌍이 교대하더군요.

그런 다음 길다란 곱슬 머리에 여우 가죽 모자를 쓴 노인네 혼자 방 한가운데서 춤을 췄습니다. 지금까지도 그 비슷한 춤을 본 적이 없는데, 아무튼 번개 같은 모습으로 모카신을 마룻바닥에 찰싹찰싹 때렸습니다. 그 노인이 우두머리인 것처럼 보였습니다. 노인은 춤을 마치고서 우리 대장격인 추장님을 마루 한가운데로 초대했고, 인디언 식 큰 함성을 내지른 후 두 사람은 함께 마셨습니다. 그런 다음, 남자 어른들은 많은 양의 '악령의 물'을 마시며 크게 떠들어 댔는데, 어린이들은 캠프로 돌려보내는 것이 좋겠다고들 생각했습니다.

우리는 그곳에서 커다란 "백인의 집"처럼 생긴 모래 바위를 수도 없이 찾아냈습니다. 바위 속에는 방처럼 생긴 구멍들이 있었고 우리는 그 동굴 같은 구멍에서 놀았습니다. 어느 날 한참 놀이를 하다가 우리는 아주 큰 곰의 머리뼈를 찾아냈습니다. 동굴 바닥에 화살 서너 개가 떨어진 것을 보니 분명히 그 곰은 상처를 입고 그곳에 와서 죽은 것 같았습니다.

그해의 가장 격한 사건은 우리가 강 뒤편에 있는 고원으로 캠프를 옮긴 봄, 바로 그때 그로스 벤터 족이 우리를 공격해 온 일이었습니다. 그때 우리에겐 고기가 무척 많았고 모두들 행복했습니다. 파릇파릇 새싹이 돋기 시작하고 조랑말들도 살이 찌고 있었습니다.

어느 날 밤 출정의 춤이 벌어졌습니다. 우리 젊은이들 몇 명이 그로스 벤터 족의 땅을 침략할 계획을 세웠는데, 너무 우리 부족의 입장만 생각한 것 같았습니다. 모두들 군대를 만들자는 제안에 흥미를 가졌습니다.

"작은 아버지도 떠나실거예요?" 하며 나는 어렵사리 여쭈었습니다.

"아니다" 하며 작은 아버지가 긴 한숨을 내쉬며 대답하셨습니다. "지금은 일년 중 출정을 떠나기에 가장 안 좋은 때야. 여름이 되면 우리가 사냥을 한다고 그네들 지역을 침범하게 될 텐데, 그때가 되면 수없이 싸움을 하게 될거야." 하며 덧붙이셨지요.

밤 공기는 맑고 상쾌했습니다. 전쟁을 알리는 북소리가 울리자 마우스 강 건너편의 코요테들이 울부짖는 소리로 대답했습니다. 나는 사람들 틈에서 영광을 찾아 떠나려고 하는 용사들을 지켜보았습니다.

"나도 나이가 찼으면 좋으련만. 그러면 틀림없이 저 군대와 함께 갈텐데." 하며 생각했습니다. 내 친구 타탕카는 떠날 것입니다. 타탕카는 나보다 서너 살 더 먹었고 그래서 내 눈에는 영웅이었습니다. 나는 타탕카가 거의 한밤중까지 다른 사람들과 춤추는 모습을 지켜보았습니다. 그런 다음 우리 티피로 되돌아와 버팔로 로브 속에 몸을 웅크리고는 이내 잠이 들었습니다.

그러다 갑자기 요란한 '전투 함성'에 잠이 깨었습니다.

"우! 우! 해이야! 해이야! 우, 가자! 우, 가자!"

나는 뗑기듯 벌떡 일어나 활과 화살을 잡아채고는 티피 밖으로 달려나가 출정에 나서는 양 미친 듯이 함성을 질러댔습니다.

"그만! 그만!" 하며 할머니께서 소리치며 내 긴 머리를 잡으셨습니다.

이때 그로스 벤터 족이 우리 캠프를 에워싸고 화살과 총탄으로 일제 사격을 해왔습니다. 여자들은 아이들을 숨길 도랑을 파고 있었습니다.

작은 아버지는 싸움터의 맨 앞에 계셨습니다. 수 족은 남자 어른 몇 명이 이미 쓰러졌지만 용감하게 공격에 맞섰습니다. 수많은 적들이 우리 티피 가까이에서 죽었습니다. 수 족은 마침내 조랑말을 타고 반격을 했는데 작은 아버지가 이끄셨습니다. 마침내 수 족은 그로스 벤터 족의 군대를 둘로 가르고 몰아 냈습니다.

그 전투에서 친구 타탕카가 죽었습니다. 나는 타탕카의 독수리 깃털 가운데 하나를 뽑고서 내가 처음으로 출정길을 떠날 때 이 깃털을 꽂으리라 생각했습니다. 그로스 벤터 족에 맞서 싸우러 갈 수만 있다면 무엇이든 바치리라 생각했습니다. 왜냐하면 그들은 내 친구를 죽였기 때문입니다. 전쟁의 노랫소리, 죽은 자를 위한 통곡 소리, 개들이 울부짖는 소리 모두 참기 어려웠습니다. 이 일이 있고 나서 곧바로 우리는 캠프를 부수고 새로운 곳을 찾아 떠났습니다.

평원의 만남

언젠가 어시니보인 강의 지류인 수리스 강과 마우스 강가에 캠프를 친 일이 있습니다. 버팔로들이 여전히 많았고 그래서 우리는 아주 "호사스럽게" 살았습니다. 어느 날 오후 정찰병이 미합중국 군대의 본진이 가까이 오고 있다는 소식을 들고 온 것입니다! 이 보고 때문에 마을 사람들 사이에는 극심한 불안이 감돌았습니다.

원로 회의가 즉시 열렸고 정찰병이 엄격한 심문을 받았습니다. 결정을 내리기 전에 또 한 명의 정찰병이 현장에서 왔습니다. 그는 군대의 본진으로 보고된 이동 행렬은 알고 보니 캐나다 인들의 이륜 마차 행렬이라고 밝혔습니다.

두 가지 보고가 너무나 달라서 더 많은 정찰병들을 보내 이 이동 행렬 가까이에서 찬찬히 살펴보고 저들의 성격을 정확히 가려내는 것이 좋겠다는 판단이 내려졌습니다. 정찰병들이 곧 되돌아와 캐나다 인들이 가까이 왔다는 확신에 찬 정보를 전하면서 말했습니다.

"왜냐하면 이동 행렬에는 번쩍하며 불을 쏘는 밝은 쇠붙이들이 없기 때문입니다. 분리된 차체들은 군인들이 쓰는 네 마리 또는 여섯 마리의 노새가 끄는 기다란 사륜 마차가 아니라, 조랑말이 끄는 이륜 마차처럼 길이가 짧습니다. 버팔로가 끄는 것도 아니며, 노새처럼 병력을 실어 나를 수도 없는데, 왜냐하면 각각의 차제들이 그러기에는 너무 길기 때문입니다. 게다가 군인들이라면 언제나 호위병이 따르는 대장이 있어서 행렬을 지도하고, 부대장이 본대에서 떨어져 한쪽에서 말을 타고 갑니다!"

이 같은 정찰 보고에 따라 머지않아 '그을린 나무' 를 만나게 되리라는 결론을 내렸습니다. '그을린 나무' 는 프랑스 사람들이 혼혈인을 이르는 말로 아마도 혼혈인들의 얼굴빛에서 따온 말인 것 같습니다. 더러는 혼혈인들이 나뭇꾼처럼 숲을 버리고 떠나는 데 익숙한 데서 온 말인 "불탄 숲"에서 따왔다고도 합니다. 두세 시간이 지나 해질 무렵이 되었을 때, 이륜 마차의 이동 행렬에 으레 따르기 마련인 그 독특한 소리를 귀로 또렷이 분간할 수 있게 되었습니다. 그 소리는 마치 여러 동물들이 으르렁거리고 꽥꽥 울어 대는 소리처럼 들리는데, 바퀴를 비롯한 마차의 모든 부분이 나무로 만들어진 데서 비롯되었습니다. 캠프의 개들이 날뛰며 짖어 대는 통에 불협 화음은 점점 더 커져 갔습니다.

혼혈인들은 우리의 캠프에서 조금 떨어진 풀이 무성한 벌판에 멈췄습니다. 마차의 손잡이가 안으로 향하게 한 채 보잘것없는 짐들을 실은 조랑말들이 완전한 원을 이루도록 마차를 세웠습니다. 그래서 일종의 바리케이드가 만들어졌습니다. 이런 일은 모험으로 가득 찬 유랑 생활에서 흔하고도 꼭 필요한 예방 조치였습니다. 그 원 안에 티피를 치더니 이내 곳곳에서 활활 불들을 피웠습니다. 어린아이들이 철썩철썩 요란한 채찍 소리와 욕설을 지껄이며 서둘러 조랑말들을 물가로 몰아갔습니다.

우리 추장과 주요 전사들이 낯선 사람들과 간단히 협의하고 나서 각자의 마음 속에 아무런 적대감도 품고 있지 않음을 서로 이해했습니다.

"평화 협정"에 늘 따르게 마련인 선물 교환을 지켜본 뒤, 극진하고 우애가 넘치는 축제가 양쪽 캠프에서 벌어졌습니다. '그을린 나무들' 은 교역 시장이나 거래소에서 오랫동안 멀리 떨어져 지냈으므로 어쩔 수 없이 위스키 통이 거의 비워져 있었습니다. 그들은 술이 조금 남아 있던 두어 개의 큰 통에 물을 가득 채워 희석시켰습니다. 자극적인 맛을 내기 위해 고추 가루와 용담 가루도 약간 섞었습니다.

부족의 어른들이 이 혼합 음료를 대접받았습니다. 혼혈인 가운데 두세 명이 취한 척 시늉하는 것을 보고는 우리의 용사들이 따라했습니다. 그 사람들이 소리를 지르고 노래를 불러 대는 통에 잠을 잘 수 없었는데, 한밤중이 지나서야 차츰 소란이 모두 그치고 두 캠프는 깊은 잠에 잠긴 듯했습니다.

난데없이 요란한 총소리가 잠자는 이들을 깨웠습니다. 더 많은 총소리가 잇달아 들렸는데 모두 '그을린 나무들'의 캠프 쪽에서 들려왔습니다. 수 족의 남자 어른들은 모두 손에 무기를 들고 맨발로 뛰어나와 조랑말 쪽으로 달려갔습니다. 그런데 시도 때도 없이 쏘아 대는 총성에 한 가지 이상한 점이 있었습니다. 그것은 모두 하늘을 향해 쏘는 총소리였던 것입니다! 그래서 누구보다 혼혈인들의 풍습을 잘 알고 계셨던 노인 가운데 한 분이 목청껏 소리치셨습니다.

"다들 잠을 자도록 합시다! 우리가 들은 이 소리는 남자 아이가 세상에 태어났음을 알리는 소리요! 갓 태어난 남자 아이를 총소리로 알리는 일은 저들의 풍습이오!"

다시 이웃 캠프가 잠잠해졌고 잠시 동안 밤이 평온을 되찾았습니다. 그런데 우리가 곤한 잠에 들자마자 전사들의 함성과 총소리가 두 번째로 잠을 깨웠습니다. 이번에는 웬 말도둑들이 이웃 '그을린 나무들'의 조랑말을 포함해 우리 부족의 조랑말을 몰래 끌고 가는 것으로 드러났습니다.

그놈의 악한 무리들은 말을 훔치는 일에 아주 능숙한 것 같았습니다. 적들이 빤히 보는 앞에서도 교묘한 기술로 목적을 달성한 때도 많았던 것 같습니다. '느린 개(슬로우 독)' 할아버지의 굽힐 줄 모르는 신념이 아니었다면 놈들은 완전히 성공할 뻔했습니다. 사실 그놈들 때문에 우리가 크게 고통을 받거나 근심하지는 않았지만, 혼혈인들의 도움을 받으며 하루 종일 줄기차게 뒤쫓은 뒤 우리 말들을 되찾을 수 있었습니다.

'느린 개' 할아버지는, 성공한 일도 없고, 겉치레만 요란하게 뽐내고 다니며, 쓸데없이 낭패을 당하거나 놀림감이 되기만 하는 자만심 강한 인디언 주술사 가운데 한 분이셨습니다. 그런데 어디서나 그렇듯 원시 종족 가운데 그 같은 인물들은 늘 한 가지 특징이 있습니다. 말하자면 자기 주장에 대한 악착 같은 끈기와 강한 고집이 그것입니다. 무지의 축복 덕분에 그 분은 늘 기쁨 속에 살았습니다. 사람들의 끊임없는 놀림과 비웃음 속에서 오히려 뭔가 즐거움을 얻는 듯했습니다!

그러니까 이 사건이 일어나기 전날 밤, '느린 개' 할아버지는, 안 좋은 꿈의 경고를 받았노라고, 그 꿈에서 부족의 조랑말들이 한꺼번에 우르르 서쪽으로 모두 끌려가는 모습을 보았노라고 큰 소리로 외쳐댔지요.

"그나저나 '느린 개'의 꿈에 누가 신경이나 쓰겠어?" 하며 모두들 한마디씩 했습니다.

"진짜 위대한 주술사 중에서는 아무도 그런 모습을 본 사람이 없어!"

그래서 우리들의 조그마한 공동체는 '느린 개' 할아버지의 경고를 미신으로 받아들인 채 특별한 위험에 대비하지 않았습니다. 사실 첫 번째 정찰병이 군대의 접근을 보고했을 때, 더러 의심을 품고 이야기하는 사람들이 있기도 했습니다.

"혹시 불쌍한 '느린 개'의 말이 진짜 맞는 거 아냐? 하지만, 이번에도 또 '느린 개'가 비웃음을 받게 될 걸."

명랑한 캐나다 인들이 도착했을 때 이런 감정은 빠르게 퍼져 갔고, 할아버지의 경고를 마음 속에 품은 사람은 노인들 몇 분 정도였습니다.

그러나 '느린 개' 할아버지는 당신의 꿈에 충실했습니다. 위스키 마시는 흉내를 내고 잔치를 벌이며 떠드는 내내 스스로 파수꾼처럼 굴었습니다. 마침내 모두들 잠에 굴복했을 때, 가죽, 버팔로 털, 말총 따위의 여러 가지 끈, 잘게 끊어지고 버려진 끈들을 모두 긁어모았습니다. 이 각양각색의 끈을 수없이 많은 매듭을 지으며 길게 늘인 다음, 한쪽 끝은 당신의 늙은 전투용 말의 목에 둘러 묶고 다른 한쪽은 당신 허리에 묶었습니다. 그리고 여느 때처럼 티피 안에서 자지 않고 버팔로 로브를 말아 덮고 티피 옆에 누웠습니다. 그곳에서 달이 서쪽 하늘을 완전히 넘어갈 때까지 내내 지켜보았습니다. 마침내 동쪽에서 어스름 동이 트기 시작한 바로 그 무렵, 말뚝에 묶인 조랑말들 사이에 개처럼 보이는 무언가가 움직이는 것을 보았습니다. 좀더 찬찬히 살펴보니 그놈의 행동이 부자연스러워 보였습니다.

"토카 아헤 도! 토카 아헤 도!(적이다! 적이다!)"

'느린 개' 할아버지가 소리쳤습니다.

전투 함성을 내지르면서 침입자 쪽으로 튀어 나갔습니다. 침입자는 일어서서 '느린 개' 할아버지의 전투용 말 등에 뛰

어 올랐습니다. 그리고 목에 묶인 밧줄과 나이 든 주술사의 마
구마저 끊어 버렸습니다. 그 순간 수 족들이 활을 쏘려고 시위
를 당겼지만 때는 이미 늦어 버렸습니다. 말 도둑은 잽싸게 조
랑말 뒤로 몸을 숨긴 채로 조랑말의 배 밑에서 할아버지의 가
슴에 치명적인 화살을 쏘았습니다. 그리고는 조랑말에 다시
올라타 이미 출발한 자기 동료들을 향해 전속력으로 달려갔
습니다.

배에 화살을 맞은 채, 묶여 있지 않은 조랑말을 모조리 끌고
가는 적을 뒤쫓고 있는 뱃심 좋은 이 나이 든 전사를 수 족 용
사들이 앞질렀을 때, 그분은 이렇게 소리치셨지요.

"나, 용감한 '느린 개'는 전장에서 언제나 당신들을 위해 길
을 열어 왔느니라. 이제 정령의 땅을 여는 길을 하나 더 열겠
노라!"

그렇게 말하며 할아버지는 돌아가셨습니다. 우애 좋은 혼혈
인들이 수 족의 추적에 합세했고 끝내 도둑놈은 가엾은 노인
의 피에 극진한 대가를 치루고야 말았습니다.

그 아름다운 아침, 자연은 온통 눈부시고 미소를 짓는 듯했
지만 수 족은 삶의 대부분을 남에게 비웃음과 멸시를 받으며
살아온 한 사람의 죽음에 슬피 울며 통곡했습니다. '느린 개'
할아버지가 그 마지막 사건에서 해낸 역할에 감사하며 부족
전체가 그분의 죽음을 추모했습니다.

움직이는 도시

우리 부족이 새로운 사냥터를 찾기 위해 어시니보인 강에서 미주리 강 상류에 이르는 기나긴 여행을 시작한 지 삼십 년 가량 된 것 같습니다. 이 두 강 사이에 전에는 그렇게도 많던 버팔로가 그 지역을 차지한 캐나다 혼혈인들 때문에 모습을 감추기 시작했습니다. 또한 영국인 사냥꾼들이 처음으로 밀어닥치기도 했는데, 이들은 엄청난 살상 무기를 동원해 버팔로 떼를 대량 살육했습니다. 겉보기에도 아주 영리한 이 동물들이 우리 같은 원주민들에게 '창백한 얼굴(백인)'의 접근을 정확하게 예언했던 것입니다.

우리가 예상한 대로, 드넓은 평원을 가로지르며 천천히 여행하면서 보니 사냥감이 매우 드물었습니다. 영양 떼와 물새

떼만 이따금씩 있었고 여기저기서 홀로 된 수컷 버팔로가 이렇다 할 목적지도 없이 떠돌아다녔습니다. 처음에 우리 일행은 숫자가 적었지만, 길을 가면서 아주 친한 부족인 어시니보인 족과 수 족의 서쪽 무리와 마주쳤습니다.

하루하루 캠프를 세우며 십오에서 삼십 킬로미터씩 나아갔습니다. 혹 여러분은 그처럼 화려한 행렬이 어떤 모습으로 움직일까 호기심을 가질지도 모르겠습니다. 탈 것이라곤 조랑말과 몸집이 큰 에스키모 개가 끄는 간단한 썰매뿐이었습니다. 한 쌍의 끌채를 동물 양옆에 묶어서 땅 위에 끌면서 갔습니다. 양쪽 끌채 사이에 매달린 커다란 바구니는 물건을 넣고 아이를 위한 안전한 보금자리로 쓰였습니다. 때로는 기력이 없는 나이 든 할머니를 위한 자리로도 쓰였습니다. 살림살이 대부분은 짐 싣는 조랑말이 맡았습니다. 인디언의 짐꾼인 조랑말은 민첩함과 영리함에서 다른 누구보다도 뛰어났습니다.

행렬의 길이는 거의 천오백 미터에 달했습니다. 맨 앞에는 수많은 나이 든 전사들이 걸어갔는데, 이분들은 꽉 채운 담뱃대를 지녔고 언제 어디에서 멈출지를 결정하셨습니다. 아주 더운 날이면 옮겨 다니는 집안 일을 떠맡은 여자들이 심한 고통을 겪었습니다. 짐 싣는 개는 유달리 다루기 힘들었습니다. 이놈들은 쉬 목이 말라 짐을 실은 채 물 속으로 뛰어들기 일쑤였습니다. 여자들의 잔소리, 노인들의 노랫소리, 인디언 멋쟁이들이 외치는 소리로 행렬은 몹시 시끄러웠는데 보통의 여행단이 아니라 움직이는 도시에서 나는 소리 같았습니다.

이번 여행에는 흥분을 감출 수 없는 일화들이 따라다녔습니다. 작은 아버지가 본진을 벗어나 몇 명의 일행과 함께 남쪽으로 달아나듯 떠났습니다. 작은 아버지는 여름마다 자주 그랬듯이, 우리 가족에게 해를 입힌 백인들에게 앙갚음을 할 방법을 찾기 위해서였습니다. 이번에는 북부 다코타의 토튼 요새와 버톨드 요새 사이에서 한 무리의 군인들과 마주쳤습니다. 작은 아버지는 식사를 하고 있던 부대를, 그것도 밝은 대낮에 깜짝 놀라게 하면서, 소중하게 등에 지고 있던 비상 식량을 비롯해 흰 말 한 마리와 거의 모든 노새를 포함한 일체의 장비들을 빼앗았습니다. 의심할 것도 없이 이 군인들은 대규모의 인디언들에게 공격을 받았다고 요새에 보고했고, 감히 짐작컨대 자신들이 용맹하게 막아 냈다고 허풍을 떨어서 더러 승진이 되기도 했을 것입니다! 사실은 내가 말한 그대로입니다. 작은 아버지는 흰 말을 집으로 데려왔고, 그런대로 쓸만한 스페인 산 노새들은 다른 사람들이 데려갔습니다. 사람들이 가져 온 물건 가운데 부푼 빵이 몇 덩어리 있었는데, 생전 처음 보는 것이라 모두의 호기심을 끌었습니다. 우리는 단단하면서 구멍이 숭숭 뚫린 그 빵 모양을 보고 허파 빵이라고 불렀습니다.

출정대가 그렇게 많은 전리품을 안고 되돌아오면 늘 춤판과 잔치 판이 크게 벌어졌지만, 이번 경우에는 그 같은 일이 전혀 없었습니다. 그리고 그때 우리에겐 백인을 대하는 오래된 전통이 있었는데, 그것은 백인들이 강제에 못이겨 싸우는 것에 불과하다면 우리로서는 그들을 정복할 명분이 없다는 것입니다. 정말로 싸움이 벌어진다면, 그리고 우리 가운데 누군가가 목숨을 잃는다면 더러 열망이 생길지도 모릅니다.

어떤 사냥꾼이 화살 하나를 날려 세 마리의 영양을 잡는 기막힌 기술을 내보인 것도 이번 여행에서 있었던 일입니다. 이 말에 누군가는 분명 의심을 품을지도 모릅니다. 그러나 내가 보증하건대 실제로 그런 일이 일어났습니다. 그러니까 그때, 반도 모양의 늪지로 내몰린 영양들은 좁은 땅에 꽉 들어차 거의 빠져나갈 구멍이 없었습니다. 많은 사람들이 칼과 화살을 들고 급히 달려갔습니다. 이름은 '회색 발'. 몸집이 좋고 키도 크며 더할 나위 없이 빼어난 사냥꾼인 그 사나이가 실제로 세 놈의 영양을 향해 화살을 쏘았습니다. 그 기막힌 묘기는 힘만으로는 이룰 수 없었습니다. 절묘한 기술도 필요하기 때문입니다.

어느 날은 훌륭한 젊은이 한 명을 앗아간 불행이 강가에서 일어났습니다. 내가 존경해 마지않던 삼촌 한 분이 바로 그 주인공이었습니다. 삼촌에게는 크리스천 식 이름이 있었습니다. 보통 야곱이라고 불렸습니다. 내가 미국 사회에 편입되기 전에는 어째서 그처럼 기묘하고 아무 뜻도 없는 이름을 지니게 되었는지 몰랐습니다. 그분의 아버지는 1862년의 미네소타 대학살이 있기 전, 초창기 선교사 중 한 사람에 의해 개종했고, 그래서 삼촌이 야곱이라는 세례명을 갖게 된 것입니다. 삼촌은 내가 보기에 이상적인 숲 사람이자 사냥꾼이었고 진정한 영웅이었습니다. 백인 군인들을 공격하여 패주시킨 일곱 명의 무리 가운데 한 분이셨습니다.

사고는 이렇게 일어났습니다. 야곱 삼촌이 백인 군인들에게 쓸 만한 노새 두 마리를 빼앗아 왔는데, 그 뒤 곧바로 그 노새 두 마리를 몹시 사고 싶어하는 캐나다 혼혈인 몇 명을 만났습니다. 이 젊은 인디언은 팔려고 하지 않았습니다. 쓸만한 노새 두 마리를 결코 놓치고 싶지 않았던 것이지요. 그런데 혼혈인 가운데 어떤 사람이 수단을 가리지 않고 이 노새들을 차지하려고 했습니다. 그는 야곱 삼촌을 식사에 초대하여 위스키를 대접했습니다. 그리고 삼촌이 술을 거절하자 술을 거절하는 것은 무례한 행동이라고 핑계를 대더니 총을 들어 손님을 쏴죽였습니다.

순식간에 전례 없는 흥분이 캠프 전체에 일었습니다. 남녀 가릴 것 없이 인디언 어른 모두가 살인자를 없애기 위해 '그을린 나무들'의 캠프를 공격하자고 열을 올렸습니다. 여자들의 울부짖는 소리와 장송곡 소리로 혼란 상태는 더 견딜 수 없는 지경이 되었습니다.

이제 혼혈인 한 명 당 우리 편 숫자는 열 명이 되었습니다. 이륜 마차로 만들어진 원 안에서 혼혈인들은 목숨을 건 저항을 준비했습니다. 그들의 조그마한 캠프 주위 언덕은 전사들로 뒤덮였고 추장의 신호가 떨어지면 일제히 달려들 준비가 되어 있었습니다.

그러나 노인들은 혼혈인들에게 무슨 요구를 할지 회의를 열어 의논하고 있었습니다. 살인자는 우리에게 항복하여 평원의 법에 따라 벌을 받아야 한다는 결정이 내려졌습니다. 그러나 혼혈인들이 살인자의 항복을 거절할 경우에는 그들 주위에 불을 피우고 그런 다음 저들의 말을 훔쳐 내거나 아니면 캠프를 가로질러 습격하기로 결정을 내렸습니다.

바로 그때, 무두질한 지 얼마 안 되는 하얀색 사슴 가죽 한 조각이 '그을린 나무들'의 캠프 가운데 세워졌습니다. 휴전 깃발이었습니다. 혼혈인 가운데 한 명이 무장을 하지 않고 평화 협상의 신호를 보내며 원로 회의 오두막으로 다가왔습니다. 그 사람은 여전히 회의 중인 원로 회의에 참석했습니다. 그리고 살인자를 넘겨주거나 아니면 살인자가 가진 모든 것을 죽은 남자의 부모에게 주어야 한다는 원로 회의의 제안을 받아들였습니다.

희생자의 부모는 자격 없는 판사로 여겨졌기 때문에, 이어지는 어떤 논의에서도 부모는 아무 말도 못하도록 되어 있었습니다. 마침내 원로 회의는 다음과 같이 결정했습니다. 살인자의 목숨은 살려 준다. 그러나 공개적인 채찍질로 모욕을 받아야 하며 세속의 재산을 모두 희생자의 부모에게 넘겨 주어야 한다. 이 선고는 곧바로 실행에 옮겨졌습니다.

유랑 생활에서 우리 부족이 지켜온 몇 가지 관습이 있습니다. 원로 회의와 경찰 집행관이 있었는데, 집행관은 언제나 추장이 맡는 것은 아니며 종족 가운데 한 사람이 정해진 기간 동안 이 자리에 임명되었습니다. 또한 원로 회의에 계속해서 참

석하는 현명한 어른이 드물게 일어나는 범법 사건에서 재판
관 노릇을 맡아보셨습니다.

　단순한 우리 식 정부는 길이가 십오 센티미터가량 되는 작
은 막대기를 나눠주는 행사로 유지됐습니다. 막대기가 백여
개가량 있었는데, 그 막대기를 지키는 경찰이나 군인이 며칠
걸러 한 번씩 사람들에게 막대기를 나눠 줬습니다. 이 막대기
가운데 하나를 받은 사람은 누구나 오 일이나 십 일 안에 식량
한 짐과 함께 되돌려 줘야 했습니다. 규정된 시간을 넘겨서 막
대기를 가지고 있게 되면 경찰이 의무를 어긴 전사를 불러 해
명을 요구합니다. 그가 응답을 안 할 경우, 경찰들은 그의 티
피를 무너뜨리거나 무기를 빼앗을 수 있습니다. 막대기가 모
두 되돌아오면 경찰은 다른 사람에게 다시 나눠 줍니다. 그렇
게 돌아오는 식량들로 원로 회의 오두막이 유지되지요.

　또 출정길에서 용맹을 떨치지 못한 사람은 다른 사람의 집
을 무너뜨리지 못하는 것이 관습이었습니다. 이것은 인디언
경찰관이 되는 데 꼭 필요한 자격 요건이기도 합니다. 이들 경
찰관들은 다른 사람들은 사냥을 별로 못했는데 몇몇 개인이
사냥을 너무 많이 하지 않도록 두루 살피는 일도 맡았습니다.
독립해서 사냥을 해서도 안 되었습니다. 사냥감은 사냥 정찰
대가 주의 깊게 살펴본 다음 동물 떼가 발견되면 곧 바로 원로
회의에 보고하게 됩니다. 그 뒤 사냥 시간과 방법이 공개적으
로 선포되었습니다.

　전령이 버팔로 떼가 가까이 다가왔다는 소식을 어떻게 알렸

는지 기억이 선합니다. 어린아이들이 노인의 주위를 맴돌다
가 발을 걸어 넘어뜨리면 그날 사냥은 성공이라고 믿었습니
다. 그러니 노인이 더 자주 넘어질수록 사냥은 더 큰 성공을
이룰 터였습니다! 버팔로 떼를 알리는 신호 소리에는 특별한
호각을 썼습니다. 전령이 나타나자마자 아이들은 모두 호각
을 불며 떼지어 불쌍한 노인네를 쫓아다녔습니다. 물론 노인
네는 아이들을 피하려 애썼지만 보통은 아이들이 더 빨랐습
니다.

정찰병은 사냥을 위한 정찰병과 전쟁을 위한 정찰병, 두 종
류가 있었습니다. 어떤 점에서는 인디언들 모두가 정찰병이
었습니다. 그러나 일정 기간 정찰을 맡도록 특별히 임명된 사
람들이 더러 있었습니다. 인디언이라면 날마다 사냥을 해야
했고 그것도 규칙에 따라 조직된 사냥을 해야 했습니다. 그런
데 자칫 잘못하면 벌을 받을 수도 있습니다. 동물 떼를 놀라게
하지 않고 버팔로 한 마리 또는 사슴 한 마리를 잡을 수 있다
면 그런 일은 허용되었습니다. 작은 사냥감 또한 사냥해도 되
었습니다.

이 같은 통치 방식 아래 있는 움직이는 공동체는 불편함도
있지만 실제 고통이 뒤따르기 쉽습니다. 몸집이 큰 행렬을 하
루하루의 사냥으로만 부양해야 했기 때문입니다. 그래서 먹
을거리를 더 쉽고 더 자유롭게 얻기 위해, 끊임없이 더 작은
무리로 쪼개는 가지치기가 이루어집니다. 그러나 다코타의
현자들은 때로 이천 명에서 오천 명에 이르는 거대한 무리를

이루어 몇 달이고 같이 캠프를 치며 옮겨다녔습니다. 분명히 그렇게 큰 몸집으로는 생활 필수품을 쉽게 조달할 수 없습니다. 그러나 다른 한편, 우리의 적들은 그렇게 모일 수 있는 우리를 존경했습니다! 물론 유랑민의 정부는 가능하면 다수가 함께할 수 있도록 최선을 다했습니다. 경찰은 몰래 떠나려고 하는 무리들을 막는 데 힘을 쏟았습니다.

하지만 개별 무리들과 심지어 가족들조차 더 나은 생활 수단을 얻기 위해 어쩔 수 없이 본진에서 떨어져 나가는 일이 여러 번 있었습니다. 인디언들이 도시에 영원히 정착하거나 더 무시무시한 나라에 편입될 수 없는 주된 이유는 이 먹을거리 문제 때문이었습니다.

여러 세대 전에 일어난 일이긴 하지만 우리들 사이에서 흔히 이야기되는 서글프고 불행한 사연이 있습니다.

자기들끼리 멋대로 살아가던 어떤 무리가 있었습니다. 이들은 보통의 지배 질서를 제 마음대로 어길 만큼 갈 데까지 간 사람들이었습니다. 경찰은 그 우두머리를 심하게 벌주라는 명령을 받았습니다. 그런데 무리는 자신들의 우두머리를 방어하며 경찰에 저항했습니다. 경찰들은 자신들의 권위를 지켜 내야만 했으므로 그 결과 무리 전체가 몰살됐습니다.

어느 날 미주리 강 상류 연안을 따라 가고 있었을 때, 행렬 앞쪽에 커다란 방해물이 나타난 듯 보였습니다. 너무 커서 크로 족이나 이 지역의 호전적인 다른 종족의 공격을 받은 것이라고들 생각했습니다. 위험을 무릅쓰고 여자와 아이들이 사냥을 가지 않고 남아 있던 남자 어른들과 합류하러 서둘러 앞으로 갔습니다. 전사들은 대부분 보통 때처럼 밖으로 사냥하러 나갔고, 큰 아이들과 노인들만이 여자들과 어린아이들과 함께 가재 도구를 싣고 여행하던 중이었습니다.

앞쪽으로 다가감에 따라 요란한 함성과 총 소리가 커졌습니다. 그런데 우리 일행이 문제의 지점에 도착하기도 전에 모든 일이 끝나 버렸습니다. 장애물은 바로 인디언 수백 명의 행진도 한 손으로 족히 막을 수 있을 만큼 커다란 회색곰이었습니다. 여느 때처럼 행렬의 선두에서 천천히 걷고 있던 원로 회의 분들이 맨 처음 곰과 맞닥뜨렸는데, 이놈의 곰이 다가오는 물체의 모습을 잘못보았는지 무례하게도 어르신들을 무시한 것입니다.

원로 회의 분들은 모두 은퇴한 추장과 전사들로서 용맹을 펼쳐 보이고 싶은 불타는 욕망을 오랫동안 식혀 왔던 분들입니다. 그분들의 현재 임무는 우리 종족의 복지를 위해 조용히 심사숙고하는 일이었습니다. 이들 원로 회의 분들 가운데 나이 지긋하고 이름난 두 분의 전쟁 추장이 계셨습니다. 이 분들은 제각기 사슴 가죽을 장식으로 입힌 전투용 창을 들고 계셨습니다. 회색곰이 겁없이 덤벼들자 두 분은 재빨리 로브를 벗어 던진 다음 손에 창을 들고 그 무시무시한 동물과 싸우려고 앞으로 튀어 나갔습니다. 두 분은 곰과 마주 보며 삼 미터 정도 거리를 유지한 채 양쪽으로 갈라섰습니다. 이는 그분들 가슴 속에는 언제든지 발휘할 수 있는 용맹함이 여전히 살아 있다는 증거였습니다.

예상대로 그 무서운 야수는 엉덩이를 들고 일어서서 사납게 으르렁거리더니 입을 쩍 벌리며 앞으로 달려들었습니다. 그놈은 창 끝을 세워 찌를 준비를 하던 왼쪽 사람을 빤히 쳐다보더니 강력한 앞발로 휙 내리쳤습니다. 창이 땅바닥으로 내동댕이쳐졌습니다. 그러나 동시에 오른쪽에서 날카로운 창이 회색곰의 옆구리를 깊숙이 찔러 요리했습니다.

곰은 사람과 다를 바 없는 신음 소리를 내뱉더니 세차게 창을 잡아챘습니다. 그 바람에 창을 들고 있던 사람이 땅 바닥에 내동댕이 쳐졌습니다. 회색곰이 창을 몸에서 뽑아내자 왼쪽에 서 있던 어르신이 다시 창을 집어 들고 곰의 뒤쪽에서 찔러 버렸습니다. 이에 곰은 뒤로 돌아 노인을 때려 넘어뜨리더니 다시 창을 뽑아내려고 안간 힘을 썼다.

이때가 되자 개와 사람들이 모두 가까이 왔습니다. 곰의 단단한 가죽으로 화살과 총알이 수도 없이 쏟아졌습니다. 하지만 곰의 뒤꿈치에 달려들어 줄기차게 괴롭힌 저 작고 혈기왕성한 개들이 아니었다면, 아마 두 분 공격자는 모두 돌아가셨을지도 모릅니다. 마침내 치명적인 소총 한 방이 그놈을 쓰러뜨렸습니다.

두 분 노인은 심한 타박상을 입고 여기저기 찢겼지만, 상처가 곧 회복되었고, 그날부터 저 어마어마한 '곰과 겨룬 사람', '회색곰을 이긴 사람' 이란 이름을 얻게 되었습니다.

산을 오르는 불 배

저 끔찍한 미네소타 대학살이 고향에서 일어난 뒤 내가 감옥에 갇혔을 때 나는 아직 어렸습니다. 우리는 백인을 '큰 칼들'이라고 불렀는데 이들의 확실한 정체를 거의 몰랐습니다. 내 아버지가 패배해 포로가 된 뒤, 어떻게 내가 작은 아버지 집에 양자로 들어갔는지는 이미 들어 알고 있었습니다. 우리는 모두 아버지께서 미네소타의 맨카토에서 처형된 사람들과 운명을 함께했으리라 여겼습니다.

당시 우리 부족의 철학자들은 전장에서 복수하기를 고귀한 미덕으로 우러러보았습니다. 친척이나 절친한 친구의 죽음에 앙갚음하는 것은 훌륭한 행위로 여겨졌습니다. 따라서 작은 아버지는 어린 나에게 아버지와 형들의 복수를 해야만 한다는 생가을 신어주기 위해 애를 쓰셨습니다. 이미 나는 작은 아버지의 가르침을 옮길 기회를 잡기만 열렬히 고대하고 있었습니다. 그러는 중에도 작은 아버지께서는 해마다 여름이면 출정길에 올라 적들의 머리 가죽을 가지고 돌아오셨습니다. 그러니 내가 '큰 칼들'에게 어떤 생각을 품고 있었는지 상상이 갈 것입니다!

　백인들이 가지고 있다는 믿기지 않는 물건들 이야기를 들은 적도 있었습니다. 그래서 어떤 점에선 그들을 경멸하면서도 또 다른 점에선 와칸 종족, 즉 힘이 초자연의 영역에까지 닿는 신비한 종족으로 여겼습니다. 백인들이 '불을 뿜는 배'를 만들었다는 말도 들었습니다. 나는 함께 있을 수 없는 두 가지 요소를 어떻게 백인들이 하나로 묶을 수 있는지 도저히 납득할 수 없었습니다. 나는 물은 불을 끄고, 또 기회만 되면 불은 배를 삼켜 버린다고 생각했습니다. 그런데 '불을 뿜는 배'라니, 이것은 내게 앞뒤가 맞지 않는 일이었습니다! 게다가 '큰 칼들'이 '산을 오르는 불 배(기관차)'를 만들었다는 말을 들었을 때는 너무 엄청난 일이라 도저히 믿을 수가 없었습니다.

　"왜 그런가 하면, 이 괴물이 움직이는 것을 본 사람들이 말하길 그놈이 흥분한 것처럼 보일 때면 산에서 산으로 뛰어 다닌다고 했어. 또 이런 말도 하더군. 그놈이 빠르게 달릴 때 전투 함성이 자주 들리는 것으로 미루어 보건대, 선더 버드를 신고 다니는 것 같다고 말이야!" 하며 어떤 사람이 일러 주었습니다.

북대서양에서 처음 기차를, 그것도 멀리서 본 전사 몇 명이 백인들의 놀라운 물건에 지나치게 과도한 인상을 받았던 것이지요. 전사들은 기차가 깊은 계곡을 잇는 다리를 넘어가는 모습을 보고는 그만 언덕에서 언덕으로 뛰어 다니는 것처럼 생각했던 것입니다. 고백하건대 이 이야기는 '큰 칼들'에 대한 내 불타는 복수의 열정과 용기를 거의 꺾어 버렸습니다.

두세 명의 젊은이는 계속 그 무서운 물건에 대해 함께 이야기를 나누었습니다.

한 사람이 말했습니다. "근데, 내가 알기로 산을 오르는 불배는 만들어진 길 말고는 움직일 수 없다던대."

어린아이는 형들의 대화에 끼어들어선 안되었지만, 나는 감히 물어보았습니다.

"그러면 그놈은 거친 땅으로 우릴 쫓아오지는 못하겠네요?"

"그럼, 그렇게는 할 수 없지." 하며 대답했는데, 그 말을 듣고 나는 너무 안심이 되었습니다.

나는 프랑스 계 캐나다 인들이 가져온 총과 여러 가지 물건을 본 적이 있어서 백인들의 초자연적인 선물에 대해서는 이미 어느 정도 알고 있었습니다. 하지만 그날 아침 들은 것과 같은 이야기는 전혀 들어본 적이 없었습니다. 미주리 강이며 미시시피 강에 다리를 놓았다는 이야기, 그리고 언덕 높이가 될 때까지 돌과 벽돌을 쌓아 올려 지은 거대한 집들이 있다는 이야기도 들었습니다. 내 머리는 이런 것들로 해서 여러 날 혼

221

란스러웠습니다. 마침내 자은 아버지께 왜 '위대한 정령' 께서
는 우리 다코타 사람들이 아니라 그런 와시부(부자들) —— 때
로 우리는 백인을 이 이름으로 불렀습니다 —— 에게 그런 힘을
주었는지 여쭈었습니다.

　작은 아버지께서 말씀하셨지요.

　" '위대한 정령' 께서 두타 족에게 훌륭한 활과 화살을 만드
는 기술을 주고 와스네 족에게는 어떤 것도 만들 기술을 주지
않은 것과 같은 이유란다."

　"그리고 왜 '큰 칼들' 은 타코다 사람들보다 숫자가 그렇게
많이 늘어났어요?" 하며 나는 계속해서 여쭈었습니다.

　"그네들 가족은 우리보다 숫자가 더 많다고들 하는데 그것
이 틀림없는 것 같구나. 내가 이쉬차(독일 사람)의 집을 방문
했는데, 수를 세어 보니 아이들이 아홉 명이나 있더구나. 제일
큰 아이가 열다섯 살을 넘지 않았어. 내 할아버지께서 처음 미
시시피 강 입구 아래에 있는 그들을 찾아갔을 때는 숫자가 비
교적 적었단다. 그 뒤 내 아버지께서 워싱턴에서 그들의 위대
한 아버지를 찾아갔을 때는 그들은 이미 온 나라에 두루 퍼져
있었지.

　확실히 그들은 냉혹한 민족이야. 자기네 사람들을 하인, 응
그래 노예로 부린단 말이지. 우리는 노예를 부린다는 것은 결
코 생각해 본 적도 없는데 말이다. 그런데 그들은 그렇게 하는
것 같단 말이야. 우리가 믿기에 그네들은 오래 전에 하인들을
다른 사람들과 구별하기 위해 검은색을 칠한 게 아닐까 싶다.

이제 노예들은 자기와 똑같은 검은색의 아이를 낳게 된 거야.

백인들의 가장 큰 목표는 재산을 얻는 것, 부자가 되는 것인 듯하더구나. 세상을 모두 얻고자 하지. 삼십 년 동안 자기들에게 땅을 팔라고 꼬드겨 왔어. 마침내 폭동으로 그들은 모든 것을 얻었고 우리는 아름다운 우리 땅에서 쫓겨다니게 된 거야.

백인들은 놀라운 사람들이란다. 해를 달로 나누듯이 하루를 시간으로 나누지. 사실, 그들은 모든 것을 숫자로 잰단다. 그들 가운데 어느 누구도 값을 완전히 받지 않으면 자기 밭의 순무조차 팔려고 하지 않는단다. 그들 중에서도 '고귀한 사람'들이 축제를 벌여 많은 이들을 초대하는데, 축제가 끝나면 손님들은 그 집을 떠나기 전에 자기가 먹은 음식 값을 치러야 한다는 것도 알고 있지. 화이트 클리프에서 쇠북과 종으로 사람들을 자기 탁자로 불러들이던 사람을 내 눈으로 봤단다. 그런데 그가 사람들을 안으로 들이면서 밥값을 받는 거야!"

"도저히 믿기지 않는 일이지만, 이런 얘기도 들었단다." 하며 작은 아버지는 계속 말씀하셨습니다. "백인들의 위대한 추장(대통령)은 자기가 사는 땅과 자기가 개인적으로 쓰는 물건 값을 모든 사람이 해마다 물게 한다는 거야. 생활비조차도 말이야!(이것은 세금에 대한 작은 아버지의 생각입니다)" 확신하건대 우리는 그 같은 법 아래서 살 수는 없었습니다.

"폭동이 일어났을 때, 우리는 기회가 왔다고 생각했지. 왜냐하면 '큰 칼들'이 노예 문제를 둘러싼 다툼으로 자기네들끼리 싸우는 것으로 알고 있었기 때문이지. 백인들의 위대한 추장이 나라의 한쪽에는 노예를 허락하고 다른 곳에선 허락하지 않아서 서로 질시하며 싸울 수밖에 없다는 말을 들었단다. 어떻게 이런 일이 사실일 수 있는지 우린 알지 못했지.

분쟁이 일어나기 전에 우리에게 가끔씩 찾아오던 기도하는 사람이 더러 있었단다. 그네들은 일곱 번째 날을 신성한 날로 지켰단다. 그런 목적으로 지은 집에서 일곱 번째 날마다 모여 그네들의 '위대한 정령'에 대해 이야기하고 노래하고 기도했단다. 나는 그 모임에 한 번도 참석하지 않았어. 그렇지만 그네들이 읽는 커다란 책을 알고 있단다. 누구 말을 들어 봐도 그네들은 우리가 알던 백인들과 상당히 달랐어. 왜냐하면 우리가 알던 백인들은 신성한 날 같은 건 전혀 지키지 않았고 기도하는 모습을 전혀 본 적도 없지. 자기네 '위대한 정령'에 대해서도 우리에게 이야기하지 않았단다.

전쟁을 할 때면 그들에겐 지도자와 여러 계급의 추장이 있단다. 보통 병사들은 영양 떼처럼 적을 향해 앞으로 내몰리지. 개인의 용맹함에 따라 싸우는 게 아니라 강요에 따라 싸우는 거지. 그래서 우리라면 단 한 명의 전사라도 상당수의 백인 용사들에게 커다란 피해를 입힐 수 있단다."

작은 아버지와 나눈 이 대화로 나는 처음으로 백인들에 대한 생각을 뚜렷이 가지게 되었습니다.

작은 아버지가 내게 허드슨 베이 총을 선물한 것은 열다섯 살 무렵이었습니다. "신비한 쇠"와 폭발하는 먼지 즉, "화약가루"를 가지게 되면서부터 말 그대로 나는 새로운 생각을 품게 되었습니다. 어렸을 적부터 들어온 전쟁의 노래가 모두 그 노래의 영웅들과 함께 내게 다가왔습니다. 마치 나는 완전히 새로운 존재가 된 듯했습니다. 소년이 어른이 된 것입니다!

"난 이제 나이를 먹을 만큼 먹었어. 그러니 작은 아버지께 말씀드려 다음 출정길에 함께 데려가 달라고 해야겠군. 이제 곧 백인들에게 달려가 아버지와 형제들의 피에 앙갚음할 수 있을 거야." 하며 혼잣말을 했습니다.

벌써 나는 '위대한 정령' 께 축복을 빌기 시작했습니다. 날이면 날마다 내가 잡은 사냥감을 제물로 바쳤고 그래서 그분께선 나를 슬프게 하지 않을 터였습니다. 동족들은 낮 동안 내 모습을 거의 볼 수 없었습니다. 왜냐하면 나 혼자서 내게 필요한 힘을 찾았기 때문입니다. 야생에서 손으로 더듬듯 찾아 헤맸고 한 남자로서의 위치를 찾으려고 마음먹고 있었습니다. 어린애 같은 방식은 사라져 갔고, 무뚝뚝한 위엄과 평정이 제자리를 잡아갔습니다.

사랑의 감정도 내 야망을 가로막지는 못했습니다. 명성을 떨치고 독수리 깃털을 얻은 뒤, 언젠가는 아리따운 아가씨에게 청혼하리라는 어슴푸레한 꿈을 꾼 적도 있습니다.

어느 날, 내가 늘 하던 사냥을 나가고 캠프에 없을 때 합중국에서 온 이방인 두 명이 우리 캠프를 찾았습니다. 용감하게도 북쪽 경계를 넘어온 것입니다. 그들은 인디언이었지만, 백인의 옷을 차려입었더군요. 그 가운데 한 분이 바로 아버지셨습니다.

아버지는 인디언 안내자와 함께 여러 날 동안 이곳저곳을 뒤진 뒤 마침내 우리를 찾아내셨습니다. 아버지는 대학살이나 그 뒤의 전투에 연루된 사람들과 함께 아이오와의 데이븐포트에 투옥되셨고, 개척 선교사인 리그스 박사님에게 감옥에서 가르침을 받고 개종하셨습니다. 아버지는 사형까지 언도받았지만 직접 증거가 드러나지 않아 결국 링컨 대통령에게 사면을 받은 사람들 가운데 한 분이셨습니다.

아버지는 풀려난 후 미주리 강의 새로운 인디언 보호 구역에 되돌아 왔는데, 그곳 정부 보호 구역에서의 생활은 육체와 정신의 타락을 의미한다고 곧바로 확신하게 되셨습니다. 그래서 다른 몇 사람과 함께 백인의 생활 방식을 시도하기로 결정하셨습니다. 그래서 관리의 설득을 뿌리치고 보호 구역을 떠나셨고, 정부의 지원을 모두 포기하셨으며, 미국의 자작 농장법에 따라 빅 수 강에 땅을 불하받으셨습니다. 아버님은 그곳에서 가정을 꾸린 뒤, 헤어진 아이들을 찾고 싶어하셨습니다. 그 당시만 해도 경계를 넘는 일은 위험한 시도였지만, 당신의 크리스천 아내가 그렇게 하시도록 북돋워 주셨습니다. 그래서 훌륭한 안내자를 얻어 곧장 광대한 야생 지대를 찾아나선 것입니다.

나로서는 캠프로 돌아오면서 그처럼 희한한 일은 꿈도 꾸지 못했습니다. 사냥감을 어깨에 메고 캠프로 다가갔을 때, 야생 생활에서 전혀 낯선 문명 생활로 느닷없이 내던져지리라고는 전혀 예감하지 못했습니다.

　내 어린 시절의 삶과 교육에 대한 작은 아버지의 구구절절
한 설명을 참을성 있게 들으시던 아버지는 내 모습을 보시더
니 무척이나 흥분하셨습니다. 아버지는 열렬히 아들을 껴안
고 싶어하셨고, 어떤 상황인지를 막 전해 들은 아들은 그때만
해도, 아버지의 피를 앙갚음하는 데 이미 삶의 목표를 두고 있
었습니다. 사랑이 넘치는 아버지는 티피에 앉아 아들이 오는
것을 그저 바라볼 수만은 없었고, 그래서 아들을 만나러 일어
서셨습니다. 작은 아버지가 안전을 보증하기 위해 아버지를
따라 일어서셨습니다.

　'큰 칼들'의 옷을 입고 작은 아버지와 함께 다가오고 있는
사람의 모습을 보자 내 얼굴은 기묘한 흥분으로 불타올랐습
니다.

　"도대체 무슨 일이죠, 작은 아버지?"

　"얘야, 돌아가셨다고 슬퍼했던 네 아버님이시자 내 형님이
시다. 너 때문에 오셨어."

　아버지가 말씀하셨습니다.

　"내 아들이 튼튼하고 용감하게 자라 기쁘기 그지없다. 네
형들은 백인의 생활 방식을 받아들였단다. 네게도 이 새로운
방식을 가르쳐 주러 왔어. 네가 훌륭한 사람으로 자라나길 바
란다."

　아버지는 문명 세계의 옷가지 몇 벌을 내게 주셨습니다. 처
음엔 내가 그렇게도 심하게 미워하던 사람들이 만든 옷을 입
으려니 무척이나 싫었습니다. 그러나 결국에는 그 사람들이

아버지와 형들을 죽이지 않았다는 생각으로 스스로를 위안하
며 그 옷을 입었습니다.

며칠 뒤 우리는 미국으로 떠났습니다. 나는 죽어서 마치 영
혼의 땅을 여행하는 것처럼 느껴졌습니다. 왜냐하면 그때까
지 내가 품고 있던 생각은 모조리 새로운 생각에 자리를 내주
어야 하고 내 삶도 지난날의 삶과 완전히 달라질 터였기 때문
입니다.

그래도 나는 백인들의 놀라운 발명품 몇 가지는 굉장히 보
고 싶었습니다. 그 순간을 생각하니 생생한 흥미와 상상력이
재빨리 머리 속을 스치고 지나갔습니다.

아버지는 '산을 오르는 불 배'의 궤도가 제임스타운에 있
어서 언제라도 '불 배'를 볼 수 있다는 말씀을 잊어버리셨습
니다. 조랑말을 씻기고 있을 때, 특이한 날카로운 소리가 바로
언덕 뒤편에서 세차게 울려 왔습니다. 조랑말들이 머리를 뒤
로 빼고 그 소리를 들었습니다. 잠시 후 콧바람을 불며 평원을
달리는 것 같은 소리가 들렸습니다. 경적 소리도 울렸습니다.
나는 조랑말의 등에 올라타 전속력으로 내달렸습니다. 아주
맑은 날이었습니다. 이 세상의 소리 같지 않은 그런 소리를 내
는 것이 무엇인지 상상할 수도 없었습니다. 그것은 마치 세상
이 둘로 막 갈라지려는 소리 같았습니다!

기차가 모습을 드러냈을 때 나는 언덕 위에 있었습니다.

"오!" 혼자 중얼거렸습니다. "저것이 말로만 듣던 '산을 오
르는 불 배'로구나."

그리고는 조랑말을 되돌렸지요.

아버지는 아침마다 성경 책을 읽으시며 찬송가를 부르셨습니다. 나는 며칠 동안 아침 일찍부터 총을 차고 있었습니다. 결국 아버지는 밖으로 나갈 준비를 하던 나를 멈추게 하시고는 기다리라고 명하셨습니다.

나는 크게 놀라며 들었습니다. 아버지가 부르는 찬송가에는 예수라는 단어가 들어 있었습니다. 나는 그 말이 무슨 뜻인지 알아듣지 못했지요. 그러자 아버지께서는, 예수는 신의 아들로 죄인을 구하러 이 땅에 오셨고 아버지께서 나를 찾은 것도 그분 때문이라고 말씀하시더군요. 이 대화는 내 마음에 깊은 인상을 남겼습니다.

늦은 가을 우리는 마침내 사우스 다코타에 있는 플랜드로의 시민 정착촌에 다다랐는데, 그곳에서 아버지는 다른 인디언 몇 명과 백인들 사이에 섞여 살고 계셨습니다. 이곳에서 나의 야생의 삶은 끝났습니다. 학교 생활, 문명의 삶이 시작된 것입니다.

새로운 흔적을 따라가다

한 달쯤 전만 해도 나는 마니토바 황무지를 정처 없이 떠돌아
다니는 사냥꾼이었습니다. 머리 속엔 오직 세상에서 가장 자
유롭고 자연스러운 인디언 생활에 대한 생각밖에 없었습니다.

지금 나는 길다란 숲 가장자리에 서 있는 엉성한 통나무 집
근처에 서 있습니다. 비옥한 빅 수 강 유역을 내려다보면서 말
입니다. 평평하고 너른 평원 끝에 보이는 것이라고는 지평선
과 맞닿은 하늘뿐입니다. 그 끝은 마치 내가 새로운 길을 만날
때마다 느꼈던, 또는 까마득한 목표에 대해 품었던 꿈과도 같
이 거대하면서도 신비하고 무한한 것처럼 느껴졌습니다.

아버지 농장은 넓이가 160에이커〔1에이커는 약 1224평임〕가
넘습니다. 미합중국의 정착민법에 따라 수 강 북쪽 강둑을 따라

펼쳐진 땅을 불하받아 개간하신 것입니다. 여기서는 가장 가까운 이웃도 1.5킬로미터 이상 떨어진 거리에 있습니다. 농장 안의 밭에는 인디언 옥수수와 감자, 밀이 풍성하게 자라고 있었습니다. 3킬로미터쯤 빅 수 강이 반으로 접힐 듯 크게 굽이쳐 흐르는 곳에 개척 부흥 교회와 학교가 있었는데, 그것이 바로 사방 60여 킬로미터 구역에 있는 유일한 '건물' 이었습니다.

조랑말 떼는 평원 위에 풀어 놓고 길렀습니다. 매일 아침 녀석들을 통나무 우리로 데려오는 것이 내게 주어진 첫 번째 임무였습니다. 이날 아침은 몇 놈이, 그러니까 너무도 자유를 사랑한 나머지 우리로 돌아오려 하지 않는, 마치 나 같은 놈들이 사라져서 이리저리 찾아 헤매이던 중이었습니다.

키가 크고 사내답게 생긴 한 사나이가 엄숙한 얼굴로 오두막 앞에 서 있습니다. 참고로, 그 오두막은 그분의 첫 번째 집이었고 그래서 매우 자랑스러워하고 계셨습니다. 사실 그분에게는 평생 동안 살았던 버팔로 가죽 티피가 더 익숙했을지 모릅니다. 그러나 백인들과의 전투에서 패배한 후 아이오와의 데이븐포트에서 포로가 된 이후로 모든 것이 바뀌었습니다. 사 년 동안 군대 수용소에서 묵상을 수행한 끝에 결국 부족들과의 관계를 끊고 정착민이 되었던 것입니다. 다시는 어떤 인디언 폭동에도 참가하지 않겠노라고, 그리고 남은 인생은 당신 손으로 일해서 먹고 살겠노라고 선언하셨지요.

그분은 말했습니다.

"나는 매일 사냥을 하지. 가족들을 먹여 살리기 위해서야.

231

어떤 때는 하루 종일 사슴 무리를 쫓아다니기도 한다. 사람은 누구나 일을 해야 해. 아주 열심히 해야 하지. 그게 사슴을 쫓는 일이건 옥수수를 재배하는 일이건 말이다. 제일 좋은 건 그래도 역시 옥수수를 기르는 일이지."

이것이 바로 우리 아버지의 새로운 인생관입니다. 그것은 아버지 인생을 근본부터 바꾸는 변화였습니다. 아버지는 다른 몇몇 가족들에게도 함께하자고 설득했고 마침내 빅 수 강가 플랜드로에 작은 공동체를 이루게 됐습니다.

문명 사회에서 지낸 초반기에는 아버지가 기대했던 만큼의 성공을 거두지 못한 것은 확실합니다. 어느 해인가는 메뚜기 떼가 몰려와 농작물을 모조리 먹어 치웠고 또 어느 해에는 가뭄으로 농작물이 모두 말라 죽었습니다. 그러나 아버지는 인디언에게 다른 대안이 없다는 사실 때문에 만족하셨습니다. 지금은 아들이 백인들의 말을 배우고 책에서 지식을 얻게 되기를 바라십니다. 왜냐하면 책과 지식이야말로 바로 백인들의 '활과 화살' 역할을 한다는 것을 깨달았기 때문입니다.

"오이예사!" 아버지가 부르십니다. 나는 순순히 아버지에게 갔습니다.

"아들아, 학교에 갈 시간이다." 예의 그 단호한 태도로 아버지가 말씀하셨습니다. 아버지와 나는 이 문제에 대해 이미 얘기를 끝낸 뒤였지만, 막상 정말로 학교에 갈 시간이 되자 나는 마음이 복잡했습니다.

눈을 바닥에 내리깔고 아버지 앞에 섰을 때 어떤 기분이 들었는지 지금도 기억이 선합니다.

"학교에서 뭘 하면 되는데요?"

마침내 나는 아버지께 여쭈었습니다. 그것도 매우 떨리는 당황한 목소리로.

"너는 백인들의 말을 배우게 될 거다. 돈을 세는 법도 알게 될 거고 네 조랑말이 얼마인지, 털가죽은 또 얼마인지 가격도 매길 줄 알게 되지. 백인 선생이 아마 너한테 기호들을 알려 줄 거야. 그러면 말도 이해할 수 있고 책도 읽을 수 있지. 백인 들은 그 기호를 A, B, C 뭐 이렇게들 읽지. 나이가 들었지만 나도 배우고 있다."

더 이상의 설명은 없었습니다. 나는 농장에서 3킬로미터 떨 어진 작은 미션 스쿨을 향해 곧장 길을 떠났습니다. 도대체 어 떻게 해야 할지 몰랐지만, 온 힘을 다해 말을 달리면서 아버지 말씀에 대해 몇 번이고 곰곰이 생각했습니다. 그러나 생각하면 할수록 더 알 수가 없었습니다. 마침내 나는 소리쳤습니다.

"말하고 들을 수 있는데 왜 기호 같은 걸 배워야 하지?"

그리고 갑자기 줄을 당겨 조랑말을 세웠습니다. 지금 생각 해 보면 "백인들이 하는 대로" 배워야 한다는 사실에 절반쯤 은 호기심을, 절반쯤은 두려움을 느꼈던 것 같습니다. 멈춰 선 조랑말은 풀을 뜯기 시작했습니다.

생각에 잠겨 있던 나를 깜짝 놀라게 한 것은 갑자기 들려온 인디언 소년 두 명의 함성과 조랑말 소리였습니다. 내가 풀을 뜯던 조랑말의 머리를 일으켜 세우자 두 이방인도 내 옆에 다가와 헐떡거리는 자기 조랑말을 세웠습니다. 그네들이 나를 바라보는 동안 나도 곁눈질로 바라보았습니다.

"너 어디 가니? 우리 학교에 가는 중이니?" 마침내 한 소년이 물었습니다.

나는 작은 목소리로 대답했습니다.

"우리 아버지가 나한테 백인들의 방식을 가르쳐 주는 곳에 가서 무슨 기호를 배워 오라고 하셨어."

"그것 참 다행이다, 우리도 거기 가는 중이야! 이리 와 봐, '붉은 깃털'아! 새로운 경주를 해야겠어. 내 생각엔 말이지, 우리가 멈추지 않았다면 내 조랑말이 너를 앞질렀을 거야. 우리랑 경주할래?" 그는 계속 내게 말을 걸었습니다. 그리고 우리 셋은 전력을 다해 조랑말을 타고 달리기로 했습니다.

나는 곧 낯선 두 소년들이 꼿꼿하게 선 채 마치 군인처럼 말에 올라타는 것을 알아챘습니다. 그리고 속으로 생각했지요. "분명 백인들처럼 행동하라고 배웠기 때문일거야." 나는 조랑말이 제멋대로 움직이게 내버려 뒀습니다. 그리고 녀석이 숨을 깊이 들이마실 때까지 앞으로 몸을 바짝 기댔습니다. 그런 다음 뒤쪽으로 미끄러지면서 말 어깨에 내 머리를 기댔습니다. 동시에 채찍을 높이 치켜 올렸고 다음 순간 조랑말은 온 힘을 다해 앞으로 튀어 나갔습니다. 나는 두 소년을 앞지르는 순간 함성을 질렀고 강이 가로지르는 곳에 도착했을 때 말을 멈췄습니다. 뒤따라온 두 소년 역시 멈춰 섰습니다. 둘은 나와 내 조랑말을 머리끝에서 발끝까지 훑어보았습니다. 마치 우리 같은 말과 사람은 처음 본 듯한 표정으로 말입니다.

"진짜 빨리 달리는 말을 가졌구나. 캐나다에서 같이 온 거니? 너는 얼마 전에 왔다는 '수많은 번개' 아저씨 아들 같은데." 하며 '붉은 깃털' 이 물었습니다.

"그래, 이건 내 조랑말이야. 캐나다에 있는 우리 작은 아버지는 언제나 이놈을 타고 버팔로를 쫓아다녔지. 작은 아버지랑 전투에도 많이 참가했어." 나는 어깨에 힘을 주고 은근히 자랑하는 말투로 말했습니다.

"글쎄, 이제 여긴 더 이상 사냥할 버팔로 같은 건 없으니까 네 말도 여기 다른 말처럼 쟁기를 끌게 될 거야. 그렇지만 학교에 타고 오면 경주에 참가할 수 있겠다. 성스러운 날에 열리는 청소년 경마 대회 같은 경주에도 말이야."

'붉은 깃털' 과 '흰 물고기' 가 동시에 떠들어 대는 동안 나는 그네들의 말을 주의 깊게 듣고 있었습니다. 모든 것이 내게는 신기하게만 느껴졌기 때문입니다.

"'성스러운 날' 이라는 게 뭐야?" 하며 내가 물었습니다.

"그러니까 그건 백인들의 관습 가운데 하나야. 일곱 번째 되는 날을 '성스러운 날' 이라고 하는데 그날이 되면 백인들은 '성스러운 집' 에 가지. 거기에서 '위대한 정령' 께 기도를 올리는 거야. 그리고 그날은 아무도 일을 해서는 안 돼."

일요일과 교회에 대한 설명은 또다시 나를 생각에 잠기게 했습니다. 도대체 그날이 다른 날들과 어떻게 다르다는 건지 나는 전혀 아는 바가 없었습니다.

235

"그렇지만 어떻게 일곱 번째 날을 세는 거지? 어느 날부터 시작하면 되는 거야?" 나는 다시 물었습니다.

"아, 그건 쉬워! 백인들은 책에다 그런 걸 전부 다 넣어 두거든. 일 년에는 얼마나 많은 날이 있는지도 알 수 있어. 게다가 하루를 아예 똑같은 양으로 나누기까지 한다니까. 백인들은 사람이 하루 동안 얼마나 많이 숨을 쉴 수 있는지도 알아낼 만큼 시간을 나누고 또 나누고 또 나누지."

'흰 물고기'가 꽤나 배운 사람 같은 말투로 덧붙였습니다.

"그건 불가능해." 나는 그렇게 생각했고 그래서 머리를 가로저었습니다.

그맘때 쯤 우리는 두 번째로 강이 가로지르는 지점에 도착했습니다. 강둑에는 작은 미션 스쿨이 서 있었습니다. 학교 주변에는 삼사십 명쯤 되는 인디언 소년들이 둘러서 있었는데, 호기심 어린 눈초리로 가파른 강둑을 올라오는 새로운 방문객들을 지켜보고 있었습니다. 나는 생전 처음으로 내가 호기심의 대상이 되고 있다는 것을 알았습니다. 그리 좋은 기분은 아니었지만, 한편으로는 나 역시 학생들의 이상한 외모에 매우 흥미가 당겼습니다.

그들 모두가 겉만 그럴듯한 백인들의 옷차림을 하고 있었습니다. 그러나 바지는 긴 종류도 아니고 짧은 종류도 아니었습니다. 어떤 아이들은 긴 끈들로 묶은 절반쯤만 코트 같은 것을 걸치고 있었습니다. 다른 아이들은 앞에서 여민 코트를 끈으로 온몸에 단단히 감고 있었습니다. 테두리도 없는 모자를 쓴

아이도 있고 정수리 부분이 없는 모자를 쓴 아이들도 있었는
데 모자에는 한결같이 화려한 색깔이 칠해져 있었습니다. 소
년들은 하나같이 머리가 짧았습니다. 차분하게 가라앉히려고
무던히도 노력한 흔적이 역력했지만, 머리카락은 고슴도치
바늘처럼 삐죽삐죽 솟아 있었습니다. 한쪽에 서서 그 얼룩덜
룩한 옷차림을 유심히 지켜보면서 나는 생각했습니다. 백인
들의 지식을 배우기 위해 저 아이들처럼 하고 다녀야 한단 말
인가. 그건 자신을 배반하는 일이야.

아이들은 공놀이며 갖가지 놀이를 하고 있었습니다. 그러나
나는 조랑말을 나무에 묶은 다음 학교 건물을 향해 걸어갔습
니다. 그리고 마치 벽에 딱 붙어 버린 것 마냥 꼼짝 않고 학교
벽에 기대 있었습니다. 잠시 후 선생님이 나와서 종을 울리자
아이들이 모두 교실로 들어갔습니다. 그러나 나는 들어가기
전 얼마 동안 망설이다 미끄러지듯 교실로 들어가 문에서 가
장 가까운 자리에 앉았습니다. 아무리 생각해도 이곳은 내가
어울리지 않는다는 생각이 계속 들었습니다. 나는 스무 번도
넘게 마음 속으로 속삭였습니다. 아버지께서 나를 학교에 보
내지 않았으면 좋았을 걸.

선생님이 내게 말씀하셨을 때 나는 도대체 무슨 말인지 하
나도 이해할 수 없었습니다. 그래서 내 생각을 전달하려는 노
력도 하지 않았습니다. 행여 무례한 행동으로 비칠까봐 걱정
이 됐던 것입니다. 마침내 선생님은 짧은 수 족 말로 이렇게
물어보셨습니다. "네 이름이 뭐니?" 인디언들과 지낸 지 얼마

되지 않은 선생님이 분명했습니다. 그렇지 않다면야 그런 질문을 하실 리가 없습니다. 인디언에게 이름을 묻다니, 그건 책략가나 외교관들이 인디언을 협박할 때 쓰는 방법이 아닌가! 가련한 선생님은 결국 내 이름 듣기를 포기한 채 강단으로 되돌아가야만 했습니다.

이어서 선생님은 알 수 없는 지시를 내렸는데, 그러자 놀랍게도 학생들이 차례로 책을 펼치더니 이상한 종족의 말을 떠들어 대기 시작했습니다. 그런 다음 벽에 걸린 검은 칠판 위에 신기한 부호를 그렸습니다. 그리고 한 아이에게 그걸 읽어보라고 시키는 것 같았습니다. 그건 새가 지나간 흔적이나 모래 바닥 위에 남은 물고기 지느러미의 흔적을 공부하는 것과는 비교도 안 될 만큼 재미가 없었습니다. 밤새 사로잡혔다가 다음날 아침 양 떼와 함께 꼼짝없이 우리에 갇혀 있음을 알게 된 황야의 새끼 맹수가 나 같은 기분이었을까요. 문명화된다는 게 어떻게 좋다는 건지 나는 전혀 이해할 수 없었습니다.

반면 다른 아이들은 점점 더 익숙해져서 오늘 '새로 온 녀석'에게 어떤 별명을 붙여 줄건지 서로 속닥이고 있었습니다. 마침내 큰 소년들 중 한 명이 '어린애'라고 불렀습니다. 그러나 '새로온 녀석'은 '어린애'라고 불려야 할 이유도 없었고 그렇게 불리고 싶지도 않았습니다.

소년은 조용히 일어나 교실 밖으로 걸어나갔습니다. 자신이 나가는 것에 대해 알릴 생각도 하지 않았습니다. 학생들이 지켜보는 가운데 조랑말을 끌고 강가로 가서 물을 먹인 다음 말 등에 올라타고 집을 향해 힘차게 출발했습니다. 소년이 언덕을 넘어갈 무렵 학생들은 이렇게 응원하고 있었습니다. "우! 우! 장발족 소년이 나가신다!"

학교가 안 보일 때까지 달렸을 때 나는 말에서 내렸습니다. 그리고 집을 향해 천천히 걸었습니다.

"그런 곳에 가면 정말 용감하고 강인한 남자가 된다는 거야?" 나는 스스로에게 되물었습니다. "여기에 더 이상 있을 수 없다고 아버지께 말씀드려야만 해. 캐나다에 있는 작은 아버지께 돌아가야겠어. 내게 사냥하고 활 쏘는 법이며 용감한 용사가 되는 법을 모두 가르쳐 주셨으니까. 나한테 백인처럼 되라고 가르치느니 차라리 버팔로에게 비버처럼 집짓는 법을 가르치는게 낫다고 생각하실 거야."

마침내 오두막에 내가 모습을 드러냈을 때는 날이 저물어 가고 있었습니다.

"도대체 뭐가 문제냐?" 하며 할머니가 말씀하셨습니다. 장래가 촉망되는 젊은 사냥꾼이라고 나를 특별히 자랑스러워하시는 분이셨습니다. 수심으로 가득 찬 침울한 내 얼굴이 미신을 믿는 이 노 여사를 놀라게 했던 것입니다. 그러나 할머니는 아버지가 돌아오시기 전까지 아무 말씀도 하지 않으셨지요.

아버지가 돌아오시자 할머니는 말씀하셨습니다.

"오, 이 모든 것들을 나는 믿을 수가 없구나. '위대한 정령'께서 실수하실 리가 없는데. 우리 부족이 오랫동안 지켜 온 관

습을 바꾼다는 건 우리 믿음을 완전히 저버리는 일이야. 헤아
릴 수도 없을 만큼 까마득한 옛날부터 지켜온 관습을 바꾸다
니. 일전에 네가 말하기로는 학교에 간 아이들이 많이 죽었다
고 하던데 그건 하나도 이상한 일이 아니지. '위대한 정령',
그분을 거역했으니까 그리 된 게다. '위대한 정령'께서 알려
주신 방식대로 살아야 하는데 아이들을 학교에 보내면서 그
걸 바꾸라고 시켰으니 죽은 게야. 우리 아이들을 학교에 보내
는 문제에 대해서는 나는 더 알아봐야겠다."

할머니는 분명한 말투로 당신의 생각을 밝히셨고 가족 모두
가 말없이 그분 말씀을 듣고 있었습니다.

그때 완고한 우리 아버지께서 침묵을 깨며 말씀을 시작하셨
습니다.

"백인들의 지혜를 얻기 위해서라면 저는 어떤 희생이라도
치를 각오가 되어 있어요. 우리는 이미 그들의 삶에 뛰어들었
고 다시 돌아갈 수도 없습니다. 게다가 그들과 어울려 사는 법
을 배우지 못한다면 절름발이 조랑말처럼 살아야 될 거예요."

아버지가 말씀하시는 동안 나는 오두막 구석의 커다란 진흙
아궁이 안에서 활활 타오르고 있는 장작을 물끄러미 쳐다보
고 있었습니다. 학교 같은 곳에는 다시는 가고 싶지 않았습니
다. 그러나 아버지의 논리는 내가 깨뜨리기엔 너무도 견고했
습니다. 다음날 아침 나는 머리를 짧게 자르고 본격적으로 학
교에 다니기 시작했습니다.

아버지 뜻에 따라 규칙적으로 학교에 다니기는 했지만 아직

도 마음은 그리 밝지 못했습니다. 도대체 이 책이란 놈은 어떻게 사냥을 하면 되는지, 아니 어떻게 옥수수를 기르면 되는지조차 말해 주지 않는구나. 마음 속에서는 그런 생각이 점점 더 커져 갔습니다. 그러나 아버지의 입장은 매우 확고했습니다. 반면 새로운 삶에 대한 할머니의 생각 역시 그리 좋은 것이 아니었습니다.

내 처지를 찬찬히 돌아보려 했습니다. 그리고 그때 부족 사람들이 깨달음의 빛을 얻기 위해 찾아가던 우거진 숲이 생각났습니다. 내게는 상담이 필요했지만 살아 있는 사람으로는 부족했습니다. 어렸을 때부터 그런 일이 있을 때면 깊은 숲 속이나 높은 산 꼭대기에 올라가 침묵하며 '위대한 정령', 그분을 찾으라고 배웠습니다. 그러나 근처에 산이 없었기 때문에 나는 숲 속으로 찾아갔습니다. 백인들의 종교에 대해서는 아무것도 몰랐습니다. 그저 조상님들이 가르쳐 주신 대로 따른 것뿐입니다.

다시 집으로 돌아왔을 때 나는 강해져 있었습니다. 이 새로운 모험을 끝까지 해보고 싶다는 생각이 들었습니다. 작은 시냇물이 모이고 모여 거대한 강이 되듯이, 새로운 길은 더 넓고 큰 길로 안내해 줄 거라고 생각하니 온몸이 떨려왔습니다. 다시 조상들의 가르침을 떠올렸습니다. 그리고 그분들의 거침없는 용기와 금욕적인 생활을 본받겠노라고 맹세했습니다. 그러나 내가 계획했던 일을 이루려면 길고 지루한 학업과 은둔자 같은 생활을 참아 내야 한다는 사실은 알지 못했습니다.

"네 손으로 일하는 것을 겁내서는 안 된다." 하고 아버지는 말씀하셨습니다.

"하지만 아들아, 네가 생각하는 법을 배우게 되면 말이다, 너 자신을 위한 화살을 활통에 가득 채울 수 있게 된단다. 백인 아이들은 모두 학교에 가지. 공부를 제일 잘 하고, 또 오래 한 사람은 졸업한 후에 손으로 일을 할 필요가 없게 된단다. 대신 그들은 마음으로 하는 일을 하지. 강가에 있는 5에이커의 밭을 한번 갈아 보려무나. 그리고 네가 고랑을 똑바로 팔 수 있는지, 똑바로 싹이 나오게 할 수 있는지 한번 알아봐라."

나는 무거운 쟁기와 멍에를 채운 소를 끌고 밭일을 시작했습니다. 그러나 안타깝게도 내가 그 일에는 영 솜씨가 없음을 인정할 수밖에 없었습니다. "상급 학교로 진학하는 편이 좋을 것 같구나." 하며 아버지께서 권하셨지요.

그토록 철저한 인디언이셨던 아버지가 진정한 문명에 대해 매우 깊은 조예와 이해를 지녔다는 것이 내게는 놀라울 따름이었습니다. 그러나 문제가 있었습니다. 아버지의 어머니, 그러니까 우리 할머니께서는 극구 반대하셨던 것입니다. 부족의 가르침과 신앙에 대한 할머니의 신념은 그 어떤 것으로도 대신할 수 없었습니다.

이제까지 살아온 당신의 방식에 따르면 그것은 명백한 신성모독이었습니다. 할머니는 종종 말씀하셨습니다. "이건 진짜 사는 게 아니야. 너무도 부끄럽구나. 내 손자가 이런 거짓말 같은 삶을 살아야 한다니, 정말 참을 수가 없다."

오, 할머니! 언제나 나를 가르치실 때면 할머니가 첫 번째로 손꼽던 원칙을 잊어버리셨군요. "새로운 흔적을 만나거나, 네가 이전에 알지 못하던 발자국을 발견했을 땐 말이다, 그게 뭔지 알 수 있을 때까지 따라가 봐야 한단다." 그리고 항상 덧붙이셨지요. "네게 해 주고 싶은 말은 이것뿐이야. 새로운 흔적을 따라가다 길을 잃어버리지만 않으면 된다는 것 말이야."

아버지는 이렇게 말씀하셨지요.

"백인들은 아주 잘 다듬어진 종교를 가지고 있어. 그래서 우리 부족이 가르치는 것과 똑같은 미덕을 자기 아이들한테 가르친단다. '위대한 정령'께선 우리 홍인종과 백인종 모두에게 한결같이 선과 악 중에서 어떤 것을 선택해야 할지 알려주시지. 내 생각엔 백인들이 우리보다 더 나은 것 같은데, 왜냐하면 잊어버리면 안 되는 사실을 종이 위에 기록해서 보관하거든. 모든 걸 전부 다 기록하지. 현자들의 말씀이나 규칙 같은 것도 말이다."

나는 아버지께서 당신의 제한된 경험 안에서 펼쳐 보여 주시는 백인들의 새로운 삶의 방식에 점차 흥미와 호기심을 품게 됐습니다.

아버지는 계속 말씀하셨습니다.

"공부를 하는 것은 마치 사냥을 하는 것과 비슷하단다. 너도 알다시피, 우선은 발자국 같이 아주 단순한 흔적부터 시작하잖니. 만약 신념을 갖고 계속 찾아가다 보면 오솔길 같은 더 분명한 흔적을 발견하게 되지. 좀 더 지나면 더 많은 길이 나오고 서로 엇갈리기도 하고 이곳에서 다른 곳으로 데려가 주기도 하지. 그럴 땐 특히 조심해야 된다. 올바른 길을 선택해야 성공할 수 있거든. '악령의 물(술)'처럼, 자신을 잃어버리게 만드는 위험한 덫이 놓여 있을지도 모르니 더더욱 신중해야 한다."

그것은 내게 하는 말이기도 했지만, 문명에 반대하는 나이 드신 당신의 어머니께 드리는 말이기도 했습니다.

이 토론의 효과는 꽤 그럴듯했습니다. 나는 아버지의 말씀이 옳다고 믿게 됐습니다.

할머니는 끝까지 반대하셨습니다. 내가 네브래스카의 산티에이전시에 있는 학교로 간 후에야 마음이 풀리셨습니다. 리그스 박사님이 그 미션 스쿨을 연 지 얼마 지나지 않았을 때의 일입니다. 이 학교는 매우 잘 교육받은 수 족 인디언을 배출하는 곳이기도 했습니다. 그곳은 당시에는 수 족들의 성지와도 같았습니다. 비록 여전히 세력이 건재한 '앉아 있는 황소(시팅 불)'와 '미친 말(크레이지 호스)'이 군인들과 이주민들을 괴롭히고 있고, 커스터 장군(1876년에 벌어진 빅 혼 전투는 거의 400년 동안 벌어졌던 인디언과 미국인 사이의 전투 가운데 최대 전투였다. 이 전투에서 '앉아 있는 황소'와 '미친 말'이 이끄는 수 족 용사들은 악명높은 커스터 장군의 제7기병대를 전멸시킨다.)이 다코타 영지의 사령관으로 막 부임한 뒤였지만 말입니다.

아버지의 뜻을 따라

1874년 가을, 우리에게는 기껏해야 열댓 마리의 말과, 사람이 거의 살 수 없는 땅이 남아 있을 뿐이었습니다. 구월의 어느 화창한 날, 나는 집에서 손수 만든 마차를 타고, 그때는 인디언 정착지에 지나지 않던 플랜드로를 떠났습니다. 산티로 가는 친한 이웃 한 명도 함께 길을 떠났습니다.

내게는 일 년 전 캐나다를 떠나올 때 고이 모시고 왔던 허드슨 베이 총 한 자루가 있었습니다. 나는 짐을 싸면서 속이 꽉 찬 화약 통과 함께 이 오래된 친구를 챙겨 두었습니다. 그 밖에 더 넣은 것이라고는 담요 한 장과 여벌의 셔츠 한 벌뿐이었습니다. 그리고 인디언 식 정장과 개척자들의 외출복의 중간 쯤이라 할 수 있는 사냥꾼 복장을 갖춰 입었습니다. 당시 나는 열여섯 살이었는데 또래들에 비해서는 작은 편이었습니다.

"잘 들어라 아들아, 나는 마치 처음으로 아들을 전장에 보내는 기분이란다. 네가 끝까지 잘 이겨 내리라고 믿는다."

그것이 아버지의 작별 인사였지요. 엄마 없는 나를 길러주셨던 할머니께서는 내게 아낌없는 축복을 내려 주셨구요.

"항상 기억하거라. '위대한 정령' 께서 언제나 너를 옳은 길로 이끌어 주실게다. 언제나 '악' 은 우리 자신 속에서 싹트는 법이지."

기도하는 법을 알려 주셨던 내 인생의 첫 번째 스승님과 그렇게 작별을 했습니다.

출발한 첫날 밤은 홀인더 힐에서 노숙을 했는데 우리가 자리잡은 곳은 계곡 중에서도 제일 경치가 좋은 곳이었습니다. 이곳에서 나는 강가의 키 큰 풀 숲 사이를 돌아다니던 암사슴 한 마리를 잡았습니다. 동행자였던 피터 아저씨도 오리 몇 마리를 총으로 잡은 덕에 우리는 훌륭한 저녁 만찬을 포식할 수 있었습니다. 그러고 있자니 학교를 찾아가는 중이라는 느낌보다는 인디언의 가을 정기 사냥을 나온 듯한 기분이 들었습니다.

저녁을 먹고 난 후 나는 아저씨에게 말했습니다. "덫을 몇 군데 설치하고 와야겠어요."

"그럼 같이 가자꾸나. 그렇지만 출발하기 전에 먼저 기도를 해야겠구나." 하고 피터 아저씨는 대답하셨습니다. 그러더니 인디언 말로 쓰여진 성경 책과 찬송가 책을 꺼내시더군요.

아버지도 잠들기 전에는 항상 찬송가 책과 성경 책을 꺼내 셨습니다. 그러나 내게는 그런 행동이 생소하게 느껴졌습니 다. 피터 아저씨의 행동 역시 이상하게 보이기는 마찬가지였 습니다. 어쨌든 당시는 인디언들에게 새로운 시대였습니다. 티피 안에 화로를 피우고 둘러앉아서 사냥감으로 준비한 만 찬을 끝내자마자 아저씨는 성경책을 꺼내 들고는 예배를 드 리기 시작한 것입니다. 마치 사방이 벽으로 둘러싸인, 문명화 된 교회 안에 있기라도 한 것처럼 열성을 담아서 말입니다. 이 독실한 원주민 크리스천은 내가 성공적으로 학업을 마치기를 기도했는데 그건 굉장히 인상적이었습니다.

다음날 아침에는 안개가 많이 꼈습니다. 이른 아침을 먹은 다음 우리는 서둘러 덫을 설치한 곳으로 갔습니다. 내 덫에는 밍크 두 마리와 비버 한 마리가 걸려 있었습니다. 피터 아저씨 는 수달 두 마리와 비버 세 마리를 들고 싱글벙글 웃으며 돌아 왔습니다. 아저씨가 마음 속으로 뭔가 생각하고 계시다는 것 을 나는 곧 알아차렸습니다. 그러나 나는 진정한 인디언이 언 제나 그렇듯이 마음을 가라앉혔습니다. 마침내 아저씨가 생 각을 털어놓았습니다. 마음을 바꿔서 산티 에이전시에는 가 지 않겠다고 말입니다.

아저씨를 비난할 수는 없었습니다. 덫만 놓으면 수달이며 밍크, 비버가 그렇게 잘 잡히는 그야말로 덫 사냥꾼의 천국을 그냥 떠나기란 나라도 쉽지 않았을 것입니다. 나는 아무 말 하 지 않고 순간 생각했습니다. 나도 남아서 덫 사냥을 할까 하는

유혹이 불꽃처럼 일어났습니다. 그렇게 돌아간다면 할머니는
아마도 몹시 기뻐하실 것입니다. 여기서 고백하건대 당시 나
는, 사랑하는 사람을 위해서라면 어떤 일도 하겠다는 열망으
로 가득 찬 그 어떤 사람보다도 더 할머니를 기쁘게 해드리고
싶었습니다. 그러나 아버지의 바람에 생각이 미치자 도저히
그렇게 그만둘 마음이 들지 않았습니다. 아끼던 총을 아저씨
에게 넘겨준 다음 나는 담요를 챙겨서 등에 짊어지고 미주리
를 향해 혼자 걸어가기로 했습니다. 피터 아저씨께는 이렇게
말했습니다.

"아버지께 전해 주세요. 전투를 끝내기 전까지 아버지 아들
은 절대 돌아오지 않겠다구요."

떨어지는 폭포 소리는 숲의 정령과 강물들이 친구와 헤어지
는 것을 슬퍼하며 우는 소리처럼 들렸습니다. 한 순간, 캐나다
로 돌아가 다시 자유로운 야생의 삶을 되찾고 싶은 욕망이 일
어나곤 했습니다. 그러나 아버지께 이미 내 전투를 끝까지 수
행하겠다는 맹세를 남긴 뒤였습니다. 혹시라도 내가 캐나다
로 떠나 버린다면 아버지는 분명 용맹한 용사 한 명을 잃었다
며 눈물을 흘리실 것이 뻔했습니다.

이즈음 나는 살아오면서 단 한 번도 생각하지 못했던 어려
운 고민을 하게 됐습니다. 하루 종일 사람이라고는 한 명도 만
나지 못한 어느 늦은 오후, 작은 강이 흐르는 계곡으로 내려갔
는데 그곳에서 집 한 채를 발견했습니다. 진흙으로 만든 농가
였고, 그 앞에는 수염이며 머리카락이 덥수룩한 백인 남자 한

명이 서 있었습니다.

그때 나는 활활 타오르는 숲 속에 갇힌 한 마리 무스처럼 배가 고프고 목이 마른 상태였습니다. 아버지가 주신 돈이 좀 있었지만 그게 얼마만큼의 가치가 있는지는 알 수 없었습니다. 그래서 돈을 전부 다 꺼내 놓고 백인 남자에게 손짓 발짓으로 말했습니다. '원하는 만큼 가져가고 대신 먹을 것을 좀 싸 주면 좋겠다.' 숙소에 대해서라면, 설사 그 백인 남자가 내게 위보닛을 선물로 준다 해도 그 집에서 잘 생각은 눈꼽만큼도 없었습니다.

어쨌든 내가 돈을 보여 준 후 그의 태도는 상당히 우호적인 것처럼 보였지만, 그런 행동에는 나를 불편하게 만드는 무언가가 있었습니다. 내 야생의 본능은 백인 남자를 주의 깊게 지켜보라고 끊임없이 경고하고 있었습니다. 그러나 그렇게 생각하는 게 비단 나 혼자만은 아닌 것 같았습니다. 백인 남자의 네 딸과 아들 한 명 역시 목을 쑥 빼고 내가 움직일 때마다 이리저리 눈동자를 굴리느라 정신이 없었기 때문입니다.

그들이 나를 식사에 초대했을 때, 마음은 못내 불편했지만 예의나 두려움보다는 배고픔이 훨씬 컸습니다. 마침내 나는 덩치크고 덥수룩한 백인 남자와 다 자란 그의 딸들 사이에 흔들리는 의자를 놓고 테이블 앞에 앉게 되었습니다. 내 자신이 마치 둥지에서 나와 처음으로 흔들리는 불안한 나뭇가지 위에서 식사를 하게 된 어린 파랑두루미라도 된 것 같은 기분이었습니다. 불안해서 못 견딜 지경이었습니다.

어느 순간 백인 남자가 한 마디 경고도 없이 자기 칼 밑동으로 식탁을 쾅 치는 것이 아니겠어요. 나는 깜짝 놀라 자리에서 일어나 하마터면 인디언 함성을 지를 뻔했습니다. 손수 만든 식탁은 덜컹거리지 않게 꼭 잡고 있는데도 접시가 흔들거렸습니다. 얌전하게 앉아 있던 딸들도 어수선해졌습니다. 어머니와 아버지가 몇 차례 쏘아보자 식탁은 곧 조용해졌습니다. 식탁을 친 것은 감사 기도를 드리기 전에 모두 조용히하라는 의미였던 것입니다. 나는 마치 거북이처럼 조용히 밥을 먹었습니다. 맛있는 식사였습니다. 우리 부족의 미덕이기도 한 금욕주의 분위기 때문이었나 봅니다.

저녁을 마친 후 나는 자리에서 일어나 내가 가진 돈 대부분을 농부에게 건넸습니다. 다 가져가건 얼마를 남기건 내게는 아무 상관이 없었습니다. 음식만이 고마웠을 뿐 돈에 대해서는 조금도 미련이 없었습니다. 그런데 놀랍게도 그는 웃으면서 고개를 저었습니다. 그리고는 덥수룩한 턱수염을 쓰다듬었습니다.

가족들이 다시 거실로 가자고 초대했지만, 나는 저녁 식사때 받은 정신적 충격이 너무 컸기 때문에 정중하게 거절했습니다. 그리고 노숙 장소로 생각해 둔 근처의 강둑으로 도망치듯 빠져나왔습니다. 그곳에서도 집에서 흘러나오는 기묘한 음악과 노랫소리가 들렸습니다. 멜로디언(아코디언의 일종)에서 나는 소리였는데 그때는 그게 무슨 소리인지 몰랐습니다. 노래는 대강 "내 주여 당신께로 더 가까이" 식이었습니다. 이상하게 들렸지만 그 음악에는 사람을 위로하고 달래 주는 포근한 뭔가가 있었습니다.

호기심을 참지 못하고 나는 농가로 다시 향했습니다. 처음본 것은 백인 여자가 상자 안에 펌프질로 공기를 채운 다음 위쪽을 누르자 괴상한 소리가 흘러나오는 광경이었습니다. 그소리를 더 잘 듣기 위해, 더 잘 보기 위해 애쓰는 동안 나는 부끄러운 것도 모두 잊었습니다. 백인 남자는 흰색과 검은색 이빨처럼 생긴 세트를 장착한 다음 그 소리에 맞춰 노래를 부르기 시작했습니다. 그건 마치 상자가 백인 남자에게 대답을 하는 것 같았습니다.

얼마 후 나는 오두막으로 걸어갔습니다. 마침 농부는 아들과 함께 바쁘게 뭔가를 불에 달궈서 두드리고 있었습니다. 엉성한 대장간에서 깨진 낡은 쟁기를 수선하는 중이었습니다. 둘둘 걷어붙인 옷 소매, 검댕이가 묻은 얼굴과 손, 비오듯 흘러내리는 땀방울. 전투에서 방금 돌아온 승리한 용사의 모습같지는 않았습니다. 그러나 단단한 근육과 강철을 다루는 남자다운 모습은 두려울 만큼 강렬한 인상을 주었습니다. 나는 속으로 생각했습니다. "학교에 도착해서 백인들의 방식을 배우게 되면 꼭 저걸 익혀야겠어."

식구들이 모두 있는 집안에서 자는 게 어떠냐는 그의 친절한 초대에 나는 감사의 뜻을 전했습니다. 그리고 동시에, 밖에서 자는 편이 더 편하고 좋다는 뜻도 전달했습니다. 그의 눈속에서 불안한 마음을 읽을 수 있었습니다. 왜냐하면 바깥쪽 우리에 그의 말이 있었기 때문입니다. 그 순간 나는 덜컥 화가 났지만 참았습니다. 이제까지 그는 내게 친절을 베풀었습니다. 어떤 인디언도 유대 관계를 함부로 깨지는 않습니다. 백인 남자는 다시 한 번 나를 주의 깊게 살펴보더니 만족한 것처럼 보였습니다. 그날 밤, 온몸에 담요를 둘둘 말고 버드나무 사이에 누워 있자니 밤 하늘에서 빛나는 모든 별들이 내게 백인 남자의 얘기를 열심히 해 대는 것 같았습니다.

선잠을 자다가 다음날 아침 사냥개 짖는 소리며 딸들의 웃음소리에 일찍 잠이 깼지요. 자리에서 일어나 농가로 갔습니다. 이미 아침식사가 차려져 있었고 식구들도 모두 모여 있었습니다. 아침을 먹은 다음 다시 돈을 내밀었지만 거절당했습니다. 나는 매우 기뻤습니다. 그 순간 바로 그곳에서, 나는 문명을 사랑하게 됐고 야생의 생활과도 작별을 고했습니다.

담요를 싸 짊어지고 다시 여행을 시작했습니다. 이번에는 삼 일 동안 내내 혼자였습니다. 사냥감도 잡지 못했기 때문에 때때로 농가에 들러 음식을 얻었습니다. 그러다 마침내 언덕 하나만 넘으면 미주리인 지점에 도착했습니다. 강가로 내려가게 도와주는 긴 밧줄이 매달려 있었고 강 건너부터는 광대한 평원이 펼쳐져 있었습니다. 그곳에는 농가와 농장이 많이 있었습니다. 이것이 바로 문명의 삶이구나! 나는 그 삶이 너무도 알고 싶었습니다.

학교에서 오십 킬로미터 쯤 떨어진 길 위에서 나는 양크톤 마을로 향하던 리그스 박사님을 만났습니다. 그분은 수 족 말을 잘 하셨는데 내게 용기를 내라고 말씀하셨습니다. 잠시 후에는 인디언 에이전트이자 퀘이커 교도인 시어즈 씨를 만났습니다. 그분 역시 내가 학교까지 이백사십 킬로미터를 걸어 왔다는 사실을 알고는 크게 격려해 줬습니다. 큰 형 존은 당시 이미 조교로 리그스 박사님 밑에서 공부를 하고 있었는데, 학교에서 나를 만나자 새로운 생활을 안내해 줬습니다.

산티에서는 오래된 예배당의 종소리가 학생들에게 수업 시작을 알리는 역할을 했습니다. 교장 선생님은 큰 책에서 몇 구절을 큰 소리로 읽고 기도를 드렸습니다. 비록 수 족 말로 예배를 드렸지만 그 내용이란 여전히 생소했습니다. 그분이 자주 부르는 이름도 나는 이해할 수 없었습니다. '예수', '야훼' 같은 이름은 나한테는 아무 의미도 없는 소리처럼 들렸습니다.

나는 선생님이 '위대한 정령'께 그날의 일과를 축복하고 풍성한 수확물을 달라고 부탁하는 것으로 이해하기로 했습니다. 선생님이 '위대한 정령'께 하루 종일 우리와 함께 학교 안에 머물러 주십사 부탁드리는 것을 들을 때마다 식은땀이 흘렀습니다. '위대한 정령'께 그렇게 무리한 부탁을 하다니. 내가 배운 대로라면 '위대한 정령'처럼 위대한 존재는 오직 영혼과 관련된 일에만 관계하십니다. 그런 존재와 친하게 지내고 싶다면 진짜 신성한 자세를 취해야만 합니다. 인간들의 소리나 영향에서 벗어나 야생에서 혼자 경건하게 지내야만 하는 것입니다. 그런데 이 학교에서 나는 처음으로 어린 남자 아이와 여자 아이들이 가득 찬 어수선한 집 안에서 그분을 부르는 것을 듣게 된 것입니다.

예배가 끝나자 다른 학생들은 모두 각자 다른 선생님이 있는 방으로 흩어졌습니다. 그리고 나와 머리가 긴 젊은 남자만 기도실에 남았습니다. 그는 포트 베르톨드의 만단 족 출신 청년이었습니다. 만단 족은 우리 부족과는 아주 오래된 원수 사이였습니다. 작은 아버지가 전투에 참가했다가 만단 족 두 명의 머리 가죽을 벗겨서 집으로 가져온 게 불과 이 년 전의 일이었습니다. 그 역시 신입생인 모양으로, 중대한 판결을 받기 위해 판사 앞에 서 있는 것 같은 표정이었습니다. 다른 학생들은 모두 수 족 출신이었습니다. 나는 유독 그에게 관심이 갔습니다. 길고 아름다운 머리카락은 두 갈래로 땋아서 늘어뜨렸고 슬픔이 가득한 얼굴 표정에서는 우아함이 베어났습니다. 짧은 머리카락에 전혀 어울리지 않는 옷차림을 한 다른 학생들과 대조되는 모습이었습니다. 앨프리드 만단, 나는 그와 나중에 진짜 친한 친구가 됐습니다.

리그스 박사님은 내게 악수를 청하셨습니다. 그리고 학교의 규칙과 우리가 지켜야 할 것들을 알려 주셨습니다. 학교는 일요일은 예배를 위한 교회당으로, 주중에는 학교로 쓰였습니다. 소녀들을 위한 기숙사인 사격형의 작은 건물 다코타 홈도 있었습니다. 소년들은 교회에서 백팔십 미터 정도 떨어진, 큰 미류나무 아래 있는 긴 장방형의 건물에서 생활했습니다.

리그스 박사님은 내게 첫날은 공부할 필요가 없다고 말씀하셨습니다. 대신 큰 가방을 주시면서 헛간에 쌓여 있는 밀짚을 가방 안에 채우라고 하셨습니다. 밀짚을 가득 채운 가방을 끌고 통나무 집으로 가자, 박사님은 침상으로 쓸 목재 구조물을 주셨습니다. 베개용으로 작은 가방에도 밀짚을 가득 채운 다음 시트와 담요를 받았습니다. 박사님의 지휘 아래 처음으로 백인들의 침대를 만든 셈입니다. 작업이 끝나자 적어도 내 눈에는 어느 침대보다도 깨끗하고 우아한 침대가 생겼습니다.

박사님은 매일 아침마다 학교에 가기 전에 지금과 똑같은 상태로 침대를 정리해야 한다고 말씀하셨습니다. "세수를 할 때는 문 밖 벤치에 있는 대야를 사용하도록 해라. 옆에 물통도 있단다." 진짜 그랬습니다. 우리에게는 미주리 강물을 담아 놓은 큰 물통이 세 개 있었는데 매주마다 학생들이 알아서 채워놓았습니다. 박사님은 땔감을 할 수 있는 도끼, 물을 길어올 때 쓰는 물통과 들통, 얌전하고 큰 흰 소가 끄는 멍에와 마차도 주셨습니다. 물과 땔감은 학생들이 알아서 공급했는데 두 명씩 짝을 지어서 했습니다.

박사님은 내게 얇은 영어 독본 한 권과 다코타 말로 쓰여진 책 한두 권도 주셨습니다. 학교에서 그 책 읽는 법을 배웠습니다. 찬송가 소설 《천로역정》 독해도 있었습니다. 솔직히 고백하자면 그때는 할머니가 저녁마다 들려주시던 이야기나, 작은 아버지가 전성기 때 사냥에서 겪었던 일을 얘기해 주시는 게 훨씬 재미있었습니다. 이건 이제까지 알았던 사냥 중에 제일 재미없고 지루한 사냥이었습니다.

저녁 무렵 강 위쪽에서 세 명의 젊은이들이 찾아왔습니다.
모두 완전히 차려입은 용사의 모습을 하고 있었습니다. 흰색
과 푸른색, 붉은색의 멋진 로브를 몸에 두른 수 족 젊은이의
모습은 멋져 보였습니다. 내가 캐나다를 떠난 이후로는 한 번
도 입어 보지 못한 복장이었습니다. 형이 내게 옷을 주고 머리
도 잘라 줬기 때문입니다. 머리카락은 작년 이후로 매만지지
않아서 귀를 덮을 정도로 자라 있었지만, 그들을 보고 있자니
나는 마치 날개를 잘린 야생 거위 같은 기분이 들었습니다.

다음날 아침, 예배 시작을 알리는 종이 울리고 학생들이 모
두 학교 앞마당에 모였습니다. 그때 다코타 홈 옆에 리그스 박
사님과 아름다운 소녀, 소녀의 부모님으로 보이는 사람들이
서 있는 것이 보였습니다. 내 관심은 온통 그쪽으로 쏠렸습니
다. 그들은 서로 작별 인사를 했고 부모님은 아리따운 다코타
소녀와 박사님을 남겨 둔 채로 우리 쪽으로 걸어오셨습니다.
그런데 순간 소녀가 부모님을 향해 뛰어오면서 애처롭게 소
리쳤습니다.

"오, 안 돼요, 안 돼요! 백인들의 집에 머물 수는 없어요. 엄
마, 난 죽을 거예요, 죽어버릴 거라구요!"

부모님은 멈춰 서서 딸을 설득했지만 아무 소용이 없었습니
다. 결국 부모님은 딸의 등을 억지로 떠밀어 다코타 홈으로 보
냈습니다. 딸이 애걸하며 눈물로 호소하는데도 말입니다. 그
광경을 보니 내 피가 끓었습니다. 나는 소녀를 도와주고 싶다
는 갈망을 힘겹게 내리눌러야만 했습니다.

나와 '독수리 두루미', '솔개', 그리고 강 위쪽에서 찾아온 그들의 친구, 이렇게 네 명은 같은 기초반이었습니다. 그 주 내내 우리 젊은 용사들은 세 글자로 된 단어들로 시달렸습니다. rat(쥐), cat(고양이), dog(개) 같은 짧은 세 글자 단어들은 마치 가시덤불처럼 우리를 찢고 할퀴고 상처입혔습니다. 놈들은 인디언의 타고난 위엄과 자긍심이 완전히 뭉개져 버릴 때까지 우리를 괴롭혔습니다. 우리야말로 가장 자긍심이 강할 나이의 젊은 용사들이 아닌가. 만약 그 자긍심과 용맹함 그대로 우리가 커스터 장군이나 하니 장군의 부대를 공격했다면 — 인원도 비슷하고 무기도 같다면 — 그들은 겁을 먹고 달아날 게 분명합니다. 우리는 그렇게 교육받고 그렇게 자랐습니다. 그런데 사방 벽으로 꽉 막힌 곳에 들어앉아 철자 세 개짜리 단어나 골라내고 있자니 설피를 신고 평지 위를 뒤뚱뒤뚱 걸어가는 조무래기 같다는 생각을 지울 수 없었습니다.

이 지루한 학교에서 며칠을 보내기 전까지는 나는 내 삶에 지쳤다는 생각을 해본 일이 거의 없었습니다. 그러나 이곳에서는 매일 매일이 규칙적인 지루함 속에서 왔다가 지나갔습니다. 마치 철길 위를 너무도 짧은 보폭으로 종종거리며 따라 걷는 것 같이 말입니다. 한동안은 새로운 삶에 매력을 느끼다가도 끝없이 따라다니는 그놈의 저항감이 다시 고개를 들었습니다. 마음 속에서는 "옛 것들과 헤어지지 못하다니 소심하구나" 하는 소리가 들려왔습니다.

단어의 철자를 반복해서 쓰고 외우는 것 말고도 우리는 눈에 보이지 않는 어떤 것을 셈하고 더하는 방법도 배웠습니다. 이전까지 우리는 돈을 가져 본 적도 없고, 감자나 벽돌, 순무의 가치를 따져 본 일도 없었습니다. 인디언에게 가치가 있는 건 사고 팔 수 없는 '명예' 뿐이었습니다. 그러나 이제는 모든 것을 시간으로, 돈으로, 거리로 재야만 했습니다. 그러더니 선생님은 색깔이 칠해진 공을 우리 앞에 놓고 우리가 살고 있는 이 세상, 그러니까 우리 선조들께서 말로 다할 수 없는 오랜 세월 동안 사냥을 하고 돌아다니셨던 이 세상이 그 공처럼 생겼다고 하셨습니다. 그 공은 우주에서 태양 주위를 춤추면서 돌고 있다고 하셨습니다. 이제까지 내가 믿어왔던 모든 것이 허물어지는 듯한 기분이었습니다. 만약 선생님의 말씀이 진실이라면 내가 받았던 그 혹독한 훈련과 모든 철학은 그야말로 공중누각이나 다름없었습니다.

얼마 후 리그스 박사님께서 백인들의 근면함과 검소함, 신중함에 대해 설명해 주셨을 때 우리는 그런 품성들은 매우 올바르고 합당한 것임을 알게 됐습니다. 검소함은 노동의 유능한 조수이며, 이들 둘이 만나면 커다란 결실을 맺게 됩니다. 효과적인 사업 체계와 방법은 우리에게 큰 이익을 주는데 특히 매개물을 통한 교환이 그랬습니다.

박사님의 성품은 우리에게 매우 깊은 인상을 남겼습니다. 그분의 조언이나 매일 하시는 기도는 처음에는 모두에게 낯설게 느껴졌지만 곧 우리 마음 속에서도 싹을 틔우게 됐습니다. 다음으로 내가 진정한 문명의 원칙들을 이해하도록 가장 많은 도움을 주신 분은 아버지였습니다. 아버지는 내가 어떤 임무를 맡게 되든지 간에 반드시 완수할 수 있도록 내 안의 야망과 책임감을 부채질하고 더욱 강하게 만드는 역할을 하셨습니다. 기독교인이 되는데 결정적인 영향을 미친 또 한 분은 개척 장로교 선교사인 존 윌리엄슨 박사님이십니다. 그분들 덕분에 나는 점차 새로운 세상에 눈을 뜨게 됐습니다. 백인들을 알고 싶다는 욕망은 점점 더 커졌습니다.

아버지는 다코타 말로 쓴 편지를 보내셨는데, 내 용감함을 칭찬하는 내용이었습니다. 내가 어떤 책도, 어떤 과제도 결코 겁내지 않을 뿐만 아니라 언제나 그것들로부터 유용한 것을 뽑아낸다는 말씀을 리그스 박사님에게 전해들으신 것입니다.

"내 아들아, 나는 인디언은 백인들의 어떤 책이라도 모두 배울 수 있고 그래서 그들의 생각하는 법을 배울 수 있다고 믿는단다!"

나는 어떤 친구들보다도 더 열심히 공부했습니다. 선교사들의 교육 활동은 재정적으로 빈약했고, 인디언 교육에 대한 정부 정책은 빈약하기 짝이 없었습니다. 백인들은 보통 인디언을 쓸모없는 무용지물로 여겼고 '앉아있는 황소'와 북부 샤이엔 부족은 와이오밍과 몬태나에서 아직도 싸우고 있었습니다. 그래서 백인들 사이에서 공부를 한다고 한들 그다지 전망이 있어 보이지 않았습니다. 그러나 내게는 숨겨놓은 꿈과 야망이 있었습니다.

산티에서 나는 처음으로 장작을 팼습니다. 리그스 박사님의

장작도 패 주고 '다코타 홈'에서 잡다한 심부름도 처리해 주
면서 처음으로 돈을 조금 모으게 됐습니다. 처음에는 영어를
거의 말하지 못했지만 2학년이 끝날 무렵에는 인디언 말과 영
어를 자유자재로 쓸 수 있게 됐습니다. 나보다 2, 3년씩 앞서
서 공부했던 친구들도 곧 앞지르게 되어 기초 대수학과 기하
학을 배우게 됐습니다.

어느 날 리그스 박사님께서 오시더니 위스콘신의 벨로이트
대학 예과에 나를 입학시킬 생각이라고 말씀하셨습니다. 그
건 정말 엄청난 기회였습니다. 백인들 사이에서 홀로 모험을
해야 하는 것에 대해 아직까지도 주저함이 있었지만, 나는 박
사님이 주신 기회를 기쁘게 받아들였습니다.

출발하기 전날, 플랜드로에서 소식이 왔습니다. 그때까지만
해도 아버지는 건강도 좋으시고 그야말로 지칠 줄 모르는 일
꾼이셨습니다. 그런데 이틀 동안 앓다가 갑자기 돌아가신 것
입니다. 충격은 엄청났습니다. 그러나 다음 순간 나는 아버지
의 소망을 반드시 끝까지 이루어야 한다고 결심했습니다. 황
야를 떠돌던 나를 위험을 무릅쓰고 찾아내 새로운 길을 가도
록 이끌어 주신 분, 아버지의 말씀을 끝까지 따르겠다고 말입
니다. 나는 집으로 돌아가지 않았습니다. 그 대신 1876년 9월
의 어느 날, 기나긴 학업을 위해 산티를 떠나 벨로이트로 출발
했습니다.

옮긴이의 말

《인디언 숲으로 가다》는 황야에서 자연과 함께 자란 어느 인디언 소년의 이야기이다. 그 소년이 자기 아버지, 또 그 아버지의 아버지가 그랬듯이 바람처럼 살다 한 줌 흙으로 돌아갔다면 아마 이 책은 세상에 나오지 못했을 것이다. 모름지기 삶이란 그런 것이다. 머리 위에 독수리 깃털을 자랑스럽게 꽂은 어린 인디언 용사가 훗날 백인 사회에서 양복을 차려 입은 의사가 되리라고 그 어떤 주술사가 예견이나 했겠는가.

오이예사(영어 이름은 찰스 앨리그잰더 이스트먼)는 참으로 흥미로운 삶을 살았다. 1858년, 와페튼 수 족 추장인 '수많은 번개'의 다섯 번째 아이로 태어났다. 어머니는 당시 유명한 백인 화가 세스 이스트먼과 므데와칸튼 수 족 여성 사이에서 태어났다. 태어나자마자 어머니를 여의고 할머니 손에서 자랐다. 네 살 때인 1862년, 미네소타 대학살의 혼란 속에서 아버지와도 헤어지게 된다. 열다섯 살에, 죽은 줄만 알았던 아버지를 다시 만나 백인 사회에 첫발을 들여놓았다.

그 뒤 대학에서 박사 학위를 받고 인디언 구호 기관 '파인 리지 에이전시'에서 의사로 일했다. 충격적인 '운디드 니 학살'을 겪고 난 후 아메리카 인디언과 미국 사이의 이해를 돕는 일에 평생을 헌신하게 된다. 백인들에게는 인디언 문화의 참된 모습을 알리고, 자신의 동족인 인디언들에게는 인디언 고유의 생활 방식을 지키면서 백인의 생활 방식을 받아들이도록 촉구하는 삶이었다.

1930년대에 들어서는 온타리오의 시골에 오두막을 하나 사서, 어린 시절의 삶으로 되돌아가기라도 한 듯, 혼자서 사냥과 낚시를 즐기며 자연 속에서 살다 생을 마친다.

이 책에는 그가 황야에서 인디언으로 지낸 15년 세월과, 아버지를 따라 백인들의 문명 세계에 막 발을 들여놓는 순간까지의 일대기가 담겨 있다. 1902년에 발간된 *Indian Boyhood*의 일부와 1916년에 발간된 *From the Deep Woods to Civilization*의 앞 부분을 함께 묶은 것이다.

할머니와 작은 아버지의 보살핌 속에서 보낸 15년은 "자연에서 배우며 사냥꾼으로, 용사로 자라는 삶"이었다. 한낮에는 아이들끼리 한데 모여 활쏘기, 라크로스, 팽이치기, 얼음 지치기 따위의 놀이를 즐기며 마음껏 뛰논다. 밤이 되면 티피 안에서 할아버지 할머니가 들려주는 수많은 전설과 용사들의 이야기를 들으며 부족의 역사와 철학을 깨우친다. 그러면서 풀잎에 맺힌 이슬이 조금 흐트러진 것을 보고 한 시간쯤 전에 암사슴이 지나갔음을 알아차리는 지혜로운 사냥꾼으로 자란다. 아버지의 원수를 갚고야 말겠노라며 출정할 날을 손꼽아 기다리는 건장한 용사로 자란다. 자연의 신 '위대한 정령'과 숲 속 깊숙한 곳에서 홀로 침묵의 대화를 나누는 그런 용사로.

오이예사의 어린 시절 이야기를 읽으며 고달픈 삶을 살아가는 우리 아이들이 자꾸만 생각나는 이유는 무엇일까?

오이예사는 아들에게 '진정한 인디언의 삶'이 무엇인지를 조금이라도 알려주기 위해 이 책을 썼다고 했다. 과거를 기억하는 인디언도, 기억을 후손들에게 들려줄 인디언도 점차 사라지고 있기에 그런 마음이 절박했으리라. 덕분에 그는 반 세기도 훨씬 전 세상을 떠났지만 책은 고스란히 남았다.

 막상 번역을 끝내고 나니 늦어진 작업과 잦은 실수로 폐를 끼친 주변 사람들에게 미안할 뿐이다. 그나마도 미숙하고 게으른 역자를 몇 번이나 졸라가며 번역문을 검토해 준 임영근 선배님과 정미은 선배님의 도움이 아니었다면 이 책은 바다 건너 이국 땅에서 모습을 드러내지도 못했을 것이다. 그 '어리숙한 번역가'에게 오이에사는 걱정스러운 표정으로 이렇게 말할지도 모르겠다.
 "자, 내 얘기는 끝났다. 이제는 네가 전해 줄 차례야. 빠짐없이 기억하고 있겠지?"

2000년 10월
장성희

오이예사(Ohiyesa, 1858~1939년)는 와페튼 수 족 출신으로 영어식 이름은 찰스 이스트먼(Chales A. Eastman)이다. 인디언 고유의 방식으로 교육받으며 어린 시절을 보내다가, 열다섯 살에 미국 사회에 들어갔다. 보스턴대학교에서 의학 박사 학위를 받고 의사로 활동하던 중 〈운디드 니 학살〉을 겪었다. 그 후 인디언 문화에 대한 이해를 돕는 일에 전념했다. *Indian Boyhood*(1902), *From the Deep Woods to Civilization*(1916) 외에 아홉 권의 인디언 관련 책을 썼다.

장성희 씨는 이화여자대학교 영어영문학과를 졸업하고 자유기고가로 활동 중이다. 번역한 책으로는《나의 첫 지도책》(베텔스만 코리아, 1999년) 등이 있다.

인디언 숲으로 가다

지은이 • 오이예사 | 옮긴이 • 장성희 | 펴낸이 • 임영근 | 초판 1쇄 발행일 • 2000년 10월 27일 | 6쇄 발행일 • 2011년 7월 22일 | 펴낸곳 • 도서출판 지식의풍경 | 주소 • 서울시 마포구 서교동 457 - 6 성동빌딩 204호 (121-841) | 전화 • 332 - 7629(편집), 332 - 7635(영업) | 전송 • 332 - 7634 | 전자 우편 • vistabooks@hanmail.net | 등록 번호 • 제15 - 414호 (1999. 5. 27)

값 7,500원
ISBN 978 - 89 - 89047 - 02 - 5   03890